dtv

Käuze und Künstler, vertrottelte Adelige und Rabbiner, das ganze Personal der k. u. k. Monarchie tritt zur Parade an in den legendären Geschichten des kakanischen Satirikers Alexander Rosenfeld, der unter dem Namen Roda Roda wie kein zweiter dem untergehenden Habsburgerreich Gestalt verleiht. Da ist die Filmdiva Ady Susa, der Viehhirt Klapetz und sein Verteidiger Palatzky. Der gemütskranke Baron Hortobágyi von den Forgatschhusaren, der stundenlang am Dnjestr sitzt und Papierschiffchen aus Mahnbriefen faltet. Und der betrügerische Wirt Zibebenstrudl von der galizischen Bahnstation Podwolotschyska. »Wenn man, in unserer Zeit, wissen will, wie es im multikulturellen Kakanien zuging, findet man hier die sprachlich authentische Antwort.« (Hans Traxler)

Alexander Roda Roda, geboren 1872 als Alexander Sándor Friedrich Rosenfeld in Drnowitz im Mährischen, schrieb Anekdoten, Humoresken, Schwänke, satirische Romane und Komödien (von denen ›Der Feldherrnhügel‹, 1910, mehrfach verfilmt wurde). Ursprünglich österreichischer Offizier, bis er seine Schriftstellerkarriere begann. 1938 emigrierte er nach New York, wo er 1945 starb.

Hans Traxler, geboren 1929 in Herrlich, ist Cartoonist, Illustrator, Karikaturist und Kinderbuchautor. Mitbegründer der Zeitschrift ›Titanic‹. Von seinem ersten selbstverdienten Geld kaufte er sich ›Das große Roda Roda Buch‹.

Roda Roda

Rote Weste und Monokel

Das neue Roda Roda Buch

Herausgegeben
und illustriert von
Hans Traxler

Deutscher Taschenbuch Verlag

Ungekürzte Ausgabe
Dezember 2001
Deutscher Taschenbuch Verlag GmbH & Co. KG, München
www.dtv.de

Umschlagkonzept: Balk & Brumshagen
Umschlagbild: Hans Traxler
Satz: Filmsatz Schröter GmbH, München
Druck und Bindung: Kösel, Kempten
Gedruckt auf säurefreiem, chlorfrei gebleichtem Papier
Printed in Germany · ISBN 3-423-20477-X

Man wirft mir vor, ich produziere zuviel, zu wahllos, und schade dadurch meinem Ruf. Unsinn. Ich halte mich an das Beispiel Gottes: was hat Gott nicht alles geschaffen – wieviel Mist ist darunter – und was hat Gott für einen Namen!

Roda Roda

Der Ochs, der Esel, das Kamel

Eines Tages hielt der Kalif Gericht.
Da erschienen drei sonderbare Kläger vor seinem Thron: das Kamel – der Esel – und der Ochse.

Wortführer war natürlich das Kamel; ist ja bei uns auch immer so. Und das Kamel begann:

»Erhabener Kalif! Gefäß und Inhalt der Gerechtigkeit! Du Schmuck des Thrones! Stab des Volksvertrauens! Ich, das arme Kamel – hier mein Bruder, der Ochs – und unser Vetter, der Esel –, wir erscheinen vor deinem goldnen Thron, o Kalif, um Klage gegen die Menschen zu führen, die unsre Geschlechter von alters her verunglimpfen und beleidigen, indem sie unsre ehrlichen Stammesnamen zu Schimpf und Schande füreinander mißbrauchen. Sooft ein Mensch eine Dummheit angestellt hat, sagen ihm die andern Menschen nicht etwa: ›Du Mensch!‹ – nein, sie sagen ihm: ›Du Kamel!‹ – Sprich, erhabener Kalif: ist das gerecht gehandelt? Willst du solche Unbill an uns ferner dulden?«

Der Kalif überlegte lang und lang.

»Hm«, sagte er, »die Klage, die ihr da vorbringt, will ich nicht von meiner Schwelle weisen – aber ... dem Verbot, das ihr verlangt, steht ein uralter Sprachgebrauch der Menschen entgegen. – Immerhin: versucht euer Glück! Geh du, Kamel, nach Süden – du Esel, nach Westen – und du, Ochse, nach Norden –, wandert sieben Tage und seht zu, daß ihr Menschen findet, die dümmer sind als ihr. Wenn es euch gelungen ist, kommt wieder und meldet mir das Ergebnis eurer Wanderung. Dann will ich entscheiden, wie's in euerm Fall künftig gehalten werden soll. – Geht hin – ihr seid entlassen!«

Die drei gingen.

Nach sieben Tagen kamen sie wieder – und der Ochs erzählte:

»Erhabener Kalif – ich glaube, ich habe meine Pflicht getan. Ich glaube, ich habe Menschen gefunden, die dümmer sind als die Ochsen. – Ich war in Arbela. Da stand gefesselt ein Mann auf dem Markt und war angeklagt, einen Beutel Gold gestohlen zu haben. – Allein der Mann beteuerte seine Unschuld; er wäre zu jener Zeit, wo der Diebstahl begangen worden sein mußte, bei seiner Mutter gewesen. – ›Nun‹, sagten die Leute in Arbela – ›dann steht die Sache ja sehr einfach – dann wollen wir die Mutter befragen. Sie ist eine überaus fromme und rechtliche Frau – sie wird gewiß nicht lügen.‹ – Sprich, erhabener Kalif: waren diese Leute in Arbela nun nicht dümmer als die Ochsen, die da meinten, eine Mutter würde nicht meineidig werden für ihr Kind?«

»Du hast deinen Prozeß gewonnen«, sagte der Kalif. »Laßt hören, was der Esel zu bieten hat!«

»I–a, i–a – ich glaube, auch ich habe meine Aufgabe gelöst. – Ich trabte durch Gaugamela. Da rotteten sich die Rebellen zusammen und stürmten die Burg ihres Stadtältesten. Sie fingen den Ältesten und hielten Gericht über ihn, weil er lasterhaft gewesen sein sollte, bestechlich und eigennützig. Und sie warfen ihn auf den Scheiterhaufen und verbrannten ihn. Dann aber wählten sie einen andern Stadtältesten – und jubelten ihm zu, als er ihnen versprach: er werde, ehrlich in allen Stücken, nur für das Wohl der Allgemeinheit wirken. – Sprich, erhabener Kalif: waren diese Menschen in Gaugamela nicht dümmer als die Esel – die da meinten, ein Machthaber würde für das Wohl der Untertanen wirken und nicht für sein eigenes?«

Nachdenklich strich der Herrscher seinen weißen Bart und befragte das Kamel.

Der Ochs, der Esel, das Kamel

Und das Kamel, es sprach:

»Ich weidete auf einer Wiese. Da kam ein junges Mädchen daher mit einem jungen Mann. Er wollte sie küssen – sie wehrte ihn ab. Er wollte sie umarmen – sie versagte sich ihm. Er sei wankelmütig, sagte sie – morgen werde er eine andre lieben. – Da hob er die Rechte zum Eid. ›Nie, Geliebte‹, rief er. ›Ich schwöre dir, solang ich lebe, werde ich immer dich – nur dich – lieben.‹ Als sie es hörte, sank sie an seine Brust. – Sprich, erhabener Kalif – war der Mann nicht dumm, der seine ewige Treue einem Weib verschworen hat? Und war das Mädchen, das ihm die Geschichte mit der ewigen Treue geglaubt hat, nicht dümmer als ein Kamel?«

»Genug«, rief der Kalif, »ihr alle drei habt eure Sache gewonnen. Und bei meinem Bart: fürderhin soll es in meinen Landen keinem Muselman beifallen, einen Menschen ob seiner Dummheit mit dem Namen eines eurer Geschlechter zu belegen. – Geht hin – ihr seid entlassen!«

Die drei gingen.

Vor dem Tor sagte das Kamel:

»Brüder, was gilt die Wette? Der alte Esel da drin bildet sich ein, mit seinem Spruch ist uns geholfen.«

Der Fromme Hassan

Zu Djiddah lebte ein Mann mit Namen Hassan, weit und breit berühmt ob seiner Frömmigkeit.

Er hatte sich zeitlebens mit den gelehrten Büchern abgegeben und darüber gar nicht bemerkt, daß ihn treulose Verwandte um Habe und Gold bestahlen. Ein Greis fast schon an Jahren, sah er sich plötzlich der Armut gegenüber.

Doch der alte Hassan verzagte nicht. Er wußte: hatten ihm

auch die listigen Schurken sein Vermögen abgejagt – er besaß ein Gut, das ihm niemand rauben konnte: den Ruhm seines gerechten Namens. Und von diesem Gut beschloß er fortan zu leben.

Er ging auf den Markt, breitete seinen Teppich aus und rief:

»Hört mich, ihr Leute, die ihr von Zahnschmerz geplagt seid! Ich, der fromme Hassan, will euch durch die Kraft meines Gebetes heilen.«

Bald strömten die Leidenden von allen Seiten zu.

Wenn aber einer kam und klagte, da segnete Hassan ihn zuerst; dann umschritt er ihn dreimal, warf sich dreimal – mit dem Gesicht gen Mekka – auf den Teppich nieder; segnete ihn wiederum dreimal, umschritt ihn und warf sich siebenmal zur Erde; segnete ihn, hielt ihm die Hand auf die Stirn; endlich zog er eine mächtige Zange hervor, eine fürchterliche Zange.

Und fragte den Kranken:

»Tun dir deine Zähne noch weh?«

»Nein«, hauchte der Kranke regelmäßig – und das Volk ringsum staunte und murmelte Lobsprüche auf Hassans Frömmigkeit.

– – – Eines Tages drängte sich ein Mann mit arg geschwollener Backe durch die Menge der Gaffer.

»Mach's kurz«, sagte der Fremdling, »ich habe schreckliche Schmerzen.«

Hassan erhob die Hände und wollte zu segnen beginnen. Doch der Fremde winkte ab.

»Mach's kurz, sag ich dir noch einmal, ich habe schreckliche Schmerzen.«

»Geduld, mein Lieber«, antwortete Hassan gütig. »Geduld, du sollst genesen.« – Und hob wieder die Hände.

Da wurde der andre aber räuberisch wild.

»Mach's kurz, Hassan, sag ich dir, und nimm die Zange! Denn wisse: ich bin der fromme Ebul Fida aus Jaffa und pflege die Zahnleidenden bei uns zu Haus ebenfalls durch Frömmigkeit zu heilen.«

Liebe in der Ehe

Nie hat, soweit die arabische Zunge klingt, ein glücklicherer Ehemann gelebt als Ragib ibni Muhammed, bin Idris, bin Abbas, bin Osman, bin Beker vom Stamme der Fezzaru, den man später kurzweg Imam'i Beker nannte. Er hatte ein Mädchen gefreit vom Geschlecht der Abd-el-Menaf – ein Mädchen, dessen Schönheit sich nur dem Gatten offenbarte, ein Mädchen, dessen Güte vier Himmelswinde priesen.

Einst war Imam'i Beker ermüdet von weiter Reise heimgekehrt und sagte zu seiner Frau:

»Teuerste, ich möchte schlafen. Sorg, daß man mich nicht störe!«

»Streck dich«, sprach sie, »Teuerster, auf deinem Lager aus – ich werde mich auf einen Schemel vor deine Tür setzen, um deinen Schlummer zu behüten.«

Sprachs und tat es.

Ihn aber duldete es nicht im Bett, da er die geliebte Gattin auf der Schwelle wußte.

Er trat vor die Tür und bat:

»Süße, du sollst nicht die lange, kalte Nacht vor meiner Tür durchwachen. Komm in unser Bett und ruh gleich mir!«

»Süßer, mir ziemt, hier draußen zu bleiben und acht zu haben, daß man dich nicht wecke.«

Gerührt von so viel Güte, rief Imam'i Beker:

»Gut denn, Herzliebste – da deine Sanftmut auf ihrem Willen beharrt: so mach mir ein wenig Platz auf deinem Schemelchen, und ich will mit dir wachen.«

Und saßen beide bis zum Morgen mucksmäuschenstill vor Imam'i Bekers Tür.

Die Sieger

Bebend standen die Schafe im Pferch und drängten sich aneinander. Ihren Sinnen, den furchtgeschärften, hatte sich die Nähe der Raubtiere eher verraten als den Hirten, ja, eher sogar als den grimmen Hunden, die den Pferch bewachten.

Der Hammel Kojun hauchte:

»Es sind Wölfe.«

»Zwei Wölfe«, lispelte Melehme, der durch die Balkenfuge ins Dunkel gespäht hatte.

»Drei Wölfe. Laßt uns die Hunde wecken!«

Sie erhoben ein wimmerndes Blöken, davon der achtsamste Hund erwachte. Er horchte auf – spürte die Wölfe, und ohne Zögern stürzte er mit wütendem Geläut an die Pforte des Einfangs, um Saryk, den Dieb, der sich einschleichen wollte, an der Kehle zu fassen.

Hui, waren scharf die Hunde zur Stelle – die Hirten sprangen von der Bettstatt mit Beil und Flinten – Schüsse knallten – Geschrei – das Gurgeln der Gewürgten – das Jammern der Gebissenen – ein klagender Sterberuf der Zerschmetterten heulte durch die Nacht.

Weit hinaus noch in den Schnee verfolgten Hirten und Hunde die flüchtenden Rudel Saryks.

– – – Im Graben am Zaun lag, dampfend in ihrem Blut, die Wolfsmutter und stöhnte:

»Mich wundern nicht die Schafe, die uns fürchten, denn sie

fürchten für ihr Leben. – Mich wundern nicht die Menschen, die uns verfolgen – sie geizen um ihre Nahrung. – Doch mich wundern die Hunde. Was treibt sie, zorniger und strenger gegen uns zu sein, als es ihre Herren sind, die Hirten? Sind denn die Schafe der Hunde Eigentum? Dürfen die Hunde der Schafe Fleisch essen, ihre Milch trinken und ihre Wolle scheren? Warum bedrängen die Hunde uns, die wir ihr Geschlecht sind – hungrige, wilde Verwandte? Während sie, die satten, von alters her satten Verräter, ihren Bauch in üppiger Sklaverei mästen, streifen wir frei und elend durch Busch und Dorn – und haben keinen tollern Feind dabei als unsre feinen Brüder … die Hunde …«

Mit diesen Worten verendete die Wolfsmutter am Zaun im Graben.

– – – Da kehrten die Hirten, reich beladen mit den erbeuteten Decken, zurück. Rauflustig, mit Triumphgebell umsprangen die Hunde ihre Gebieter.

»Es war ein harter Strauß, Brüder –«, rief der älteste der Hirten, »– wir wollen uns beim Wein stärken. – Junge, bring die Beutel her!« – Und sie setzten sich ans neuentfachte Feuer.

Die Schafe hatten die Köpfe zusammengesteckt und eifrig beraten. Nun zwängte sich der alte Hammel Kojun durch die Gitterpfähle, erschien vor den Hirten und sprach:

»Dank euch, ihr Herren, die ihr uns nährt und beschützt! Dank, heißen Dank euch und den Hunden allen, die ihr uns eben aus großer Gefahr befreit habt. Dank im Namen der Herde.«

Freundlich nickte der alte Hirt:

»Schön, daß ihr Schafe unsre Fürsorge anerkennt. Unser Leben setzen wir oft genug für euch aufs Spiel – da ist es auch eine Pflicht, unsre Wohltaten durch Liebe zu vergelten. – Geh hin, Kojun, und versichere die Herde unsrer fernern Gnade.«

Der Hammel ging.

Sie tranken Wein, da sagte einer:

»Seid ihr nicht hungrig, Brüder – nach der Jagd? Wie wär's, wenn wir Kojun, den alten Hammel, schlachteten?«

Und sie schlachteten ihn.

Er starb als Patriot.

Darwinismus

Paprika Jantschi, Lehrer von Báranjaßentmiklosch, war kaum ins »Jägerhorn« getreten, als man ihn zum Schiedsrichter anrief in der Frage: was denn die Anpassung sei.

»Aißerst einfoch«, begann er. »Belieben Sie, ich bitte ergebenst, sich ad exemplum zu vorstellen einen Gegend, wo absolut nix is. Einen sogenannten Wüstenai. Und in diese Wüstenai leben zwei Löwen: eine Mandellöwe und eine Weibellöwe. Diese Paar Löwen vermischen sich, mit Reschpekt gesagt, miteinand und kriegen eine ganz klaine Löwe. – Nun ist in diese Gegend eine große Mangel an viel zu wenig Nahrung. Besogter Löwenpoor leidet storke Not. Haat wird der Löwenpoor nicht nur selber sehr herunterkommen in sainem Körperbau, sondern auch saine Nachkommen werden aißerst mager. Löwen werden immer klainer und klainer. – Unterdessen wird sich aber durch menschliche Onsiedlungen in besogter Gegend geausbreitet – Löwen werden immer mehr gezurückdrängt. Jene Löwen, wos bei ihre olte Wildheit und Raubgier bleiben, müssen den Menschen fliehen und gehen in Wüstenai an Hunger zugrund. Nur jene ondre Löwen bleiben übrig, wos sich den neuen Verhältnissen anpassen, sich mit Menschen vertragen, bescheidener und zahmer werden.

Haat – so entfällt auch bald Raubgier – Löwen schließen sich immer mehr an Menschen und immer mehr, werden zahmer und zahmer, werden klainer und klainer, kommen immer näher und näher – Zähne, Krallen verkümmern – und nach ain, zwaihundert Generationen ist aus Löwenpoor geworden durch Anpassung ein Paar Läus.«

Landleben

In zahllosen Mitbürgern gärt und glimmt heimlich die Sehnsucht nach dem Lande. Man träumt von einem Häuschen im Grünen – einem Garten mit Blumen – Frieden – Abendläuten – Sonnenuntergang.

Nicht Rousseau hat an diese Rückkehr zur Natur erinnert: es ist Großmutters Erbmasse, Atavismus des dritten, entwurzelten, in die Stadt verpflanzten Geschlechts.

Doch warum nicht gleich auf Bäume klettern? wie der Urpapa?

Hört mich an: laßt diesen blödsinnigen Durst nach Landluft! Ich bin auf dem Lande aufgewachsen; mein Geburtsort hatte 49 Einwohner; 96 vom Hundert waren Analphabeten; zwei Prozent konnten lesen und schreiben: ich nämlich.

Da bin ich bis zu meinem zwanzigsten Jahr geblieben. Ich kenne das Landleben durch und durch.

Nieder mit Virgil, Georgica, Bucolica! Pfui, Rousseau! Haller und Mörike an die Laterne! – Es muß endlich enthüllt sein – in Wahrheit verhält sich die Sache wie folgt:

Die Natur besteht aus Ameisen und Brennesseln, das Dorf aus Fliegen, Bauern, Kälberdreck.

Das Land ist unbewohnbar. Die Hütten enthalten Wanzen. Die Mauern triefen. Die Türen klaffen. Die Öfen rauchen.

Der Zustand des W. C. allein schon schreit zum Himmel. Es steht weitab vom Haus, einsam auf der Flur. In das Türchen ist ein Herz geschnitten. Dünste zeigen das Wetter an; schlechtes

Landleben

Wetter. – Ich habe versucht, zum Ersatz die Kinderschaukel einzuführen, an die fruchtschweren Zweige des Apfelbaums gebunden; die Erfindung hat sich nicht bewährt. – Zu Reite in Tirol hat man die Kommodität auf den Speicher verlegt; man muß solang mit der Kuhglocke läuten, um die Fußgänger unten zu warnen; trotzdem häufen sich Unglücksfälle.

Ruhe auf dem Land? Haha: die Stiere brüllen, die Kühe muhen, Schafe blöken, Hähne krähen, Hühner gackern – jegliche Art Vieh macht sein Geräusch. – Und die Bauern? Ha! – Und die Balken? Krachen. – Das ist die Ruhe auf dem Land.

Man wähnt, es gebe selbstgezogenes Gemüse auf dem Land. Der Wahn trügt – es gibt kein Gemüse. Selbstgezogene Karotten erreichen im besten Fall Daumengröße; ich habe auch Westenknöpfe erlebt. – Ich habe, mit dem Schweiß des Fleißes auf der Stirn, Spargelbeete von Meilenlänge angelegt, zwölf nebeneinander, wie Eisenbahndämme. Ergebnis: Stricknadeln, nichts weiter. Einmal ernteten wir einen Bleistift; man mußte ihn vor dem Genuß mit dem Hammer schmieden. – Wirklichen Spargel gibt es nur in Büchsen.

Daß auf dem Lande Obst gedeiht, ist häretischer Aberglaube. Nein, Obst gedeiht nicht. Die Pflaumen sehen nur so aus; sind aber sauer, hart, wurmzerfressen und mit Harztropfen behangen. – Die Äpfel sehen nicht einmal so aus; Adam muß ein Rindvieh an Gefräßigkeit gewesen sein – falls er auf dem Lande aufwuchs.

Das Fleisch ist ungenießbar; es besteht aus Sehnen. – Den Hühnern ist das Federkleid unmittelbar an das Skelett gewachsen. Übrigens krepieren die Hühner vorzeitig an Pips; die Gänse werden von Hühnerläusen gefressen, die Enten von den Ratten; nur die Ratten bleiben – Sieger im Daseinskampf.

Die Atmosphäre schneit und regnet. – Lesen Sie doch die Anzeigen der Wetterwarte: täglich seit zwanzig Jahren prophezeit sie wachsende Nässe, Verschlimmerung. Wohin soll es führen? In nochmals zwanzig Jahren?

Malzumal, in den Pausen zwischen zwei Katastrophen, prangt er richtig, der goldne Sonnenuntergang.

Dann breitet sich rosiger Kitsch über die Gefilde – eine kosmische Ansichtskarte. Zum Speien.

So viel über das Landleben.

Das Menschenweibchen

Stündlich erklimmen die Frauen eine neue Stufe auf der Treppe zur Gleichberechtigung.

Und die Wissenschaft schürft in ihren Schächten und fördert täglich zentnerweise immer neue, immer tiefere Erkenntnisse über die Frau, deren Wesen von des Mannes Wesen so verschieden ist, als wären es gar nicht Geschöpfe einer Art.

Der männliche Tiger, der männliche Zaunkönig sind mir verwandt.

Das Menschenweibchen ist von mir artverschieden.

– – – Ich weiß heute schon, wer mir diesen (hier zum erstenmal formulierten) Satz stehlen wird.

Sport

Unser Klub stagnierte fühlbar. Es lag nicht am Ausschuß – die Herren taten, was sie konnten. Aber das Gelände war zu klein.

Schleppjagd ist ja schön; wenn man aber jeden Samstag in dasselbe Loch sausen soll: das wird auf die Dauer fad. Jedermann wußte voraus, über welche Baumwurzel sein Gaul roulieren wird und ob er unter den Gaul zu liegen kommt oder nicht. Gusti, zum Beispiel, wettete auf die zweite linke Rippe und brach sie richtig bei »seiner« Hürde. – Das ist kein Sport mehr, das ist eine Kaffeegesellschaft.

Zum Glück haben wir einen Herrn im Klub, Rittmeister von Berg, der sehr viel liest; Sportblätter nämlich. Als wir einmal nach dem Halali mißmutig heimritten – Gusti wieder mit seiner zweiten Rippe – da sagte Berg:

»Wissen die Herrschaften schon? Es ist ein Distanzritt in Aussicht.«

»Wien–Berlin?« fragte Gusti.

»Ja, Wien–Berlin.«

Gusti parierte, winkte mich aus dem Rudel und sagte leise:

»Du – Wien–Berlin – denk einmal! So lange hab ich mir das gewünscht! Du mußt mir die Ausschreibung verschaffen.«

»Willst du denn nennen? Und was?«

»Frage –! Die Ilka natürlich.«

»Die geht dir ja bei Floridsdorf ein.«

Gusti schwieg und lächelte.

Natürlich sprach es sich im Klub herum, daß Gusti genannt hatte. Allgemein sagte man: es ist ein Wahnsinn. Erstens ist Ilka überhaupt kein Klassepferd – ihre Mutter soll dem Doktor Tejeschy zwischen Znaim und Neunkirchen auf dem Weg geblieben sein. Der Vater, Musiklehrer III. von Musiklehrer II. aus der Mehlkiste, ist erst recht ein Schinder. Zweitens ist Ilka acht Jahre alt und nie in Trainershand gewesen. Adams, dem man sie als Jährling in den Stall brachte, soll sie mit der Mistgabel hinausgetrieben haben. – So viel über das Pferd.

Gusti – du lieber Himmel – ist ein sehr angenehmer Mensch und spielt ausgezeichnet Klavier – aber reiten tut er wie eine Wildsau. Öffentlich hat er sich noch immer geschnitten, nur in Ödenburg nicht, da war er Walkover, und auf Distanz spannt er aus. Er ist weich wie Butter.

Das alles hätte vielleicht nichts ausgemacht. Aber mit 78,3 Kilo nennt man nicht.

Indessen scherte sich Gusti einen Dreck um die Klatschmäuler und trainierte. Er pumpte seinen Onkel um ein paar hundert Schilling an und verschrieb sich Oxfield aus Pest, der war damals en vogue. – Oxfield arbeitete Ilka zwei Stunden täglich guten Trab und brachte Gusti von 78,3 in einer Woche auf 67,5. Der arme Teufel sah aus wie der Sohn vom Skelettmenschen aus der Margo Lion.

Gusti war noch immer nicht zufrieden. Er nahm zeitig morgens eine halbe altbackene Semmel, kleidete sich in sechsfache Wolle und ritt bis Mittag. Mittags ein Viertelpfund gedörrten Hammelbraten und ein Gläschen leichten Weißwein, dann Massage bis drei. Von drei bis sieben Dauerlauf, eine Pille und infolgedessen häufige kleine Ausgänge bis zum Morgen. – Nutzte alles nichts, Gusti kam nach zwei Wochen erst auf 64.

Er war verzweifelt, der Klub war es erst recht. Major Brady telegraphierte um einen andern Trainer – Oxfield war viel zu schlapp gewesen. Der neue, Smith mit Namen, eben aus England importiert, hatte ein völlig anderes System: Ilka mußte an die Krippe, bekam wenig Bewegung, morgens einen Sekt, mittags Hafer nach Belieben, dann vier Stunden Abreibung mit südrussischer Leinwand, abends 4,2 Kilo Heu und einen Kognak. Wirklich kam sie auffallend zu Brettfleisch.

Gusti hatte sich unter Oxfield sehr elend gefühlt. Jetzt bekam er ordentlich zu essen, nämlich statt einer halben Semmel eine ganze, hierauf drei Injektionen einer geheimen Tinktur, die Smith aus Liverpool bezog, mußte im Bett bleiben, mittags wieder eine Semmel essen und ritt dann bis zum Dampfbad – 5 Uhr nm., 52°C. Vor dem Schlafengehen bekam er Alkoholeinreibungen und um Mitternacht eine Massage. Auf der nächsten Waage zeigte er 63,9.

Leider erwies sich Gusti, wie viele Herren vorausgesehen hatten, als unfähig zu sportlicher Arbeit. Er bekam Anfälle – Smith mußte ihm Fleisch bewilligen. Gusti stieg – einen Monat vor dem Start – wieder auf 64.

Schon riet man ihm zum Reugeld. Nur Major Brady hielt das Banner des Jagdklubs unentwegt hoch. Er legte eine Liste auf, sie erbrachte 4000 Schilling – weil Gusti nicht mehr schreiben konnte und auch nicht die Lippen bewegte, wenn man ihn um die Adresse seines Onkels fragte. Mit dem Geld organisierte man das Unternehmen. Denn was nutzt das schönste Training, wenn der Reiter den Weg verfehlt oder auf dem richtigen Weg ohne Ressourcen bleibt? – Nazi und Berg wurden im Auto ausgesandt, um die besten Wege zu ermitteln und in den wichtigsten Stationen Motorfahrer, Masseure, Wohnungen und Dienerschaft zu chartern.

Gusti mußte Spezialkarten des Weges haben. Sie hätten 0,4 Kilo gewogen – zuviel für den schweren Gusti. Major Brady fand das Ei des Columbus: Ilka wurde rasiert und der Weg in die Haut tätowiert. Ilka brüllte so verrückt, daß sie darüber fast ein Pfund verlor.

Da wir einmal mit den Gewichtsersparnissen begonnen hatten, ließ der Major Ilkas Ohren durch Pergamenttüten ersetzen. Deckhaar, Langhaar und der Schweif, den man wegkupierte, machten zusammen 1,6.

Leider mußte die Stute täglich rasiert werden, das Deckhaar wuchs ihr so schnell nach; unliebsame Unterbrechung der Arbeit – Ilka wurde geradezu dick. Smith kniete sich – Zeit war keine zu verlieren – richtig hinein; nun konnte man, wenn es in der Box finster wurde, deutlich den Mond durch Ilka schimmern sehen, ihr einen Hut ans obere Darmbein hängen und hörte sie stundenweit klappern, wenn sie ging. Der Klub feierte den Erfolg durch einen Festabend mit Damen.

Gusti auf Ilka

So viel sich unser Präses, der Major, hatte um Ilka sorgen müssen – er wandte auch kein Auge von Gusti. Der indolente Mensch war zwar auf 61,0 gesunken, verlor aber von da an jegliches Ehrgefühl – man ertappte ihn, wie er seinem Pferdewärter eine Wurst stahl. Der Ausschuß war über Gustis Roheit natürlich empört. Man bewachte ihn nun bei Tag und Nacht, damit er nicht ohne Rücksicht auf die Ehre des Klubs seinem Bauch fröne.

Zugleich nahm man ihn und Ilka auf die Straße. Mr. Smith fuhr im Auto mit.

Anfangs ging es unendlich langsam. Wir waren sehr besorgt. Mr. Smith schmunzelte nur. Wirklich fielen die Kilometerzeiten von Tag zu Tag. Schon beim fünften Straßentraining überritt Gusti den Bürgermeister von Znaim, der auf Kosten des Jagdklubs beerdigt wurde. Als ein zweiter Bürgermeister gewählt, von Gusti überritten, und auf Klubkosten beerdigt worden war, machte Ilka hundert Kilometer in 5:02:11, und es fehlten nur noch vierzehn Tage zum Start.

Der Ausschieß hielt daraufhin eine Nachtsitzung und beschloß, Gusti überhaupt nicht hinauszuschicken, wenn er nicht 4:00:00 Rekord aufstelle.

Wieder war es unser Präses, der mit einem vorzüglichen Einfall glänzte: wenn Ilka Pergamenttüten bekommen hatte – warum nicht auch Gusti? Man amputierte ihm auch den rechten Arm, der ja beim Reiten unnütz ist; die Vase mit Gustis Arm in Spiritus steht heute noch, mit silberner Inschrift, im Klubsalon. Der Stabsarzt meinte, Gusti könne sehr wohl vier bis sechs Rippen entbehren – es ginge nun schon in einem Aufwaschen. Major Brady ließ acht Rippen entfernen, was nicht geringen Jubel hervorrief: Gusti zeigte – in der Narkose – endlich 52,02. Die 0,02 Kilogramm, die er, dem Klubbeschluß entgegen, immer noch zuviel wog, wurden später paralysiert, indem man ihm vor dem Ritt die Breecheshosen mit Wasserstoffgas füllte.

Der Klub, Major Brady an der Spitze, hatte also ungeheure Anstrengungen hinter sich, um für Gusti die festgesetzte Gewichtsgrenze und Ilka die 4:00:00-100-km-Leistung zu sichern.

Europa weiß, daß die Mühe nicht vergebens war. Gusti trug unsre Farben erfolgreich nach Berlin und holte sich, von brausenden Hipphipp-Hurras begrüßt, den neunten Preis, eine verkleinerte Nachbildung der Siegesallee in Gips. Sie prangt im Klubsalon rechts und links der gewissen Vase.

Bekanntlich konnte man den Konditionspreis damals nicht geben, weil sämtliche Distanzpferde gleich hinter dem Ziel umgestanden waren. Den Ehrenpreis für den besterhaltenen Pferdekadaver aber bekam ebenfalls unser Klub und verehrte ihn nach einhelligem Beschluß dem Präses Major Brady.

Unangenehme Folgen weiblichen Starrsinns

Die folgende merkwürdige Begebenheit hat sich vor zwei Jahren, ungefähr im März, ereignet. Ich gebe sie wieder nach dem Bericht Ben-Akibas:

Da lebte in Enzisweiler, eine halbe Stunde vom Bodensee, der Wirkliche Oberlandgendarm II. Klasse Gottlieb Bamberger, verehelicht mit Klara, geborner Menhardt, Schreinerstochter.

Dieser Oberlandgendarm Bamberger hatte eine fast krankhafte Vorliebe für Sardellenbutter. Um seiner Vorliebe wieder einmal zu huldigen, gab er eines Morgens seiner Frau den Auftrag, Sardellenbutter für fünfzehn Pfennig einzuholen.

Frau Bamberger unterzog sich dem Auftrag nur widerwillig, da sie überhaupt eine streitsüchtige Person war und besonders dem Buttergenuß des Mannes abhold. Jedoch will sie beim Einkaufen ihrer hauswirtschaftlichen Bedürfnisse vom Krämer ausdrücklich auch Sardellenbutter für fünfzehn Pfennig gefordert haben.

Der Krämer überhörte entweder das Verlangen, oder es passierte ihm eine Verwechslung – kurz: Frau Bamberger brachte, als sie heimkam, nebst ihren andern Päckchen statt der Sardellenbutter für fünfzehn Pfennig Hefe mit. Als Bamberger sein Brot damit beschmierte und den ersten Bissen versuchte, merkte er – als Butterkenner – sofort, daß dieses keine Sardellenbutter war.

Doch kaum hatte er sein Bedenken geäußert, da fiel die Frau über ihn her: er wäre ein Tepp und ein vernaschter Bock – es sei die feinste Sardellenbutter, was überhaupt existiert; und wenn ihm die Speise nicht passe, solle er halt die Schnauze davon halten – sie, Frau Bamberger, werde die Sardellenbutter mit Vergnügen genießen. – Trotz den begründeten Abmahnungen des Mannes, in ihrer blinden Wut verschlang Frau Bamberger die vermeintliche Sardellenbutter.

Der Oberlandgendarm zuckte die Achseln, gürtete die beihabende Seitenwaffe um und ging in den Patrouillendienst. Frau Bamberger aber, erschöpft von ihrem Zornausbruch und durch eine leichte innere Unruhe ernüchtert, setzte sich an den Ofen.

Grade unter dem begünstigenden Einfluß der Ofenwärme begann die Hefe rasch aufzugehen. Frau Bamberger besah sich beunruhigt und mußte merken, daß sie fast zusehends wuchs.

Als Bamberger um elf vom Patrouillendienst heimkam, blieb er schon zwischen Tür und Angel stehen und fragte:

»Ja, was war denn jetzt dös?«

Frau Bamberger saß, die Augen waren ihr entsetzt hervorgequollen, schweißgebadet im Lehnstuhl und ächzte:

»I woaß net. Frag mi – i woaß net. Um a achte war i wie–r–a junges Madl, was noch von gar nix woaß. Und schau mi jetz an!«

»Ja, was hast denn toan?«

»Nix. Gar nix. Bein Ofen bin i g'sessen – toan hab i nix.«

»Woher käm's denn aber nachher?«

»I woaß net. I woaß net«, rief Frau Bamberger bedrückt und verzweifelt.

Also holte Bamberger eine intelligente Nachbarin. Sie untersuchte Frau Bamberger, sagte aber: von so was könne hier gar keine Rede sein. Hingegen meinte Doktor Furtwängler, der Gemeindearzt, den man auf Anraten der intelligenten Nachbarin zugezogen hatte: Ja, meinte er, Fälle einer solchen fast plötzlich auftretenden graviditas, der sogenannten graviditas acuta, wären hie und da, wenn auch selten, vorgekommen, aber trotz ihrer Seltenheit dem Auge der aufmerksamen medizinischen Wissenschaft keineswegs entgangen. Bettruhe und die weitere Entwicklung abwarten – das wär' hier das einzige.

Als der Zustand der Patientin nach einwöchiger Bettruhe stationär blieb, brachte Doktor Furtwängler seinen Kollegen Doktor Schmiles mit, um ihm den Fall zu demonstrieren. Sie untersuchten Frau Bamberger aufs neue, fanden jedoch Puls und Körpertemperatur normal – und da eine graviditas nach Aussage der intelligenten Nachbarin ausgeschlossen war, nun, so einigte man sich auf die Diagnose peripheritas elephantica – eine an sich unbedenkliche Vergrößerung des Leibesumfangs, deren Ursachen noch nicht ganz erforscht sind. Frau Bamberger verlangte stürmisch, aufzustehen und ihren Hausarbeiten nachzugehen – was man ihr auch ohne weiteres bewilligte.

Nun war es interessant, Frau Bamberger in ihrem täglichen Leben zu beobachten. Trotz ihren enormen Dimensionen nämlich hatte ihr Körpergewicht nicht im geringsten zugenommen

– im Gegenteil, es ließ sich ein kleiner Auftrieb konstatieren. Frau Bamberger bewegte sich nicht nur leicht, in der Art schlanker Leute, sie war auch imstande, ähnlich wie ein Gummiball, ziemlich hoch in die Luft zu springen und kam dann erst mit wiederholten kleinen Sätzen völlig zur Ruhe. Wenn sie in der ersten Zeit, ihres vergrößerten Durchmessers ungewohnt, zufällig einmal an die Wand prallte, flog sie im Bogen zurück. Nur das Gehen bei Sturmwind war ihr äußerst beschwerlich.

Der Zustand dauerte einige Monate. Schon hatte Bamberger namens seiner Frau einen Vertrag mit einem Berliner Künstlerkabarett geschlossen.

Da kam plötzlich der Umschwung:

Am Morgen vor ihrer Abreise ins Engagement nach Berlin, Glock sechs, tänzelte Frau Bamberger froh und leichthin durchs Haus, trällerte eine Melodie ihres neuen Repertoires:

»Und beim Kramer
sitzt a Lahmer,
hat die Haxen ausgestreckt,
Und dös g'freut den Architekt.«

Dann spitzte sie den Mund und pfiff – pfiff – einen einzigen langgezogenen Ton von sechs Uhr morgen bis sieben, bis elf – bis Mittag – bis Abend. Und nahm immer mehr ab.

Um halb neun abend verstummte sie. Und war schlank wie je.

Nur etwas verschrumpft und altbacken.

Der Vertrag mit dem Künstlerkabarett mußte natürlich gelöst werden, da ja Frau Bamberger in diesem Körperzustand auf das Interesse des Berliner kunstsinnigen Publikums nicht mehr zu rechnen hatte.

Landwirtschaft

Mein Oheim, der selige Herr Anton Riedel, war eine allgemein geachtete, harmlose Persönlichkeit von angenehmem Äußern und etwas Vermögen. Er hatte eine Pacht in Oberösterreich. Ein Landwirt ohne Fleck und Fehl. Die Wissenschaft, jene milchende Kuh, die uns mit Butter versorgt, gehörte zu seinem Viehbestand, und die Praxis hatte er durch emsiges Volontieren auf dampfpflügenden Domänen weg.

Onkel Riedel hatte also eine Pachtung. Da war Sandboden und Lehmboden. Auf dem Sandboden standen Ginster und Waldmeister, Maiglöckchen und Huflattich, auf dem Lehmboden Raden, Klatschmohn und Königskerzen. Kleeseide und Quecken hatte Onkel Riedel überall, Butterblumen aber nur in den Niederungen und in der Sonne.

»Onkel Riedel«, fragte ich ihn bescheiden, denn ich hatte Ehrfurcht vor ihm, »Onkel Riedel, wo wächst eigentlich dein Reinertrag?«

Onkelchen, die Güte selbst, antwortete:

»Kind, das verstehst du nicht. Einen unmittelbaren Reinertrag wirft der Ackerbau in Europa überhaupt nicht ab. Den erziele ich erst auf Umwegen, durch Mastung. Alles, was du siehst – den ganzen Segen, wie er dasteht, fressen meine Ochsen.«

»Und auf diese Art verwertest du deine Ernte – wie?«

»Nein, Kind. Die Mastung an sich bringt auch nichts ein. Keinen roten Heller. Die Ochsen werden fett davon – ich nicht. Ich bestimmt nicht.«

»Und der Reingewinn, Onkelchen?«

»Ja, siehst du, Junge, das ist einem Laien schwer klarzumachen: der Gewinn besteht nämlich aus dem Dünger, den mein großer Viehstand erzeugt.«

»Ah –!«

»Ja. Und dieser Dünger« – um Onkelchens Lippen zuckte es schmerzlich –, »dieser Dünger kommt dann wieder auf die Felder und erzeugt den Segen, den du ringsum siehst.«

Mit einem tränenschweren Blick zum lieben Gott schloß Onkel Riedel die Darlegung seiner Wirtschaftsweise.

Schwänke

Der Diplomat muß Komplikationen aus der Welt zu schaffen wissen.

Einst bekam der türkische Gesandte in Wien Auftrag aus Angora: einen gewissen Georg Bostanoglu verhaften und ausliefern zu lassen – türkischen Untertan, als welcher er daheim allerhand ausgefressen hatte.

Verhaften – ausliefern – das bringt schauderhafte Schreiberei.

Exzellenz, der Herr Gesandte, schickte seinen Sekretär zu Bostanoglu:

»Freund, Sie werden von der Behörde verfolgt. Hier haben Sie etwas Geld – hier eine Fahrkarte nach Prag – machen Sie sich dünne!«

Bostanoglu ließ sich's nicht zweimal sagen.

Bei seiner Ankunft in Prag wurde er verhaftet; auf telegraphisches Aviso der Wiener türkischen Gesandtschaft.

Und die Auslieferung samt Schreiberei fiel dem Prager türkischen Gesandten zu.

*

Man mag über die Japaner dieser oder jener Meinung sein – eins wird man ihnen lassen müssen: sie sind ungemein kühl und vorsichtig im Urteil.

Anfang vorigen Jahres ist Hauptmann Osaka mit der kaiserlich japanischen Sondergesandtschaft nach Wien gekommen. Heute habe ich ihn kennengelernt.

»Welchen Eindruck haben Sie von den Wiener Frauen?« fragte ich ihn.

»Kann übel Wienel Flauen noch nifts sagen. Kenne elst im ganzen neunhundeltzwörf.«

*

Staatsprüfung in der Wiener Konsularakademie, Diplomatenklasse.

Kandidat: Erlaucht Rainer Maria Graf Putitzki zu Putitz ab Rima.

Erste Frage: »Kaiser Karl der Sechste.«

Der Kandidat schweigt.

Zweite Frage: »Schlacht bei Königgrätz.«

Der Kandidat schweigt.

Dritte Frage: »Wo sind Sie geboren?«

»In Ljembärg.«

»Wissen Sie das sicher?«

»Ja, ganz siicher.«

»Na, dann haben Sie wenigstens eine Frage richtig beantwortet.«

*

Die griechische Gesandtschaft zu Wien hatte einen Portier mit dem Namen Schleimgruber.

Ein Söhnlein ward ihm geboren. Er bat den Gesandten zu Paten.

Am Abend des Tauftages, noch ehe er ein Geschenk gestiftet hatte, wurde der Gesandte abberufen.

»A so a Pech«, sagte der Portier. »Jetzt haaßt mei Bua fürs ganze Leben Archilochos, un i hab an Dreck davon.«

Die Lösung

Einmal war Spannung zwischen Italien und Frankreich: junge Leute in Marseille hatten dem italienischen Konsul die Fenster eingeworfen.

Darauf rotteten sich Studenten in Turin zusammen, sammelten Steine und wollten dem französischen Konsul ein Gleiches antun, die Scheiben klirren machen.

Stieg ein kluger Greis auf den Untersatz des Gaskandelabers und redete:

»Mitbürger! Patrioten! Ihr seid im Begriff, eine Torheit zu begehen. Denn was wird geschehen, wenn ihr euern Vorsatz ausführt? Unsre Regierung wird sich in Paris entschuldigen – Italien, wir werden die zerstörten Fenster bezahlen müssen. Hört auf mich! Der französische Generalkonsul hat hier eine Freundin, Signora Arabella, Via Garibaldi 12. Ihr, ihr wollen wir die Fenster einschmeißen. Dann braucht sich niemand zu entschuldigen – und die Fenster muß der Generalkonsul bezahlen.«

Meine Nordpolexpedition

Über den Forschungsunternehmungen der großen Völker vergißt man gern eine österreichische Tat: meine Nordpolexpedition im vorigen Jahr.

Ich war am 3. April von Kap Tscheljuskin aufgebrochen. Leider viel zu spät, wie sich zeigte. Meine Reise hatte sich verzögert, weil bei dem Tiefstand des österreichischen Kredits das Zehrgeld so schwer aufzubringen war. Ich mußte einen halbwegs günstigen Stand der Züricher Börse abwarten und geriet so in den Polarwinter, der, genau wie der Winter in den Alpen, schon Anfang Mai einzusetzen pflegt.

Dem Elend meiner Heimat entsprechend, war meine Ausrüstung recht ärmlich. Unser Fahrzeug war ein kleines altes Holzschiff »Inseparabiliter ac indivisibiliter«, anderthalb Tonnen, das vorher jahrelang der Grammat-Neusiedler Papierfabrik zum Einweichen von Wollumpen gedient hatte. An Nahrung führten wir einige hundert Gulaschkonserven mit, aus früheren Heerbeständen, und eine Kiste Zichorienkaffee. Doch alle Mängel der Ausrüstung wurden behoben durch den eisernen Willen von vierundzwanzig Österreichern des Mittelstandes, das Banner unsrer ruhmreichen Republik auf den Nordpol zu pflanzen. Von Hause her Hunger gewohnt, durch den Frost unheizbarer Wiener Winter abgehärtet, freuten wir uns auf die Entbehrungen, die uns bevorstanden – für uns sollte die Nordpolreise im Vergleich zur Heimat eine komfortable Erholung werden.

Im nördlichsten Hafen, Uperniwik in Grönland, heißten wir einige Hunde an Bord, die uns mitleidige Eskimos, nachdem ich ihnen den Zustand Österreichs geschildert hatte, feuchten Auges schenkten. Gerührt nahmen wir Abschied von den letzten menschlichen Wesen, um hinaus in die trostlose und doch so kristallhelle Einsamkeit zu segeln.

Ich kann den Hergang der Expedition einstweilen nur kurz schildern; eine ausführliche Darstellung bleibt meinem Hauptwerk (bei Brockhaus, Leipzig) vorbehalten.

Von meinen zweiundzwanzig Leuten gaben elf das Unternehmen schon nach zwei Tagen als zu fad auf. Die übrigen neun verlangten bald ihre Pensionierung. Ungebrochenen Mutes setzte ich die Forschungsreise mit dem mir verbliebenen einzigen Gefährten fort, dem Hauptmann-Rechnungsführer a.D. Alois Prantl.

Weihnachten feierten wir schon im Packeis. Es hatte unser Bootchen eingeschlossen und trieb uns unaufhaltsam nach Norden. Stummergeben mußten wir uns der Gewalt der Elemente überlassen, ohnmächtig, in ihr Walten einzugreifen.

In diesen Monaten ewiger Nacht war unser wahres Labsal die Bordbücherei, bestehend aus einer Nummer des »Wiener Neuigkeits-Weltblattes«, die unser hoher Protektor (Graf) Lamezan uns vor der Ausreise gespendet hatte. Immer wieder lasen Prantl und ich einander mit erstickter Stimme den Leitartikel vor. Bald konnten wir ihn auswendig und nahmen uns sozusagen das Wort aus dem Munde, indem der eine von uns den vom anderen begonnenen Satz zu Ende sprach, oder beide den Text (er handelte von der Einrichtung einer gemischtsprachigen Bezirksbehörde zu Hohenau) im Chor aufsagten. Unsre Gedanken weilten bei unserm lieben Wien – dem alten Steffel auf dem Stephansplatz, den süßen Maderln; und wenn uns die Phantasie einen saftigen Kruspelspitz vorzauberte mit einem Glase frischen Pils, da blickten wir einander in die Augen, Prantl und ich, und stimmten eine tiefempfundene Weise an zum Lobe unsrer Kaiserstadt.

Der furchtbarste Tag war der Faschingsdienstag. Die Stürme der Arktis und Antarktis schienen sich Rendezvous bei uns gegeben zu haben zu einer grauenvollen Française und tanzten

Meine Nordpolexpedition

rund um unser Schiffchen die vierte Tour. Das Eis türmte sich zu Bergen, preßte unser Fahrzeug ein, und wir mußten es verlassen.

Tags darauf schlug uns ein zweites Unglück und bewies uns, daß selbst in unsrer verzweifelten Lage noch eine Steigerung der Schrecknisse möglich war: ein Windstoß entriß uns unser Boot samt allen Instrumenten.

Nun, unsern Instrumenten, bestehend aus der nautischen Uhr und dem Thermometer, brauchten wir nicht nachzutrauern, da wir einerseits die kostbare Uhr schon in Hamburg auf das Leihamt gebracht hatten, andrerseits das Thermometer zerbrochen gewesen und wir auch ohne meteorologische Ablesung merkten, daß es ziemlich kalt war. Doch mit den Instrumenten war uns auch Kozenns Atlas für die Mittelstufe der österreichischen Bürgerschulen, Auflage 1880, Halbleinen, verlorengegangen, so daß wir nun in der Eiswüste ohne Orientierung blieben.

Als die Zichorienkiste verzehrt war, aßen wir unter Tränenströmen unsre treuesten Genossen, die Hunde. Noch hatten wir anfangs zwei Zwiebeln und etwas Paprika. Doch der Paprika ging zu Ende, und nun vermochte selbst Prantls hervorragende Kochkunst uns kein abwechslungsreiches Menü mehr zu zaubern. Den letzten Hund mußten wir als Pichelsteiner Fleisch zubereiten.

Wir gingen dem 21. März entgegen, wo wieder die Sonne aufgehen sollte. O Schreck, sie ging nicht auf. Ein Strahl des Nordlichts beleuchtete die hoffnungslose Szene.

Ich sagte schon, wir hatten Instrumenten und Karten eingebüßt. Daher merkten wir nicht, daß uns das Packeis über den Nordpol hinausgebracht hatte, in jene absolute Wüstenei, wo es keine Meridiane und Breitengrade mehr gibt. Der Kompaß, den Prantl noch von seiner aktiven Dienstzeit her an seiner Militärbluse hängen hatte, drehte sich planlos.

Dazu die unbeschreiblichen Entbehrungen. Eine einzige Dose Tapetenkleister, die Prantls Tante ihm zum Glück beim Abschied aus Wien als eisernen Vorrat zugesteckt hatte, sie schmierten wir auf das trockene Brot.

Einmal war es mir fast schon gelungen, einen Seehund mit einem dargebotenen Bissen anzulocken; da erblickte er unsre Flagge, rümpfte die Nase, schüttelte sarkastisch-lächelnd den Kopf und kehrte um.

Prantl wurde von diesen Nöten irrsinnig. Er forderte stürmisch, von mir zum Bezirksvorstand von Hohenau ernannt zu werden, mit der gleitenden Lohnskala der Wiener Trambahnführer. Angesichts der Knappheit der österreichischen Staatsmittel konnte ich sein wahnwitziges Verlangen nicht erfüllen – und er proklamierte den Generalstreik der Bundesangestellten.

So hatte sich auch der letzte Begleiter von mir getrennt – ich stand allein; ohne Proviant, ohne Schlafstätte, ja, ohne Legitimationsdokumente – allein in der Öde der Polarnacht.

Hier war es, wo der Himmel ein Wunder an mir wirkte:

Ich höre am 14. April, 7 Uhr morgens, einen fernen Ton in der eisstarrenden Einsamkeit. Zuerst glaube ich an eine Elendshalluzination. Doch nein, es sind menschliche Laute.

Laute, die näher kommen. Erregt horche ich – und nehme im nächsten Augenblick eine große, vermummte Gestalt aus; sie tappt im Dunkel daher, beugt sich alsbald zu mir nieder und redet mich in einer fremden Sprache an.

Man weiß aus den Berichten der Blätter, daß es die Gouvernante Fräulein Gertrud Bräsig war, die da, auf einem Spaziergang mit ihren zwei schutzbefohlenen Kinderchen begriffen, mich in der Stunde der äußersten Erschöpfung auflas.

Sie labte mich und brachte mich zu ihrer Herrschaft, in eine Pfarre nach Rostock.

Ich war geborgen und feierte noch am selben Abend bei dampfendem Punsch meine glückliche Errettung.

– – – Habe ich auch viel Qualen durchmachen müssen, so tröstet mich die Fülle des wissenschaftlichen Materials, das ich von meiner Expedition heimbringe. Es steht in nichts hinter den Ergebnissen andrer, großartiger, reichausgestatteter Polarfahrten zurück. Man weiß dank meiner Forschungen, daß die Temperatur nach dem Pol zu bedeutend abnimmt – und eine Art des Eisflohs, die ich entdeckt habe, wird in aller Zukunft meinen Namen tragen.

Leben und Sitten der Irokesen

Die Irokesen wohnen zwischen den Großen Seen.

Man hört bei uns oft sagen, sie stürben aus infolge übermäßigen Genusses schlechter Schnäpse. Nichts davon ist wahr. Die Irokesen vermehren sich – sie waren niemals so zahlreich wie heute, und das Schnapstrinken ist der Masse des Volkes durch harte Gesetze so gut wie versagt – mögen die Gesetze auch von wohlhabenden Trinkern oft umgangen werden.

Sie sind schöne, aufrechte, hochgewachsene Menschen von einheitlicher Zucht. Man sieht der Rasse nicht an, daß sich vielerlei Blutquellen in ihr mischen.

Wiewohl sie also eine ursprüngliche Nation nicht sind, die Irokesen, fühlen sie sich mit aller Glut als solche, sind stolz auf ihren Namen und sehen auf andre Völker hochmütig hinab; mit einer Anmaßung, die sehr verschiedenartige Temperatur hat: den Neger verachten sie kalten Herzens. Dem Bleichgesicht gegenüber sind sie bei aller Aufgeblasenheit innerlich unsicher und fragen sich insgeheim: Ob denn das Bleichgesicht die Überlegenheit irokesischen Wesens auch richtig anerkenne.

Sie leben in einer Reservation, d. h. in einem nur ihnen vorbehaltenen Gebiet. Es ist weit über den Bedarf ihrer Kopfzahl ausgedehnt, könnte unschwer noch viele Ansiedler ernähren. Doch die Irokesen sind bei all ihrer primitiven Denkweise schlau: aus Vorsorge für ihre Kindeskinder, aus Angst vor unruhigen Zuzüglern, aus neidischem Geiz beanspruchen sie ihre Jagdgründe ganz allein für sich und dulden nicht, daß Fremde einwandern. – Nicht einmal in die dritte Nachbarschaft soll das Bleichgesicht dringen, bestimmt ein Stammesgesetz der Irokesen, das sie eifersüchtig hüten wie ein religiöses Gebot. Man nennt dies Gesetz »die Monroedoktrin« – nach einem sagenhaften Heros, der es soll erdacht und erlassen haben.

Ihre Sprache ist mit englischen Vokabeln dicht durchsetzt.

Die Irokesen leben nur der Jagd. Jagd ist ihre Leidenschaft, ihr einziges Geschäft bei Tage, ihr Gespräch am Abend, ihr Traum bei Nacht. Selbst Häuptlinge und andre Reiche, die auf Beute längst nicht mehr angewiesen sind, betreiben Jagd und wenden daran alle Kraft des Körpers und des Geistes – bis zur Erschöpfung und Verblödung. Ein Medizinmann zählt bei ihnen nur, insofern seine Künste die Jagd fördern. – Längst gilt es nicht mehr, Wild zur Stillung des Hungers aufzubringen: die Irokesen leben in Überfluß nach unserm Maßstab – in Überfluß auch dann, wenn sie zeitweis von Niedergang und Not faseln. Die sogenannte Not der Irokesen trügen wir immer noch mit innigem Behagen. Die Felle bei ihnen stapeln sich zu Bergen – so zahllos, daß Geschlechterfolgen sie nicht verbrauchen können. Die irokesische Begehrlichkeit läßt nicht nach; die Jagd ist Selbstzweck geworden. Sie schließt jeglichen Kulturwillen aus. Schon die Kinder werden zu Jägern, nur dazu, erzogen: um ihre Sinne für das Waidwerk wachzuhalten, gewährt man ihnen jegliche Freiheit, sucht sie von anderm Unterricht auszuschließen, der etwa die Augen trüben, Herz und Muskel erweichen könnte. Hingegen übt man die Kinder im Brüllen – damit werden sie einst den Büffel schrecken.

Als die Irokesen ihr Land bezogen, den undurchdringlichen Wald, hatten sie müssen die Weiber in der Urheimat zurücklassen. Das Weib hatte Seltenheitswert. Heute noch, wiewohl die Ursache längst überholt ist, gefallen sich die Irokesen ihren Frauen gegenüber in einer Art von rohem Minnedienst. Die Frauen gehen bunt tätowiert einher, mit kostbarem Pelzwerk geschmückt, und beanspruchen überall Vortritt und Verhätschelung.

Die Religion der Irokesen ist ein strenger, phantasieloser Urglaube, überlagert vom Ahnenkult. Der Urglaube folgt buchstabengetreu der Schrift. Die Moral des Geschlechtslebens ist von dörflicher Starre. Andrerseits neigen die Irokesen zu Gewalttat – man raubt und mordet mehr bei ihnen als anderswo. Ehemals pflegten sie ihren Gegner zu skalpieren; sie tun es längst nicht mehr – sie bemächtigen sich seiner mit Haut und Haar. – Betrug gilt für ein Verbrechen nur, wenn er mißlang. – Der Ahnenkult gebietet ihnen, den legendenumwobenen ersten Häuptling ihres Stammes, George Washington, zu verehren, einen Halbgott, der ihren Mythen zufolge vor etwa 160 Jahren gelebt haben soll. Man schreibt alle verdienstvollen Taten seines Zeitalters ihm persönlich zu – Taten, die von der Volksdichtung ins Unermeßliche gesteigert sind. Auf ihn führt man das Evangelium der Irokesen zurück, »die Verfassung«. Nach dieser Urkunde richtet sich auch heute noch – äußerlich – das Staatsleben. Sogar die Personen der Umgebung Washingtons gelten als heilig; man setzt ihnen Bildsäulen und betet sie an. Der Hauptort der Irokesen ist nach dem Stammgott benannt; in dieser Gegend steht sein Kult am höchsten; man findet dort Statuen von Washingtons Trompeter und der Amme von Washingtons Trompeter, vor denen ewige Lichter brennen.

Man kann die Irokesen nicht eigentlich als kriegerisch bezeichnen; die fast grenzenlose Fläche ihres Landes enthebt sie des Verlangens nach Eroberung. Immerhin suchen sie Gelegenheit zu bewaffneten Zusammenstößen eher, als daß sie ihnen ausweichen.

Dann fallen sie verheerend in die feindlichen Gebiete ein. Bald haben sie das Schlachten satt, ziehen sich in ihre Heimat zurück, ohne sich um das Völkergetümmel draußen, die rauchenden Brandstätten weiter im mindesten zu kümmern, und frönen abermals ihrer einzigen Passion: der Jagd.

Schwänke

Wenn man mich fragt, wer der höflichste Mann war, den ich je gesehen habe: der Abbé von Mesancy.

Die Französinnen sind sehr abergläubisch – einem Priester auf der Straße zu begegnen gilt als böses Omen; man muß sofort nach einem Stück Eisen fassen – das bringt dann die Chancen wieder ins gleiche.

In Mesancy erbleichte eine junge Dame beim Anblick des Abbés. Blieb fassungslos stehen – dann äugte sie fieberhaft nach einem Stück Eisen.

Mit reizend-nachsichtigem Lächeln griff der Abbé in die Tasche und reichte ihr seinen Hausschlüssel.

*

Der Michelbauer aus Schwabendorf trat ein und fragte:

»Bin ich hier recht beim Herrn Anwalt Müller?«

»Lieber Freund«, antwortete der Chef, »es gibt drei Rechtsanwälte mit Namen Müller im Ort.«

»Ich meine den Herrn Müller, was ... hm ... was ein wenig trinkt ...«

Dr. Müller lächelte. »Man kann dieselbe Vorliebe meinem Kollegen Ewald Müller nachsagen.«

»Und die Frau ... soll a so a ausgeschamts Weibsstück sein ...«

»Also kurz, Gevatter: Was wünscht Ihr?«

Das Militärstrafgesetz

In Esseg stand ein Kanonier vor dem Kriegsrecht – er war angeklagt, bei Nacht und Nebel seinen vorgesetzten Feldwebel schwer verprügelt zu haben.

Zu allgemeiner Verwunderung kam der Mann mit einer überaus gelinden Strafe weg: fünf Jahre schweren Kerkers.

Nach dem Buchstaben des Gesetzes hätte diesem Mann eine viel, viel härtere Strafe gedroht; und wenn das k. und k. Militärgericht diesmal so ungewöhnliche Milde walten ließ, geschah es nur aus der Erwägung: daß dem Angeklagten seine Schuld in keiner Weise nicht einmal im entferntesten nachgewiesen werden konnte.

Antipellin, das beste Mottenpulver

No, was haben S' denn?« fragte Dr. Brzezlarzik – wie schon der Name sagt, Universitätsprofessor zu Wien. »Was haben S' denn?« fragte er freundlich.

Der Fabrikant biß sich in die Lippen. – »... Herr Hofrat«, sagte er, »da ... muß ein Irrtum geschehen sein.«

»No, no, wo is denn ein Irrtum geschehen? Mir werden schon machen.«

»Alsdann ... Sie erinnern sich vielleicht, Herr Hofrat, daß ich da vor ein paar Wochen bei Ihnen war – wegen einem Zeugnis, ich bitte?«

Professor Brzezlarzik konnte sich aber nicht erinnern.

»Wegen einem Zeugnis, ich bitte, Herr Hofrat. – Mein Name ist Edhofer.«

»Ah so – ja, ja, ich weiß schon. Die Malzbonbons.«

»Nein, entschuldigen schon, Herr Hofrat, keine Malzbonbons. – Antipellin.«

Herr Edhofer lehnte sich zurück und erzählte:

»Antipellin, das beste Mottenpulver. Seit zwanzig Jahren erzeugen wir, ich bitte, Insektenpulver aller Arten. Es fehlt uns nicht an Anerkennung – wir sind auch Hoflieferanten gewesen Sr. Majestät des Fürsten Nikolaus von Montenegro. Wir haben Dankschreiben für unser Insektenpulver von alle mögliche Kapazitäten und hohe Herrschaften – aber, mein Gott, man kann die Dankschreiben nicht veröffentlichen, denn wer weiß, ob's denen Herrschaften recht wär. – Und da haben verschiedene Schwindelfirmen in der Insektenpulverbranche Atteste von – Gott weiß, was für – obskure Assistenten und Czernowitzer Professore. Hab ich mir gedacht: Mein lieber Edhofer, gehst hin zu unserm berühmten Hofrat Professor Brzezlarzik, bringst ihm ein paar Flascheln Antipellin und bittest ihm, das Antipellin genau zu untersuchen, wissenschäftlich zu untersuchen – chemisch, bakteriologisch, experimentell – und mir dann ein Zeugnis auszustellen, was man in die Zeitungen inserieren kann. Und so bin ich halt die Täg dagewesen.«

»Ja, ja, ich weiß schon. Vor zwei Wochen – nicht wahr?«

»Jawohl, Herr Hofrat. Und da vor drei Täg schick ich meinen Prokuristen her – und er legt, ich bitte ... no, ich erwähn's ja nur der Ordnung halber ... er legt ein Kuvert mit fünfhundert Kronen auf den Tisch ... und ... bekommt ein Zeugnis.«

Herr Edhofer zog einen Bogen hervor.

»No also, Her Edhofer – Sie haben ja das Zeugnis, wie ich sehe?«

»Ja, Herr Professor – ein Zeugnis hab ich schon bekommen ... aber was für eins! Bitte, lesen Sie's selbst!«

Der Herr Hofrat schob die Brille zurecht und las das von ihm selbst ausgestellte und unterschriebene Zeugnis. Es lautete:

»Ich habe mit dem mir vielfach empfohlenen und auf der Weltausstellung zu Chicago mit der Goldnen Medaille ausgezeichneten Antipellin-Mottenpulver wissenschaftliche Versuche angestellt und folgende Ergebnisse erzielt:

Eine Brut der Pelzmotte (Haarschabe, Tinea pellionella L.) ist, in das Antipellin gebracht, schon nach überraschend kurzer Zeit vorzüglich gediehen. Die Raupe, welche sonst nur etwa 6,7 mm lang zu werden pflegt, war, unter Beisatz von Antipellin erzogen, 10 mm groß, voll entwickelt und überaus kräftig.

Ein noch größeres Resultat ergab die Raupe der Kleidermotte (Tinea sarcitella L.), welche, mit Antipellin ernährt, Prachtexemplare lieferte, die von der Schnauzenspitze bis zum letzten Hinterleibsring 11,05 mm maßen.

Ich stehe daher nicht an, das Antipellin für das beste aller existierenden Mottenpulver zu erklären, und bitte Sie, mir noch sechs Flaschen davon für meinen Privatgebrauch zu senden.

gez. Dr. Brzezlarzik,
o. ö. Universitätsprofessor.«

Das war das Zeugnis. Der Gelehrte faltete es und sprach:

»Ja, sehen S', mein lieber Herr Hoflieferant, dieses Zeugnis is ein Blödsinn – das seh ich ein. Das is halt in meiner Abwesenheit von meinem Herrn Assistenten verlämmert worden. – Aber machen S' Ihnen gar nix draus, Herr Edhofer – ich bin ein reeller Mensch, ich hab das Prinzip: Nichtkonvenierendes wird anstandslos umgetauscht. Lassen S' Ihnere Flascherln da – lassen S' das Zeugnis da – ich wer' persönlich eine neue wissenschaftliche Versuchsreihe anstellen – das wird dann ein ganz andres Zeugnis. – Aber wer ist an dem Mißverständnis schuld? Sie, Herr Fabrikant. Nur Sie. Wenn ein Gelehrter, ich bitte, eine wissenschaftliche Versuchsreihe anstellen soll, ich bitte, muß man ihm vorher klar und deutlich sagen: das und das soll sich bei die wissenschaftlichen Versuche herausstellen. Danach richtet der Gelehrte seine wissenschaftlichen Versuche ein, und sie gelingen.«

Die Anstalt

Man hatte mich eingeladen, die Irrenanstalt in Troppau zu besichtigen. Es ist das eine der größten in der Tschechoslowakischen Republik.

Nun, meiner Treu, ich bin nicht hochmütig und am allerwenigsten klebe ich am Zeremoniell – wenn aber der Direktor einer staatlichen Irrenanstalt mich eigens zu sich lädt, feierlich sozusagen: dann, meine ich, sollt er mich nicht in einem dreckigen Hospitalskittel am Tor empfangen. Das ist ein Etikettefehler, der den Blick des Gastes irgendwie trübt – man schließt auf Mißwirtschaft, Unsauberkeit des Ganzen.

Er geleitete mich durch alle Abteilungen, erklärte mir seine Methoden, machte mich aufmerksam auf Neuerungen – und ich muß gestehen: ich fand, die Anstalt kann sich sehen lassen.

Im dritten Pavillon näherte sich uns ein älterer, gut angezogener Herr und sah uns ziemlich erstaunt entgegen. Mein Begleiter wisperte mir zu:

»Beachten Sie ihn nicht! Ein Größenwahnsinniger; bildet sich ein, er ist der Direktor. Und nur, um den armen Narren nicht aufzuregen, lasse ich mich von den Ärzten hier seit Jahren als heilbedürftigen Insassen behandeln.«

Der Fall Pakosdy-Wagner

Herr von Pakosdy, südungarischer Gutsherr, war in aller Fröhlichkeit fünfundvierzig Jahre alt geworden, als sich bedrohliche Gehirnerscheinungen bei ihm einstellten: ihm fehlten im Gespräch oft die gewöhnlichsten Ausdrücke; er verdrehte Fremdwörter; und wenn man ihn fragte, wie viele Kinder er habe, konnte er nicht auf der Stelle antworten.

Einmal verwechselte er die Frau mit der Gouvernante – und nun mußte er auf Drängen der Verwandtschaft zum Psychiater nach Wien.

Der Psychiater beklopfte den Mann, maß ihn, behorchte, prüfte ihn und sprach endlich:

»Lieber Herr von Pakosdy, merken Sie sich genau, was ich Ihnen sage: Sie werden acht Tage hier in Wien bleiben, im Hotel! Dann kommen Sie abermals zu mir. Ich heiße« – hier hob sich des Seelenarztes Stimme zu eindringlichen Kopftönen –, »ich heiße Wagner von Jauregg. – Wie heiße ich also?«

»Wagner von Jauregg«, wiederholte Pakosdy.

»Richtig. Nach acht Tagen werde ich Sie wieder um meinen Namen fragen. Und wenn Sie ihn noch wissen, ist es ein leichter Fall.«

– – – Pakosdy war entlassen.

Beruhigt nicht. Im Gegenteil: er sah mit Sorgen der Prüfung entgegen, die ihm schon nach acht Tagen bevorstand. Er murmelte jede Viertelstunde der bangen Zwischenzeit:

»Er heißt Wag-ner von Jaur-egg. Wag-ner von Jauregg heißt er.«

So geschah das große Wunder; als der Psychiater nach acht Tagen seinen Patienten nur ansah, kam es schon geflogen:

»Ihnen heißen: Wag-ner von Jaur-egg.«

»Brav, brav! Gratuliere. Ich wußte ja: ein leichter Fall.«

Pakosdy wischte sich die Stirn – ein Alp war von ihm gewichen.

»Jaja«, sagt er, »wor eine verdammte Woche, Herr Professor! Jetzt bin ich aber erlöst, Gott sei's getrommelt. Und« – hier hob sich des Patienten Stimme zu eindringlichen Kopftönen – »die Reih ist an mir. Wie heiße ich?«

Der Psychiater lächelte. – »Warten Sie mal! Wie heißen Sie doch? Ein ungarischer Name war's … Ra…? Pa…? Mikloschy – oder so ähnlich?«

»Dös is hingegen ein schwerer Fall«, gröhlte der Agrarier und ging von dannen.

Mein Vater hatte in seinen späten Tagen einen Leibarzt gehabt, den Dr. Schabuschnigg. – Na, als ich nach Innsbruck kam, ließ ich es mir natürlich nicht nehmen, den alten Schabuschnigg aufzusuchen.

Er blickte von seinen Präparaten auf, öffnete weit die Augen – dann rief er, herzlich erfreut:

»Ah, sieh da! Mein lieber verstorbener Gutsverwalter Roda!«

Ich machte ihm klar, daß ich nicht der tote Vater bin, sondern der lebendige Sohn.

Da aber geriet der alte Herr in Bewegung.

»Zu dumm! Kommt einmal im Jahr ein lieber Mensch zu mir – und was hab ich ihm anzubieten auf dieser verdammten ungastlichen Klinik? Wann ich wenixens an Cognac hier hätt oder ein Butterbrot! Nix. – Aber weißt was? Leg dich nieder aufn Bauch – ich geb dir ein Nährklistierchen.«

*

Ärztekongreß in Berlin. Sanitätsrat Schabuschnigg erzählt einen interessanten Fall aus seiner Praxis:

»... Die Patientin hat also an Magenkrebs gehabt und zugleich a Schnürleber. Jetzt weiß ich ja net, wie's in Norddeutschland is; aber bei uns in Österreich wird der Magen auf der rechten Seiten zum Teil vom Leberlappen überdeckt ...«

*

Ende einer Unterredung zwischen Schabuschnigg und der schwedischen Frauenrechtlerin Fräulein Key:

»Wenn ich Ihren Vortrag also recht verstanden habe, Herr

Sanitätsrat, wollten Sie sagen: daß die Frau von heute, vernünftig auferzogen gleich dem andern Geschlecht, sportgewandt, mit ihren wohlgebildeten, gelösten Gliedern leichter gebiert als die Frau der vorigen Generation?«

»Naa, naa, Fräuln, da bin i mißverstanden worden. Von leichter Gebären hab i gar nix gsagt. Sondern: daß d' Madeln heutzutag, wos ewig mit die Buam beisammen saan in der Koedukation und beim Skifahrn – daß d' Madeln heute leichter schwanger wern – des hab i gsagt.«

Schwänke

»Hier in den linken Eckzahn muß der alte Herr eine Goldplombe bekommen.«

»Glauben Sie, Doktor, daß man in Großpapa noch so viel investieren soll?«

*

Drei Insassinnen der Troppauer Irrenanstalt hatten beschlossen, auszurücken. Sie schnürten ihre Bündelchen, legten sie gegen Abend an die Gartenmauer – und wenn es dunkel wird, geht es los. Eh es aber losging, flüsterte die gute alte Heubauerin:

»Warts noch ein bißl!«

Lief hinauf in die Direktion und sagte:

»Entschuldigen schon, Herr Primararzt – ich küss die Hand. Und ich dank auch scheen für alles Gute, was Sie mir erwiesen haben. Nämlich: mir fliehen jetzt.«

*

Unser Onkel Theobald hat seine Fabrik den Söhnen abgegeben – und seitdem widmet er sich einem sehr interessanten Fach: der Beobachtung seines Gesundheitszustandes. Am meisten ärgert ihn, was er »die Geheimnistuerei der Ärzte« nennt: sie wollen und wollen ihm nicht aufrichtig sagen, wie es um ihn bestellt ist; um das Herz; die Nieren; die Leber; und das Ganze.

Gestern rät der Hausarzt dem Onkel an, zur Kur nach Nauheim zu gehen; und um den Nauheimer Arzt zu informieren, gibt der Hausarzt unserm Onkel einen verschlossenen Brief mit.

Ha, dieser Brief! Onkel Theobald wägt ihn in der Hand. In diesem Brief steht die Wahrheit.

Mag die Wahrheit noch so bitter sein – Onkel Theobald ist entschlossen, sie zu verkosten.

Öffnet den Brief und liest:

»Saudumm, enorm reich. Visite 20 bis 30 Mark.«

*

Wir sind auf dem besten Wege zur Bekämpfung des Krebses – eine Freudenkunde, die nur nicht überrascht, weil wir von unsern Ärzten nichts Geringeres erwartet haben.

Professor Tilow-Berlin hat hundert Patienten den Krebs künstlich eingeimpft, und es ist ihm nach jahrelangen Bemühungen gelungen, mit dem aus den hundert Patienten gewonnenen Serum ein Kaninchen zu heilen.

*

Unlängst erhielt ich die Erlaubnis, die Landesirrenanstalt zu besichtigen. Ich durfte durch alle Säle gehen und mit allen Kranken sprechen.

Onkel Theobald

Im siebenten Saal begegnet mir ein Mann in langem grauem Kittel, mit entsetzlich stierem Blick.

»Sie Armer«, frage ich ihn erschüttert, »wie lang sind Sie denn schon hier interniert?«

»Herr«, sagt er, »ich bin überhaupt nicht interniert – ich bin der Anstaltsarzt.«

Ich war bodenlos verlegen und erschöpfte mich in Entschuldigungen.

»Oh, bitte, bitte«, sagte der Arzt, »eine solche Verwechslung kann einem Fremden bei uns schon passieren. Die Ärzte in den Irrenanstalten unterscheiden sich ja von den Patienten nur durch die Vorbildung.«

*

Ob Sanzeno war ein Tourist abgestürzt und wurde, arg zerschlagen, von barmherzigen Leuten nach Amblar gebracht. Nun hieß es rasch einen Arzt herbeischaffen.

Aber woher?

Zum Glück war gestern abend im Hotel ein Arzt aus Dresden abgestiegen. Und den holte man.

Er besichtigte den Verunglückten und sprach:

»Tja ...«, sagte er, »... wissen Se, ein Gutachten über Ihren Unfall gann ich Ihnen gern erstatten. Aber helfen gann ich Ihnen nich. Ich bin nämlich Gerichtsarzt.«

*

Als ich nach Karlsbad kam, befragte ich Doktor Turner wegen meines Darmleidens.

Er verordnete mir sieben Mühlbrunnen.

Ich klagte ihm auch über meine Nieren.

»Sieben Mühlbrunnen«, sagte er.

Ich wollte gehen und fand meinen Schirm nicht.

»Fehlt Ihnen noch etwas?« fragte Dr. Turner ungeduldig.

»Der Schi…«

»Trinken Sie noch sieben Mühlbrunnen!«

*

In Salonik wirkte eine Ärztin – ein wahrer Segen für die islamitischen Frauen, die sich ja von männlichen Ärzten nicht mögen untersuchen lassen.

Wenn die Ärztin ein Rezept geschrieben hatte, trugen die Hanüms es – gleichwie einen Korânvers – als Amulett am Hals, gingen aber nicht etwa in die Apotheke, um das Medikament anfertigen zu lassen.

Dadurch wurden viele vom sichern Tod errettet.

*

Eines Tages im Krieg hatte ich mir einen langen Span in die Hand gezogen – ging zum Herrn Oberstabsarzt und bat ihn, er möchte mir doch den Span entfernen.

Der Herr Oberstabsarzt zückte sofort sein Messer und wollte schon zusäbeln.

Da sagte ich:

»Verzeihung, Herr Oberstabsarzt – darf ich mir gehorsamst erlauben, den Herrn Oberstabsarzt aufmerksam zu machen, daß der Herr Oberstabsarzt Ihr Messer noch nicht sterilisiert haben?«

»Mein lieber Freund«, erwiderte er, »da kämen wir weit beim Militär, wann wir wollten eine jede medizinische Modetorheit mitmachen.«

*

Die Herren Ärzte sollen sich angewöhnen, deutlicher zu schreiben – sonst werden immer wieder solche Mißverständnisse vorkommen:

Nach drei Wochen Aufenthalts im Sanatorium trat die junge Dame beim Chefarzt ein und dankte ihm stürmisch: die dreißig Minuten Tanzen vor- und nachmittags hätten sie von ihrer Ischias völlig geheilt.

»Tanzen?« fragte der Chefarzt höchlichst erstaunt. »Ich hatte Ihnen doch Fango vorgeschrieben.«

»Ei, sieh mal! Und ich Dumme hatte Tango gelesen.«

*

Eines Tages wollte der Herr Primararzt auf Urlaub fahren. Ließ den Assistenten kommen und sagte ihm:

»Sie, Doktor Grünfeld – der Mann da im vierten Bett wird morgen sterben. Der Mann hat eine ungemein interessante Leber – bitte, präparieren Sie mir sie heraus und härten Sie sie in Formalin – ich brauche die Leber nächste Woche zu einer Vorlesung.«

Und dann fuhr der Herr Primararzt.

Als er nach acht Tagen wiederkam, war seine erste Frage:

»Grünfeld! Wo ist meine Leber?«

»Entschuldigen, Herr Professor – der Mann lebt noch.«

Da wurde der Primararzt aber wild.

»Natürlich«, schrie er. »Den haben Sie mir wieder nach eigenem Kopf kurieren müssen.«

Entgegenkommen

Gestern kam Kornauer zu mir (der Schwankdichter Kornauer, nicht der Fahrradhändler) – legte mir den Stoff zu einem neuen Lustspiel vor und fragte mich: ob ich willens sei, an dem Stück mitzuarbeiten?

Ich sprach:

»Herr Kornauer, Ihr Stück hat eine verteufelt wirkungsvolle, köstlich originelle Fabel. Reizend, packend, interessant. Aber – mit Ihnen daran arbeiten kann ich nicht. Denn die Art, wie Sie Probleme stellen und lösen, widerspricht meiner Lebensanschauung.«

»Ach, wenn Ihnen sonst alles paßt«, sprach Kornauer mild und höflich, »– meine Lebensanschauung kann ich gern in dem von Ihnen gewünschten Sinn ändern.«

Bekenntnisse

Die Wiener Verlagsanstalt G.m.b.H. fragte mich: ob ich wohl ein Buch österreichischer Anekdoten für sie schreiben könnte.

Ich antwortete der Wahrheit gemäß:

»Schreiben könnt' ich das Buch schon, aber ich will nicht. Wenden Sie sich an meinen Kollegen Habel. Er kann es zwar nicht, wird es aber gern tun.«

*

Man wirft mir vor, ich produziere zuviel, zu wahllos, und schade dadurch meinem Ruf.

Unsinn. Ich halte mich an das Beispiel Gottes: was hat Gott

nicht alles geschaffen – wieviel Mist ist darunter – und was hat Gott für einen Namen!

*

Einmal, als es mir lausig ging, pumpte ich den Bankier Löwenstein an um fünfzig Mark.

Löwenstein sagte:

»Lieber Freund, bei den fünfzig Mark wird es nicht bleiben. Sie werden mich nächstens um hundert anborgen – zum dritten-, viertenmal anborgen – um wachsende Beträge –, und das wird schließlich unsre Freundschaft trüben. Wählen Sie also zwischen fünfzig Mark und meiner Freundschaft.«

»Herr Löwenstein«, sagte ich bescheiden, »ich bitte um die fünfzig Mark.«

Besuch beim Verleger

Ich rasierte mich, wusch mir sauber den Hals – dann fuhr ich mit der Tram zu Glinkes Nachfolger.

Eine Lawine fiel mir vom Herzen: ich fand ihn freundlich und aufgeräumt. Er ist überhaupt ein famoser Mensch; raucht Zigaretten – schon das macht mir ihn sympathisch. – Glinke selbst hatte dicke Zigarren gemummelt, darin blieb immer gut die Hälfte seiner Versprechungen stecken. Und Glinkes Vorgänger erst – oh! – er priemte. Da konnte er absprechende Urteile über meine Werke furchtbar verstärken. – Ich würde nie mehr Bücher einem Verleger anbieten, der Tabak kaut.

»Tach!« rief Glinkes Nachfolger fröhlich, »Tach! Wat sagen Se zu meinem Erfolg mit Dürkheimers Lustspiel? Unerwartet – wie? Am 1. November hatten wa die Uraufführung hier im

Thaliatheater – nich wa? Am 10. November feierten wa das fünfundzwanzigste Jubiläum – Ende November das hundertste. Dabei son Mist. Aber gerade das gefällt. Geben Se acht – der Mist läuft noch bis in den Frühling – im Mai sehen Se eine rotgedruckte, lorbeerumkränzte »1000« an de Litfaßsäulen prangen. Nu rechnen Se erst die Provinz dazu! Und der Stuß ist schon ins Lappländische übersetzt, ins Özbegische und Österreichische.«

»Darum eben«, begann ich bescheiden, »darum eben, Herr Glinke, komme ich zu Ihnen. Sie sollten auch für mich etwas tun; für meinen Roman.«

»Richtig, Ihr Roman!« schrie Glinke. Ein Klingelzeichen gellte hinüber zur Sekretärin. – Schon erschien sie rotblond in der Tür.

»Schnucki-Gucki«, sagte Glinke, »gucki mal nach dem Akt Roda Roda und schnucki mir ihn mal rüber!«

Sie kam nach einer langen Weile und sagte:

»Ich kann nichts finden. In der Korrespondenz kommt Roda überhaupt nicht vor.«

Glinke – mehr für sich: »Sonderbar.« – Zu mir: »Wie steht denn die Sache überhaupt? Is der Roman schon erschienen?«

Ich: »Herr Glinke!! Erinnern Sie sich denn nicht? ›Die Mutter im Moor‹. Erstes bis vierzigstes Tausend.«

Glinke: »Natürlich, natürlich. Famose Sache. Geht doch ooch soweit janz jut – nich? Drei- oder vierhundert Exemplare müssen schon abjesetzt sein, wenn ich mich recht besinne. Die Restauflage – ebenfalls son Stücker drei-, vierhundert – na, die bringen wa schon noch an, verlassen Se sich drauf.«

»Aber dann, Herr Glinke! Aber dann?!«

»Jott, dann drucken wa gleich das 70. bis 210. Tausend – wieder achthundert Stück.«

»Heißen Dank, Herr Glinke!«

»Na also? Wenn et weiter nischt is? Auflagen könn Se bei mir in jeder Höhe haben.«

»Und ... Honorar?«

»Immer kommen mir die Herren mit dem Honorar! Sehen Se, ich als Verleger muß sagen: mein Unternehmen is lange nich so bloß auf Erwerb jerichtet wie Ihrs. Da sollten Sie sich 'n Beispiel nehmen an die Autoren, die wo schon über dreißig Jahre tot sind. Wie die aber auch im Buchhandel jehen! Wie die warmen Semmeln. Na, lassen Se nich den Kopf hängen!« Er drückte mir feucht die Hand zum Abschied. »So richtig volkstümlich wird 'n Autor erst nach dem Tode. Mut! Auch Ihre Zeit wird kommen, lieber Roda. Auch Ihre Zeit.«

Bewunderung

Mein Freund Fedor Dawidowitsch ist Maler.

Einst saß er – auf dem Land, in der Nähe von Kiew – vor seiner Staffelei und pinselte einen Sommermorgen.

Da kamen die Bauern, guckten ihm zu und staunten.

»Väterchen«, riefen sie, »was mußt du Prügel bekommen haben, eh du dies Handwerk erlernt hast!«

Ein Vortragsabend, wie ich mir ihn wünsche

Ja, das war ein Vortragsabend, wie ich mir ihn wünsche – damals zu Spandau, im unseligen Umsturzjahr.

Um halb acht sollte er beginnen. Als ich aber den Saal betrat, war noch keine Sterbensseele da.

Fünf Minuten darauf strömte nur so das Publikum herein: gleich zwei Damen auf einmal.

Fedor Dawidowitsch

Die eine fragte:

»Bin ich hier recht – bei Auguste Rodin?«

Und die andre sprach, bitter enttäuscht:

»Nanu – nur Eena? Ick dachte, Roda Roda – det sin so zwee Zusammjewachsene?«

Dann aber setzten wir uns gemütlich.

Die eine von den Damen war Gemüsehändlerin, die andre war von der Regierung. Bald gab die eine nette Indiskretionen zum besten aus dem Staatsbetrieb – dann erzählte die andre etwas aus ihrer Sphäre – ja, Sie glauben nicht, was für komische Szenen vorkommen im deutschen Gemüsehandel –, mittendrein erzählte wieder ich etwas: es wurde der hübscheste Abend, den ich je erlebt habe, bis lange nach Mitternacht.

Poetik

Ein Mann allein .... Lyrik
Zwei Männer .... Ballade
Ein Mann und eine Frau .... Novelle
Zwei Frauen und ein Mann .... Roman
Zwei Männer und eine Frau .... Drama
Zwei Männer und zwei Frauen .... Lustspiel

Blümelhubers Begegnungen mit Richard Wagner

Wir sprachen von unirdischen Dingen – Geistererscheinungen und Telekinese.

»Ich für meinen Teil«, sagte der Materialist, »werde erst glauben, wenn ich das Wunder mit Händen greifen kann.«

»Ein bequemer, entrückter Standpunkt«, erwiderte die schöne Frau und rümpfte das Näschen.

»Bequem oder nicht – es komme einer, auf dessen kühles Urteil ich baue, und halte mir ein Erlebnis vor.«

Da sprach der Maler Szenes:

»Lieber Herr Materialist, wen werden Sie denn als kühlen Beobachter gelten lassen?«

»Ihren Fachgenossen Blümelhuber zum Beispiel.«

»Nun, grade er kann Ihnen mit einem großen Erlebnis aufwarten.«

Diesen Blümelhuber muß man kennen: er ist kraft seines Phlegmas eines der unangenehmsten Mitglieder dieses, weiß Gott, genugsam unangenehmen Jahrhunderts. Vor Blümelhubers Untemperament erbleichen die Faultiere neidisch und beschämt. Ihn ansehen macht einen schon vor Ungeduld rasen.

Wie er nur daliegt: ein Felsblock im Sumpf. Ihn werden Äonen nicht vondannen rücken.

Blümelhuber klappt krötenlangsam die Augen auf, blickt krötenlangsam in die Runde und sperrt die Deckel wieder zu.

»Schießen Sie los, Blümelhuber! Spannen Sie uns nicht auf die Folter!«

»Laß dich nicht gar so lang bitten, Alter!«

»Wann es aber doch so ganz uninteressant is …«, murmelte Blümelhuber …

Die Gesellschaft rückt gespannt zusammen, und der Maler Blümelhuber beginnt endlich:

»Alsdann – ich hab doch vor dem Krieg immer im Palazzo Vendramin gemalt, in Venedig. Sö wissen, gnä Frau, daß Richard Wagner da g'storbn is – net?«

»Oh!«

»Ja. Wie also nach dem Krieg die Grenze wieder offen war, bin i glei nach Venedig z'ruck, in den Palazzo Vendramin …«

»Und?«

»Und der Herr Graf Bardi, der was schon der Besitzer is von dem Palazzo, der hat mir halt die Erlaubnis geben, dort zu malen. – Das ist also die ganze G'schicht.«

»Aber Mensch, erzähl doch weiter!«

»No, was is da viel zum Erzählen?«

»Du bist doch hingekommen – eines trüben Nachmittags gegen fünf – im März ...«, sagte Szenes ein ...

Blümelhuber fuhr gezwungen fort:

»Ja. Der Gondoliere legt an ... Das sein nämlich diese ... diese Kähne in Venedig – früher hat man eahm aane Lira geben, hat er sich noch schön bedankt – jetzt, wanns du eahm net ...«

»Laß das, Blümelhuber! Weiter! Weiter!«

»Weiter! Ich geh also schö stad die Stiegen vom Palazzo aufi – steht dorten a Diener – also aso a Blonder, grad so ähnlich wie der Szenes, nur halt viel rassiger ...«

»Weiter! Weiter!«

»›No‹, sagt der Diener, ›buona sera, signor Blumelhuber, saan S' aa schon wieder da?‹ – aber natürlich auf italienisch ...«

»Weiter! Weiter!«

»›No‹, sagt er – i soll nur eini in die sala.«

»Und?«

»Nix mehr. I bin halt hinein.«

»Aber jetzt, Blümelhuber – weißt du denn nicht mehr? Jetzt kommt doch das Wichtigste, das Unbegreifliche. So leg doch los!«

»Ich bin also drinnet in der sala, da ... da kommt mir also nicht ein Mann entgegen – ein Mann kann man net sagen ... halt: etwas kommt mir entgegen – so mit unbestimmte Umrisse – das wär schwer zum Zeichnen – am gescheitesten noch mit an sehr an weichen Bleistift ...«

»Weiter, Blümelhuber, weiter!«

»Nur tönen müßt ma's leicht mit Pastell, weil sonst hat ma net den Eindruck.«

»So bleib doch, zum Teufel, bei der Sache! Wer, wer ist dir entgegengekommen?«

»Eine kleine, gedrungene Gestalt mit an Barett, an seidnen Schlafrock hat er ang'habt und rosa Seidenhosen. – I bin a bißl derschrocken. Sakra, denk i mir – ob des net am End der Richard Wagner is – so nach der Beschreibung? – Er kuckt mi an – i kuck eahm an – dann lupft er ...«

»Das Barett?«

»Naa, den Kopf. – ›Guten Tag‹, sagt er. Setzt 'n Kopf wieder auf und verschwindt in der Mauer –«

Ein einziger Schrei in der Gesellschaft:

»Mensch!! Und Sie?? Und Sie??«

Blümelhuber erzählt:

»I? I hab halt mei Sach hing'legt, für morgen – und bin gangen.«

»Und am nächsten Tag??«

»Am nächsten Tag is er kommen – lupft den Kopf, setzt ihn wieder auf un verschwindt in der Mauer.«

»Blümelhuber! Erinner dich – er hat doch mit dir gesprochen!«

»Ja – aber nix B'sonders. G'fragt hat er so ... wie's in Deutschland is. – ›Schäbig‹, sag i. ›A Weißwurscht kost't jetz zwaa Mark fuchzig.‹«

»Sie Barbar! Wie konnten Sie dem Meister so albern antworten?«

»Gott – was waaß i, was eahm grad interessiert?«

»Blümelhuber! Ist Ihnen die Erscheinung noch öfters begegnet?«

»O ja. Hab doch vier Monat im Palazzo Vendramin g'malt. Täglich is er kommen mit die nämlichen Blimiblami.«

»Ja, hat Ihnen denn nicht gegraust?«

»Nur im Anfang, wissen S'. Später war i's so g'wohnt – es hätt mir was g'fehlt, wann er ausgeblieben war. I hab immer einfach ›Guten Tag!‹ g'sagt – er lupft 'n Kopf und setzt sich zu mir.«

»Haben Sie denn nicht zu ihm geredet – von der Menschheit großen Gegenständen?«

»Naa. I, wissen S', red net gern unterm Malen.«

»Er aber? Hat er nicht begonnen?«

»No ja – scho. Manchmal hat er ang'fangen ... Von Gott ... und die Sterblichen ... und so ... I hab eahm g'sagt: Entschuldigen scho, Herr Wagner, i hab a bestellte Arbeit, sehr dringend – Sö müssen an Einsehen haben. – Er – auf des – fahrt wie 'r 'a Kettenhund auf mi – i z'ruck – er aufs Fenster – i ruf noch: ›Bleiben S' da, es regnet‹ – er will sich so quasi hinausschwingen – auf aamal fallt eahm der Kopf aus der Hand und – platsch! – hinunter ins Wasser; in den Kanal.«

Allen in der Gesellschaft stand das Herz still.

Blümelhuber sprach:

»I hab eahm g'sagt: ›Schauen S'‹, sag i, ›des haben S' jetzt von dem Kometspielen! Bleiben S' a wengerl ruhig, i hol Eahna Eahnern Schädel wieder.‹ – ›Naa‹, deut er mit die Händ – er werd sich ihm selber holen. – No, umso besser – im März is 's Wasser kalt. – Drauf is er nimmer wiederkommen. Wahrscheinlich war er beleidigt. – Aber i kann natürlich net mit an jeden herumdischkurieren, wann i a dringende Arbeit hab.«

Pariser Erlebnis

Gemminger, der arme Maler, mußte übersiedeln. Ich wollt ihm ein wenig helfen: rief ein Taxi, lud Gemmingers Bilder in den Wagen, setzte mich neben den Schofför und fuhr los – weit, weit hinaus nach Passy, Gemmingers neuer Wohnung.

In Passy lud ich die Bilder aus, wollte den Schofför entlohnen – da zeigte zu meiner Überraschung die Uhr nur: Taxe I – 23 Frank 75.

Der Schofför sah mich fast traurig an und sprach:

»Monsieur, ich war berechtigt, Taxe III einzuschalten. Aber ich hatte Ihre Bilder gesehen.«

Melodie

In acht Tönen – wie sie auch heißen mögen, immer nur acht – ist die Musik eingefangen, aller Klang enthalten, der das Herz rühren kann, befeuern und entmutigen.

Durch Kombination dieser Töne, nur dieser – indem man sie gelegentlich dehnt oder verkürzt, entstehen:

das Gralsmotiv,
Ich küsse Ihre Hand, Madame,
Giovinezza,
die Internationale,
Deutschland, Deutschland über alles –

Hymnen und Gassenhauer, Attackesignale und Liebesseufzer, Walzer und Gebete.

Man kann Töne zu Akkorden binden, durch Pausen trennen.

Immerhin sind es nur acht – aus acht Steinchen baut sich das ungeheure Gebäude auf einer Kunst, einer blühenden Industrie, die Millionen Hände beschäftigt und ernährt.

Acht Töne – die Zahl der Kombinationen daraus muß beschränkt sein.

Die niedere Mathematik nennt die Zahl: acht zur achten Potenz, das sind nicht einmal 17 Millionen Möglichkeiten.

Überdies kommen viele der 16 oder 17 Millionen mathematisch konstruierbaren Varianten für die Praxis gar nicht in Betracht: weil sie ohrenzerreißend mißtönig oder albern klingen, banal und derb.

Ich glaube also, daß die Reihe der angenehmen oder auch nur erträglichen Kombinationen bald erschöpft sein wird. 17 Millionen, so viel Operetten, Verlage, Volkslieder und Tänze gibt es längst.

Ja, ich fühle das Ende der Musik schon nahen. Wir alle werden es noch miterleben. Ich gebe dem ganzen Betrieb nur zwei, drei Jahre Zeit.

Man suche mich nicht durch das Beispiel der Literatur zu widerlegen; die Literatur verfügt immerhin über 25 Elemente, die Buchstaben A bis Z, und das in zahllosen Sprachen: 25 zur 25sten Potenz gibt einen astronomischen Wert.

Der Untergang der Musik läßt sich beschleunigen. Ich erbiete mich, eine Maschine zu entwerfen – und jeder mittelmäßig begabte Ingenieur wird sie nach meinen Angaben verwirklichen können: eine Maschine, die leicht und rasch sämtliche aus acht Tönen überhaupt noch ausstehenden Motive komponiert und auf Pappestreifen stanzt; das gewöhnliche elektrische Klavier kann die Motive abspielen.

Hierauf wird das Musizieren als erfüllt aufzugeben sein.

Musik

Der Herr Kapellmeister hatte eine Operette komponiert – die Partitur lag hoch aufgeschichtet auf dem Schreibtisch.

Da geschah es, daß Mimi, das Äffchen der Frau Kapellmeisterin, auskam, auf den Tisch kletterte und die Partitur in Atome zerriß.

Kapellmeisters kamen heim und sahen die Bescherung.

Er wollte Mimi erdrosseln.

Die Kapellmeisterin aber legte ihm die Hand auf die Schultern und sagte gütig:

»Franzl! Sei net gach! Es wiiird dir schon wieder was einfallen.«

*

In München war ein junger Musiker, den lernte eines Tages eine steinreiche Amerikanerin kennen und lieben – und als Morgengabe schenkte sie ihm eine Stradivarius.

Wir in der Schwabinger Kneipe hörten davon und gratulierten ihm; tranken ihm zu – und endlich baten wir ihn, uns auf der Stradivarius was vorzuspielen. Er ging heim und holte die Geige.

Nach dem Largo von Händel spendete ein Justizrat drei Runden Weinbrand.

Auf die Träumerei von Schumann gab es Sekt und Gin.

Caprice von Paganini: Whisky, Bocksbeutel, roten Dalmatiner.

Um fünf Uhr morgens, überglücklich, kroch der Musiker auf allen vieren heim und zog die Stradivarius an der G-Saite im Dreck hinter sich her.

Das Telephon

Ich: »Hallo, hallo! Ist dort das Sekretariat des Komödienhauses? Wollen Sie mich bitte mit Direktor Barnowsky verbinden?«

Eine Stimme: »Wer spricht, bitte?«

»Roda Roda.«

Die Stimme: »Einen Augenblick – ich werde sehen.«

– – – Nach einer Weile: »Bedaure, Herr Direktor ist seit vier Monaten verreist.«

Die Not des Theaters

Ich begreife nicht, wie die Direktoren über das Theatergeschäft klagen können. Sie haben Abend für Abend Geld in der Kasse – und jeder eingenommene Pfennig ist Reingewinn –, wo die Direktoren doch Tantiemen, Lustbarkeitssteuer und die Pacht schuldig bleiben.

Dieser Jüngling

Dieser Jüngling mit den roten Händen singt allabendlich im Kabarett drei unanständige Lieder; singt so eindrucksvoll, daß die Zuhörer innert zwanzig Minuten mehr als achtmal hell auflachen. – Davon lebt dieser Jüngling.

Architekten haben einen Plan entworfen, Maurer ein Haus geschichtet aus mühsam gebrannten Ziegeln, und der Jüngling wohnt darin.

Man züchtet in Australien Schafe, bringt ihre Wolle auf Dampfern nach Europa, webt zu Chemnitz Tuch daraus, damit der Jüngling seinen Frack bekomme.

Im Hemd aus schlesischem Flachs trägt der Jüngling eine Perle: malaiische Taucher mußten sie aus Meeres Tiefen holen. Und das Gold für seine Uhrkette haben Kulis in Alaska gewaschen.

Ein holsteinisches Kalb ließ für Jünglings Schuh sein Leben.

Ist das nicht ein bißchen viel Aufwand für drei kleine Liedchen? Die nicht einmal von diesem Jüngling sind?

Ich sage nichts gegen ihn. – Ich bewundere nur die Menschheit, die es aus kleinen Urwaldanfängen mit Werkzeugen von Feuersteinen in ein paar lumpigen Jahrtausenden zu so herrlichem Staatsbau gebracht hat.

Bühne des Lebens

Im Münchener Volkstheater wollten sie einmal einen Bauernschwank aufführen – dazu brauchten sie eine echte dörfliche Blechkapelle, sie sollte hübsch falsch blasen.

Jemand wußte zu erzählen: in Obermenzing gebe es eine Kapelle, die blase Porzellan, wenn es nicht zu dick ist, in Scherben.

Eines Sonntags hörte sich der Direktor die Menzinger Kapelle an; war entzückt – – das war genau, was er brauchte – – und engagierte die Kapelle vom Fleck.

Drei Wochen darauf ist in München Première.

Die Musiker von Obermenzing haben die Ehre, in der Hauptstadt spielen zu dürfen, wohl zu schätzen gewußt; haben Tag und Nacht geprobt, neue Männer eingestellt und spielen – spielen wie die Philharmoniker.

*

In Wien war ein Dr. Pomeisl glühender Kunstfreund – doch er hatte kein Geld. Täglich ging er zum Antiquitätenhändler und durchblätterte all die Stöße von Radierungen und Stichen – aus reiner unglücklicher Liebe, denn kaufen konnte er natürlich nichts.

Als er so schon Monate und Monate tagtäglich geblättert hatte und nicht das mindeste gekauft, meinte er, sich beim Händler entschuldigen zu sollen …

»Oh – bitte«, antwortete der Händler höflich, »das macht nichts. Ich wollt, ich hätte hundert solche Kunden wie Sie.«

»Hu…? Hundert? Ku… Kunden wie mich?«

»Na ja. Ich habe nämlich leider solche tausend.«

Brief an die Filmdiva

TIMOFEJ BORISOWITSCH BULGAKOFF AN ADY SUSA

Sehr geehrte Freilein,
mein Diener gibt Ihnen dieses Brief als Zeichnung von grenzlose Frehrung eines Unbekannte. Unten vor Ihr Haus steht Auto, schönstes was ich hab können finden in ganzem Stadt, für zu Ihre Disposition, daß Sie mir mechten Gnade erweisen es zu annehmen. Mechte Ihnen liebsten ganze Erde legen vor Ihr Fißlein.

Bin aus alter Geschlechte, Fürst. Sowjet hat Landgiter genommen, aber berihmte Schmuckfamilie Bulgakoff ist gerettet, große Diamante, auch etwas Rubine, Saphire, Perle, wofon nun lebe ohne Not. Dies ich schreibe nur wegen Schofför und Diener: Schofför und Diener Kinder von alte Leibeigene von meine Ältern haben in sich sklavische Blut, werden Ihnen, follprächtige Ady Susa dienen ganzen Leben als Sklaven wie haben die seine Ältern gedient die meine Ältern ganzes Leben.

Timofej B. Bulgakoff

Iberhaup angebetete Ady Susa! Was ich kann machen Ihre Gefalle ich mache nur für Ihren Blick ich ferlange nicht mehr als zu wissen Ihnen in Glück, nichts für mich mehr als diese Wisse, es genügt. Wann mir mechten Wort schenken schon sei zu fiel. Ich zittere for Wonne zu sein auf weiße Welt in dieselbem Zeit mit Ihnen, daß ich Sie kann sehen, wenn nur von fern.

– – – So angebetete Frälein ich Ihnen nur habe geschreibt, damit Sie ferwöhnte von fünf Kontinente nicht Brief wegwerfen, sondern neugierig lesen was will von Ihnen Fürst, was kann schenken Auto und zwei Sklaven. – Nichts will Fürst als paar Worte Gehörung.

Also daß Sie weiß ich bin kein Fürst, leider, bin nur junger Student, ärmster Mann auf Erde. Mein Vater war Polizist, Mutter Wascherin. Bin erst halb Jahre hier in diese Lande. Habe drei große Feler und drei kleine, drei große sind: daß ich bin Bettler, Kranker, Heßlicher. Kleinere Feler: bin Mensch ohne Tat, überdruß von Dasein und Fantast foll Sensuchte.

Sitze in Kino vor Leinwand mit meine Armut, Krankheit, heßlich mutlos, aber auch mit aller Fantasie und Ferlangen nach große schöne Welt und wirklich was ich kann nie haben in Wahr ich koste in Einbildung in Kino: Verkehrung in Salon, in Luxus, mit gutefeine schöne gewaschte, riechende Menschen aus feinste Kreis ohne eine Sorge, for allem mit Ihnen angebetete Ady ich spreche täglich sehe täglich, Sie mich großfreindlich anblinken, kommen neher, schauen mir in Auge groß, für mich weinen, lachen, sind in Herrschaft Garten mit mir, ich liebe Sie heftig mit Leidenschaft ohne Maßse! Sage Ihnen täglich, wie ich Sie liebe, hören Sie mich nicht??

Das ist eine Ady Susa, die in Kino.

O es gibt auch andre ich weiß die lebt. Sie nichtwissen, aber ich bin jede Abend for Ihre Fenstern wenn Sie kommen mit fremdem Herr, es sind zwei Herre jezt, eine ist älter, scheinwahrlich der offiziell Frehrer, einer seltener fielleicht heimlich kommt. Auch noch dritter Herr ist gewesen, Regissör von Kino, aber jez nicht mehr, ist ferschwunden aus Ihre Gesicht.

Sie scheinwarlich sind Wirklichkeit schwingende Frau zwischen Leben bißchen leichtsinnhaft freudig genießen was kommt ohne fiel denken, bißchen launig ohne tiefste Grund. Auch möglich sind nur, ich kann nicht ausdrücken deutsch, in Warschau sie sagen Grimasnitza zu solche Frau. Mag sein aber ich das nicht achte für mich bleiben immer Gettin von Leinwand was täglich mir gehört von Leinwand, was weint, lacht, fein redet, küßt mit huld und ewig schön.

Ady Susa, ich bin arm, sehr über druß von meine Armheit und heßlichsein. Ich habe Sattheit Kampfes um Brot und niedrige Bedarf, mir nicht mehr Genüge nur Kinofantasie.

Ich will jez machen Ende. Ich sich heute erschieße.

Pistole ist schon geladet. Für eine Stunde, wenn Sie dieses Brief lesen ich bin tod.

Aber angebetene Ady Susa! ich Ihnen noch heute biete zum danken für erweiste Fantasiegüte ganz ganz kleinen Geschenk wie kann machen so armer Bettler nur winziges Suwenir:

Ich werde Ihre Bild legen über mein Herz bei Erschießen und schieße durch Ihre Bild mein Herz.

Ihr Manager ist geschickter Mensch. Wird daraus machen bißchen Reklame für meine angebetene Ady, wird stehen in abend Blätter, daß sich hat erschießt russischer Mann für gargroße Liebe zu Ady.

Werde sterben als Fürst für Ady, weil ich nicht konnte fürsthaft für Ihr Leben.

Ganz kleine Suwenir für Ady von arme heßliche Ruße

Timofej B. Bulgakoff

Die Luftnummer

Jetzt gibt es, Gott sei Dank, eine Artistenloge, die keine Willkür geschehen läßt – aber früher hatten die armen Artisten mit den Varietédirektoren ihr schweres Kreuz.

Waren da die Three Brothers Pelican aus London in die »Alhambra« nach Königsberg gekommen, Luftgymnastiker mit all ihrem schweren Gerät – und der Direktor, Groag mit Namen, wollte keinen Pfennig Vorschuß schwitzen, keinen Pfennig: er müsse die Pelicans erst haben arbeiten sehen.

»All right«, sagten die Pelicans, »wir machen eine Probe.« – Hefteten hoch unters Dach ihre Seile und Trapeze und flogen durch die »Alhambra« wie wirkliche Pelikane.

Sehr schön, sehr gut, murrte Groag – wer weiß aber, wie die Aufnahme sein wird beim Publikum??

Doch da wurden die Pelicans wild; warfen von oben ein Lasso über den Direktor und hißten ihn, dick wie er war, mit vereinten Kräften bis knapp unter das Dach.

Und ließen ihn erst wieder los, als er die Kassaschlüssel herabgeworfen hatte.

Die Tageszeitung

Einst hatte das Journal so viel Geist wie die Leute, die es schrieben.

Heute hat es so viel Geist wie jene, die es lesen.

Kinder, das ist ein furchtbarer Unterschied.

In Lugano saßen wir, eine unwahrscheinlich bunte Gesellschaft.

Der Herr aus Paraguay erzählte von den Peonen. Peon – in Spanien bedeutet es einfach »Bauer«; im lateinischen Amerika versteht man darunter den Viehhirten. Jeder von ihnen hat zwei Pferde – fünf oder sechs Peone halten, fast ewig im Sattel, eine Riesenherde von zehn-, zwölftausend Rindern im Zaum. Die Peone sind die geborenen Reiter, von prachtvoller primitiver Ritterlichkeit. – Einmal galoppiert solch ein junger Peon vor seinen Herrn, schlägt mit edelm Anstand den Mantel über die Schulter und sagt: »Señor, ich brauche zweihundert Pesos Vorschuß.« – Vierhundert Mark also – es ist der Lohn von zehn Monaten, Donnerwetter. Aber man darf einem Peon keine Bitte abschlagen – er geht sonst, beleidigt, auf der Stelle aus dem Dienst. »Gut«, erzählt der Herr aus Paraguay, »ich gab ihm die zweihundert Pesos. Und was, meinen Sie, fing er damit an – dem Lohn von zehn Monaten? Zunächst verschwand er. Am dritten Morgen war er wieder da – aus der Stadt Concepción, auf todmüdem Gaul, achtzig Meilen hin, achtzig zurück – und das Handpferd war über und über bepackt mit Raketen – für zweihundert Pesos Raketen. Am Abend brannte der Peon all diese Raketen in einer Viertelstunde ab: er hatte sich verlobt; und das Feuerwerk hatte die Freudenkunde der Nachbarschaft bekanntzugeben. – Was sagen Sie zu diesem Menschen? Sein Vermögen buchstäblich verpulvern vor Jubel – ist das nicht Grandezza? Großmut? Stolz?«

Die Damen ergingen sich in Bewunderung des prachtvoll dreisten Bräutigams.

– – – Still hatte bisher Stobitzer dagesessen – Stobitzer, Kaufmann aus Berlin. Sog an seiner Zigarre – endlich brummte er:

»Ick hab 'n Laden am Kurfürstendamm, ziemlich bekannten jroßen Laden. Wenn ick in zehn Monaten zwoohundert Pesos rein verdienen könnte – ick würde ooch Raketen abbrennen.«

Die Katzen

Ich habe eine Zeitlang in Innsbruck gelebt. Es war ja nicht überströmend amüsant – doch ich hatte netten Umgang und vor allem meine beiden Katzen; unwahrscheinlich, unsagbar liebe Tiere.

Eines Tages stirbt mein Onkel (na endlich –!), ich muß vom Fleck nach Darmstadt.

Wie aber bringe ich meine Katzen dahin?

Ich tat ihnen Halsbändchen um, nahm sie an die Leine und stieg in den Zug.

Und nun soll ich die Katzen neun Stunden beaufsichtigen? Man muß dreimal umsteigen.

Mit mir im Abteil fuhr eine Dame mit zwei kleinen Kindern:

»Wohin, Gnädigste, wenn man fragen darf?«

»Nach Darmstadt«, sagte sie.

»Ah, herrlich. Wollen Sie die Güte haben, Gnädigste, meine Katzen einen Augenblick zu halten? Nur einen Augenblick?«

Sie nahm die Katzen, und ich suchte mir einen andern Wagen.

Und schlief.

Viele, viele Stunden. In München stieg ich um.

In Aschaffenburg stieg ich abermals um und schlief; fast bis Darmstadt.

Eine Station vorher sah ich nach der Frau mit den Katzen.

Sie stand in ihrem Abteil – die Katzen fauchten, die Kinder

schrien – die Katzen kratzten, die Kinder pißten – die Frau in vollkommener Hilflosigkeit, umwickelt von den Leinen. Schon seit Stunden, von Innsbruck an. Sie hatte meine Kätzchen nicht aus der Hand gegeben, die Gute.

Ich dankte ihr herzlich. Sie übergab mir meine Tiere und wischte sich ein paar Tränen ab.

Seemannsleben

Nicht jeder kann festen Herzens den Gefahren trotzen; nicht jeder erträgt die furchtbare Mühsal solchen Daseins – zum Seemann muß man geboren sein. – Das hab ich auf dem Bodenseedampferli »Suchard« der Schweizer Flotte oft beobachten können.

In grausem Schneewehen wie unter glühender Tropensonne heißt es den Fahrplan einhalten: ab Reichenau 3 Uhr 10, an Konstanz 4 Uhr 32.

Im Meridian von Mannenbach sind die tückischen Zackenriffe; da dräut Verderben rechts und links; eine Seemeile zu weit nach Backbord, und das stolze Schiff ist auf der Veranda des Kurhotels gestrandet.

Bei Ermatting gurgeln die schauerlichen Strudel; wenn einem da die Wurststulle hineinfällt, ist sie verloren.

In der Grätsche, auf zwei mächtigen Säulen, steht der sturmerprobte Kapitän auf der Kommandobrücke, ein Granitblock; äugt in die Kimmung, ob da nicht ein Flaumwölkchen das Nahen des Orkans verrate; doch auch die geringste Regung auf Deck entgeht seinem Scharfblick nicht.

»Volldampf voraus«, ruft er ins Sprachrohr. Brausend peitscht die Schraube die Fluten, die Kielwelle brandet hintennach. – »Jagt's die Hühner aus dem Rauchsalon!« Haushoch wälzen sich die Wogen. »Ein Hundebillett nach Gottlieben? Fünfzehn Räppli – bitte sehr!«

Dann ein Augenblick, der selbst Weltfahrern, Männern von altem Kirsch und Korn, den Atem stocken läßt: es gilt die flache Petershauser Brücke zu unterfahren.

Lange vorher stand der Kapitän, mit dem Sextanten in einer Faust, dem Fernrohr in der andern; keine Wimper wich vom Kompaß und den nautischen Tabellen; aus dem Stand der Gestirne berechnet der Kapitän den Moment, wo er den Schornstein muß umlegen lassen. Eine Sekunde zu spät, und die Brücke wäre beschädigt, der Schornstein oben zertrümmert – ja, wer weiß? –, der Ozeanriese selbst bliebe in Seenot stecken; eine Sekunde zu früh, und die roten Plüschmöbel der ersten Klasse sind ein Raub des Kohlenrußes.

So spielt sich zwischen schwerer Verantwortung und Taifunen das Seemannsleben ab. Wie glücklich der Kapitän, wenn er endlich, nach stundenlanger Abwesenheit, heim in den Hafen kehren darf, in die Arme der geliebten Gattin!

Eishockey

ist ein bezauberndes Kampfspiel. Orgie des Mutes. Verstand, blitzgeschwinde Geistesgegenwart ist alles. Von Kraft, Behendigkeit des Körpers gar nicht zu reden – die sind selbstverständliche Voraussetzung.

Ein Tormann, zwei Verteidiger, drei Stürmer auf jeder Seite mühen sich, den »Pack« in Gegners Goal zu schießen. Der Pack ist eine schwarze Scheibe von Hartgummi, nicht größer als der Handteller.

Wie sie sich bemühen! Gestern habe ich die Kanadier gesehen im Wettbewerb mit den Deutschen. Es war eine Schlacht.

Vor dem kanadischen Tor stand Mr. Puttee, wie ein Ritter gepanzert mit Koller, Harnisch, Kettenhandschuhen und Kürassierstiebeln.

»Herr«, fragt' ich ihn, »was ist Ihr Beruf?«

»Nun, ich gebe acht, daß der Pack nicht an mir vorüber ins Tor fliege.«

»Und dazu sind Sie aus Manitoba, Mittelkanada, hierhergereist?«

»Ja.«

»Hören Sie, Mr. Puttee, ich bin nicht Fachmann, bin ein schlichter Bürger. Verzeihen Sie also, wenn ich dumm fragen sollte: Wir haben so viel Arbeitslose in Deutschland. Ich stelle einen davon hier auf und sage ihm: ›Sie, Krause, bleiben Sie hier stehen und geben Sie fein obacht, daß das schwarze Ding da, der abgerissene Stiefelabsatz, nicht in den Drahtkorb hineinkommt! Sie kriegen die Stunde 1,20 – und, wenn Sie Ihre Sache gut machen, 30 Pfennig extra.‹ – Glauben Sie nicht, Mr. Puttee, daß Sie sich dann Ihre kostspielige Reise sparen konnten?«

»Nein.«

»Warum nicht?«

»Weil Ihr Krause nicht geübt genug ist; der Pack wird immer wieder an Krause vorbei ins Tor gehen.«

»Gut, Mr. Puttee! Dann eine andre Idee – bin neugierig, was Sie darauf erwidern wollen: Wenn ich ein gutes Eichenbrett nehme, zwei Meter breit, ein halb Meter hoch, und stelle es hier quer aufgerichtet vor Ihr Tor ... Glauben Sie, Mr. Puttee, daß auch dann noch ...?«

Darauf wußte er mir keine Antwort.

Leitfaden für Reiche

Lieber Freund, Sie sind durch glückliche Ausnutzung geschäftlicher Chansons in einen Gesellschaftskreis aufgestiegen, der gern Fremdwörter gebraucht. Damit Sie sich nun nicht jeden Augenblick balsamieren, möchte ich Ihnen einige Winke für die Konservation geben.

Vor allem, bitte, seien Sie nicht beleidigt, wenn jemand Sie einen Parvenu nennt. Er meint nichts Böses. Parvenu ist eine spanische Wand, ein Bettschirm. Arrivé hingegen: eine singbare Melodie, ein Gesangsstück.

Man wird Ihnen schlechte Manieren vorwerfen und Mangel an Courtoisie. Lassen Sie sich dadurch nicht kränken, die Mängel wiegen nicht schwer: Courtoisie ist nichts andres als Maklergebühr; und Manieren – die Hände pflegen wollen Sie sich ohnehin.

Lädt man Sie zum Tee, kann es ein Five-o'clock tea sein oder ein Thé dansant. Keinesfalls hat es das mindeste mit Theorie zu schaffen, der Gottesgelehrsamkeit.

Hypothese wieder ist die längste Seite eines rechtwinkligen Dreiecks; verwechseln Sie das nicht mit Hippologie, der krankhaften Reizbarkeit von Frauen.

Bietet man Ihnen beim Tee Baisers an und Curaçao, so müssen Sie wissen, daß Baiser Flauheit auf der Börse bedeutet und Curaçao einen schweren Reiter; der Gegensatz davon ist Infamie (Fußtruppe, in übertragenem Sinn auch: Mannstollheit). Absinth aber ist die Enthaltung von geistigen Getränken.

Zwischen Tuberosen und Protuberanzen ist ein gewaltiger Unterschied: Protuberanzen sind Apfelsinen, Tuberosen jedoch Lungenschwindsüchtige.

Halten Sie Zyklamen und Zyklus auseinander: Zyklame ist ein Wirbelwind; Zyklus ein Riese mit einem Auge.

Für Wirbelwind kann man auch Toreador sagen; Tournedos klingt wohl ähnlich, bedeutet aber etwas ganz andres, nämlich einen südfranzösischen Minnesänger.

»Sagt man Champignon oder Champion?« werden Sie fragen. Es kommt darauf an, ob Sie Haarwäsche meinen oder eine Papierlaterne.

Antinomie ist die Kunst, Leichen zu zergliedern; Anthologie: Selbstregierung, Unabhängigkeit.

Panorama ist eine Landenge in Südamerika; Paranoia aber ein Schlafanzug.

Tarlatan: ein Kurpfuscher und Marktschreier; der schlaue Tamerlan war Minister des Äußern unter Napoleon dem Großen.

Samojeden sind russische Teemaschinen.

Merken Sie sich ferner, daß eine Kreolin nicht dasselbe wie eine Mulattin ist. Mulatten sind Bastarde von Pferd und Esel; eine Kreolin ist ein gebauschter Frauenrock.

Man wird Ihnen von Krankheit und Gesundheit reden, Prophylaxe und Hygiene. Behalten Sie, bitte, wohl im Gedächtnis: Prophylaxe ist die Reblaus; Hygiene ein Raubtier, das Leichen frißt.

Ein großer Unterschied ist auch zwischen Olymp und Hades; Hades ist die Rückenmarksschwindsucht, Olymp aber ein Neugebilde in der Nase.

Basilisk: eine griechische Kirche; die Lieblingsfrau des Türken heißt Obelisk.

– – – Mein Freund, ich hoffe, Sie wissen nun Bescheid mit Fremdwörtern. Sollten Ihnen noch jemals Zweifel aufsteigen, dann reden Sie nicht leichtfertig hin, sondern schlagen vorher hübsch nach im Konföderations-Mexiko, wo Sie, nach dem Alpaka geordnet, das Wissenswerte beisammenfinden.

Was man jetzt verlangt

Das Institute of Patentees in London (»Gesellschaft der Patentinhaber« – 1500 Mitglieder – Präsident Lord Asquith) gibt ein großes Jahrbuch heraus: »What's Wanted« – »Was man jetzt verlangt« –, eine Liste von Erfindungen, mit denen sich der ingeniöse Kopf besonders befassen sollte, Erfindungen, die zur Stunde sehr erwünscht sind. Der letzte Band des Jahrbuchs enthält 339 Nummern; eine Maschine, die Kraft gewinnt aus Ebbe und Flut; ein System, Schall in Energie zu verwandeln, kaltes Licht, Licht, das den Nebel durchdringt. Und dergleichen.

Ich muß den 339 Titeln etliche Dinge anfügen, die mir täglich fehlen:

Eine Vorrichtung, die mich verhindert, eilige Briefe auf dem Schreibtisch liegen zu lassen, statt sie auf die Post zu bringen.

Eine Methode, die Wachstumsfreude des Vollbarts nach der Glatze umzuleiten.

Zigaretten, die sich nicht mit dem brennenden Ende in den Mund stecken lassen.

Ein Werkzeug, um Boten, die man zu einer Besorgung ausgesendet hat, an die Heimkehr zu mahnen; – etwa eine Zwickzange; oder ein unschädliches, innerlich zu nehmendes Mittel zu diesem Zweck.

Apparat, der aus öffentlichen Telefonzellen den Vordermann gewaltsam vertreibt und zugleich die Zelle ventiliert.

Ein Aufhänger für Mäntel, der sich bis zu 1½ Meter dehnt, wenn ich mich im Eisenbahnabteil auf den Mantel setze.

Eine endlose Klosettpapierrolle.

Künstliche Hühneraugen, mit allen Vorzügen der natürlichen, aber schmerzlos.

Ein Hut, der gegen den Wind fliegt, mit Vierradbremse.

Ein fernlenkbarer Dackel.

Ein Gerät, das dem Gastwirt verwehrt, alte Hennen auf der Speisekarte für Brüsseler Poularden auszugeben.

Ein nettes Büchschen, das nicht Salz ausspeit, wenn ich meinen Kuchen mit Zucker bestreuen möchte.

Ein Taschenkalender mit mehrern Gehaltstagen im Monat.

Eine brauchbare Füllfeder.

Romane, broschiert, die sich nicht aufschneiden lassen.

Ein kleines winziges Lämpchen, um im Kabarett während der Vorstellung unauffällig das Abendblatt lesen zu können.

Am Hals tragbare Namensschilder für flüchtige Bekannte; mindestens aber eine gedruckte Tafel, die einen warnt, eben geschiedene Frauen nach dem Befinden ihres Herrn Gemahls zu fragen.

Ein Souffliierdings, das einem etwas Passendes einsagt, wenn sie wissen möchte, wo man gestern zwischen sieben und neun gewesen ist.

Schlagsahne, wohlschmeckend, aber frei von jenen narkotischen Bestandteilen, die Mädchen unwiderstehlich zu nochmaliger Bestellung von Schlagsahne zwingen.

Eine Treppenbeleuchtung, die nicht ausgeht, wenn ich zwischen zwei Stockwerken stehe, aber nicht aufleuchtet, wenn ich nachts jemand zu mir bringen will.

Eine praktische Seitenwaffe zum Hervorholen von Schuhen, die das Stubenmädchen zu tief unter das Bett geschoben hat.

Küsse, die zu nichts verpflichten.

Eine Klingel, die selbsttätig anzeigt, wenn ein wichtiges Mitglied der Familie seinen Sommeraufenthalt abbricht, um vorzeitig in die Stadtwohnung zurückzukehren.

Eine Weckuhr, die, statt blödsinnig zu schnarren und mich zu stören, ins Büro telefoniert: ich sei heute krank.

Eine phosphoreszierende kalte Schulter (oder ein ebensolcher Rücken) – damit mich meine Zeitgenossen auch bei Nacht nicht verfehlen können.

Schwänke

In Ischl lernte ich einen Herrn Wernicke kennen – feinen Beobachter und offenen Kopf.

»De janzen Alpen«, sagte er mir eines Tages, »is der reene Mumpitz. Eene jrandiose Fremdenneppanstalt. Sehn Se, zum Bleistift, det Mädchen da mit det Edelweiß! – Na, überhaupt det Edelweiß! Haben *Sie* so wat schon mal wachsen sehn? Ick nich. Un ick kann Ihn bloß sagen – ick, Wernicke aus Berlin: ene Blume Edelweiß jibt et jar nich un hat et ooch nie jejeben. En jeder intelljente Mensch muß et uff'n ersten Blick raushaben, det det Zeuch jar keene Möglichkeit von ne Blume is. Edelweiß is de jesetzlich injetrajene Wortmarke for enen Industrieartikel – et wird in ene Fabrik in Plauen mit Maschinen aus dinnen Filz jestanzt un den Touristen in de Alpen als Blume anjedreht.«

*

Was sagen Sie, Herr Austerlitz: in Glauchau hat voriges Jahr ein Mann von 83 eine 18jährige Frau geheiratet, hat auf der Hochzeit bis zum Morgen Cancan mit ihr getanzt – und eben ist er Vater eines gesunden Zwillingspaars geworden. – Was sagen Sie dazu?«

Der alte Austerlitz wiegt den Kopf und meint bedächtig:

»Eh ich mich so sehr wundere – lieber glaub ich's nicht.«

Nikotin

Ob das Rauchen schädlich ist?

Gustav Meyrink, der doch nächst Gott am meisten weiß, raucht nicht.

Die berühmte Gräfin Eufemia von Adlersfeld-Ballestrem aber ist passionierte Raucherin.

Das sind zwei Indizien gegen den Tabak.

Andrerseits:

Mein Großvater hat immer geraucht und ist dreiundneunzig Jahre alt dabei geworden.

Mein jüngerer Bruder hat nie geraucht und ist mit vier Wochen gestorben.

Da kenne sich aus, wer kann.

Das Kunstvarieté

Eines Tages erheischten meine Finanzen dringend der Ordnung. Eben zur rechten Zeit sprach draußen im Flur ein Herr vor und nannte sich Direktor Geißler.

Ich empfange Direktoren nur ungern. Was heißt: Direktor? Direktor ist ein jüdischer Vorname, sagt man in Berlin. Dennoch – diesmal war ich zu Hause und hatte es nicht zu bereuen.

Direktor Geißler war eine mittelgroße, kräftige Erscheinung mit reinem Kragen, kurzgestutztem Bart und einem Glasauge. Wohlwollend richtete er es auf mich, nachdem er Platz genommen hatte, und sprach:

»Sie werden bemerkt haben, Herr Roda Roda, daß das Varieté von heute dem Verfall entgegengeht.«

»Dem Verfall, Herr Geißler? Die Leute machen doch faustdicke Geschäfte!«

»Sag ich doch!« rief der Direktor triumphierend. »Leben wir denn in einer vernünftigen Zeit? In einer konsequenten Zeit? Wo man sagen kann: das und das ist gut, das wird bestehen? Nein. Die Welt ist ja verrückt. Zu Mittag himmelhoch jauchzend, am Abend verheiratet. Darum, weil das Varieté von heute voll ist, sage ich: es trägt schon den Keim der Pleite in sich.«

»Ach so?«

»Woher aber diese fürchterliche Katastrophe des Varietés?«

Ich überging Geißlers rhetorische Frage mit Schweigen.

»Falsch!« schrie er. »Die Kinos tragen keine Schuld. Das Varieté ruiniert sich selbst – durch seine Indolenz. Wo alles ringsum sich die Kunst dienstbar macht, wo man jeden Nachttopf, jeden Lausekamm von einem Professor entwerfen läßt, bleibt das Varieté bei seinem alten Flitterkitsch. – Herr Roda, ich gründe das neue, das Kunstvarieté mit einem Aktienkapital von fünf – was sage ich fünf? – mit einem Kapital von zehn Millionen Märkern, und Sie sind meine erste engagierte Kraft. Haben Sie die Güte, einstweilen die Taxe des Autos auszulegen, das unten auf mich wartet.«

– – – Ich habe vielleicht unterlassen, zu bemerken, daß sich die eben geschilderte Szene in München abspielte. Wir haben da oberhalb der Theresienwiese eine gigantische Festhalle, die für gewöhnlich leersteht. Sie regt unternehmende Köpfe immer wieder zu Plänen an. Es ist wahr, die Halle liegt etwas abseits, man braucht bei gutem Wetter eine Stunde, um zu ihr zu gelangen. Und wieviel bei schlechtem Wetter? Das hat noch niemand ausprobiert.

Einmal gastierte Barnum in der Halle. Zehntausend entzückte Besucher. Am nächsten Morgen schrieben die Zeitungen, es wär halbleer gewesen.

Einmal ankerte das Zeppelin-Luftschiff darin. Dem Grafen gab man ein Bankett im Rathaus. Als er nachher in die Halle kam, um sein Schiff zu suchen, fand er es nirgends. Es hatte sich hinten in die Proszeniumsloge gesetzt.

Einmal wollte ein findiger Mann die Halle benutzen, um der Menschheit das Planetensystem in natürlicher Größe vorzuführen. Die Sache scheiterte am Widerstand der Zentrumspartei.

Ein hoffnungsloser Bau. Von Zeit zu Zeit macht die Fußartillerie darin ihre Schießübungen, das ist alles.

– – – »Unter diesen Umständen, Herr Direktor, werden Sie mir, fürchte ich ...«

»Keine hohe Gage zahlen wollen? Das erstemal natürlich nicht viel – ich weiß nicht, wie Sie meinem Publikum gefallen ...«

»Und das zweitemal bin ich nicht mehr neu. Ich kenne das.«

»Sie werden bitter, Herr Roda. Ich mache Sie aufmerksam: Ihre sehr geschätzte Kraft ist mir nicht unbedingt vonnöten. Es ist da eben ein dressierter Buckelochse frei, der gleichfalls sehr humoristisch wirkt.«

Eingeschüchtert unterschrieb ich den Vertrag.

– – – Ich will von dem Kunstvarieté nicht viel erzählen. Es hatte bald ausgelitten.

Ein Riesenbetrieb. Kein Mensch kannte sich aus.

Da war zunächst Geißler, der Direktor. Er hatte einen artistischen Sekretär, einen Geschäftssekretär und einen Dramaturgen. Der Dramaturg war mit zwanzig Prozent beteiligt, dem einen Sekretär gebührte die Hälfte des Reingewinns, dem andern ein Viertel der Bruttoeinnahme. Alle Herren zusammen hießen: die Konzessionäre.

Da war der Verwaltungsrat mit einem Präses, einem Vorsitzenden und einem Vorstand. Sie hießen zusammen: das Kassendepartement.

Da war der repräsentative Ausschuß, an seiner Spitze eine

senile Exzellenz. Lauter Herren, die täglich in der Presse erklärten: ihre Namen wären ohne ihre Einwilligung auf die Liste gekommen.

Endlich das Regiekollegium. Es bestand aus jenen berühmten Malern, die immer wieder die Kunstkommission bilden – ob es sich nun um einen Vereinsball handelt, eine Rindviehausstellung oder ein Denkmal für die Kriegsgefallenen. Sie wählen jedesmal aus ihrer Mitte den »engern künstlerischen Beirat« und protestieren dann gegen ihn.

Der wichtigste Mann aber im Varieté auf der Theresienhöhe war der Portier. Er war nämlich der Kapitalist.

– – – Unsre Bühne hatte auch sogenannte Ziele. Die Programmschrift war von einem Professor verfaßt. Es sollte bei uns »zum erstenmal auf europäischem Boden gezeigt werden, daß das Varieté des üblichen Tandes entbehren könne, um, anknüpfend an die Idylle der Biedermeierzeit, das Gauklertum in seiner primitiven Gestaltung, frei vom Snobismus einer dreimal verdammten, nun, dank den verfeinerten Sinnen unsrer Zeit, überwundenen Epoche falscher Prachtentfaltung, wieder in jener Keuschheit zu zeigen, die uns die Körperkultur in ästhetisch-harmonisch angepaßter Umgebung bewundern läßt; nicht Alhambrahöfe, nein, den Dorfmarkt mit seinem malerischen Getriebe wollen wir zum Schauplatz unserer Seiltänzer erwählen«.

Goldne Worte – wie?

Schon vor der ersten Vorstellung klagte mir Geißler über mangelhaften Besuch – ich möge eine Reklame aushecken. Ich schlug vor: er sollte sich aus Verzweiflung die Pulsadern aufschneiden – am Vorabend, aber doch zeitig genug, damit es noch in die Morgenblätter käme. Geißler meinte – mit einem Blick auf mich –, er würde den Unfall eines engagierten Mitglieds vorziehen.

Der Morgen vor der Eröffnung war nervenerschütternd. Unsre Soubrette (am Abend die erste Nummer) fand plötzlich: ihr Repertoire sei zu intim für diesen Raum. Sie müßte etwas Jahrmarktgemäßes haben.

Geißler verlangte, ich sollte ihr ein Lärmcouplet dichten, spätestens bis elf.

»Ich kann nicht dichten. Und Couplets schon gar nicht.«

»Hätt ich nur den Buckelochsen engagiert«, jammerte Geißler. »Hätt ich ihn nur engagiert!«

Geistesgegenwärtig, wie ich bin, stahl ich ein Lied: den Text von Viktor Léon, die Musik von Oskar Straus. Nachmittag war uns die Aufführung durch einstweilige gerichtliche Verfügung verboten, und man bezichtigte mich des Plagiats; hinsichtlich des Textes tat es Welisch, hinsichtlich der Musik Friedrich Holländer.

Ich schrieb sofort nagelneue Verse:

»Ach, jeder Kuß
Schafft Hochgenuß –
Drum küsse, o küsse nur zu!
Sieh doch, voll Lust
Hebt sich die Brust,
Ach, meine Seligkeit bist nur du.«

Da meldeten sich sämtliche lebenden Librettisten als Verfasser.

Der Abend war ein einziger Kampf mit den Mächten des Himmels, des Staates, der Kunst und des Magistrats.

Der Amerikaner mit seinem Sketch hatte vorausgesagt: nach dem ersten Bild würde es schüchternen Beifall geben – das wär immer so –, nach dem zweiten starken Beifall, nach dem dritten »kämen die Galerien herunter«. – Man hörte plötzlich schüchternen Beifall; der ganze Sketch war vorüber.

Die zwölf English girls hatten alle miteinander keine Stimme; der Agent hatte garantiert, sie hätten zwölf Stimmen.

Die chinesische Tragödin verlor auf offener Bühne ihre chinesischen Füßchen.

Dem Kunstschützen versagte die Flinte – die Ziele hagelten trotzdem im Polkatakt herab.

Ich sollte, als vierte Nummer, die Situation retten und trat mit ganz neuen Geschichten auf. Kaum fing ich eine an, riefen mir die Leute aus dem Parkett die Pointe zu.

»Stören Sie meinen Humoristen nicht!« zischte Geißler beschwörend ins Publikum.

»Was heißt Humorist?« antwortete ein Literaturfreund von unten. »Roda Roda is ä ernster Künstler.«

Die jugendliche Oteritta hatte eben zu tanzen, da kam ein Mann und sagte: er dulde nicht, daß seine Mutter sich öffentlich preisgebe.

Dem Löwen fiel das künstliche Gebiß ins Orchester.

Der Herkules-Jongleur vermißte sein Kanonenrohr; das Bübchen des Kapellmeisters war mit dem Rohr davongelaufen.

Unsre Hoffnung war noch der sprechende Hund – die Zensur verlangte seine Texte in zwei Exemplaren und verbot ihm wegen Aufreizung zum Klassenhaß das einzige Wort, das er sprechen konnte: Hunger.

Indessen suchte Geißler unten die Zuschauer immer wieder zu beruhigen. Da kam (ist es verwunderlich bei diesem Riesenbetrieb?), da kam der Logenschließer, der Herrn Geißler nicht kannte, und schmiß ihn als ruhestörend hinaus. Schmiß Herrn Geißler hinaus; den eigenen Direktor.

Die Athleten vom Sketch forderten ihre Gage. Von wem? Von mir. Ich wies sie an den Geschäftssekretär. Sie ergriffen ihn und wollten ihn unter sich aufteilen. Er rief nach dem Dramaturgen – der Regisseur meldete: »Ist beruflich verhindert; wird eben gepfändet.«

Schon hatte der sprechende Hund den Löwen verbellt, als

auf einmal Stille in die streitende Gruppe kam; die städtischen Elektrizitätswerke hatten das Licht abgedreht, weil die Rechnung nicht bezahlt war.

In der finstern Halle aber tönte die Stimme Geißlers:

»München – dieses Saunest! Hier ist ja nichts zu machen. Geben Sie mir augenblicklich meine fünfzehn Mark heraus! Ich gründe in Berlin einen Schauspielkonzern.«

Münchener Frühling

Die Szene spielte sich ab in den Tagen des Maibocks.

Schlenderte da im Abenddämmern eine junge Dame vom Luitpoldblock her durch den Schwibbogen nach der Salvatorstraße.

Ein Unbekannter folgte ihr, beschwingt von ihrer Anmut, beschwingt von … Maibock und Frühling.

Vielleicht hatte sie unvorsichtig einen Blick zuviel getan, zu warm erwidert: im Schwibbogen, wo es finster ist, nahte sich der Fremde, sprach drei huldigende Worte – und nach dieser kurzen Werbung wollt er die junge Dame küssen.

Sie schrie auf. Sie wehrte sich; rief deutlich:

»Hilfe!«

Der Bildhauer Lehr, desselben Wegs, vom Maibock, hatte den kecken Vorgang beobachtet; vielmehr: die Dame.

Sprang herzu; und mit dem Ungestüm des Künstlers, mit der robusten Bildhauerpranke äußerte er dem Fremden sein Mißfallen.

Worauf der Fremde sich leisjaulend trollte; die junge Dame aber nicht Worte genug des Dankes fand.

Es sei so finster hier im Schwibbogen, so graulich.

Nun, Lehr wird sie nach der bewohntern Gegend geleiten.

Wo aber der Schwibbogen in die Salvatorstraße mündet, brannte die erste Laterne.

Lehr sah, wie hübsch, wie niedlich die Beschützte war.

Sprach drei huldigende Worte – und nach dieser kurzen Werbung küßte er sie.

»Aber!« rief sie. »Herr! Ich dachte, Sie sind ein Kavalier!«

»Naa«, antwortete Lehr in schönem Bariton. »Gawlier – des war der andre. I bin Bildhauer.«

Der Mezzofanti von München

Giuseppe Mezzofanti (1774 bis 1849) war Kardinal und Erster Kustos der Vatikanischen Bibliothek; er beherrschte 58 Sprachen. Es geht über ihn eine hübsche Anekdote, die vielleicht nicht wahr ist, aber sehr bezeichnend:

Ludwig XIV. von Frankreich (1643 bis 1715) fragte leutselig, wie die Könige schon sind, den Kardinal:

»Hat Ihnen das Lernen Schwierigkeiten bereitet?«

»Nur bei den ersten fünfzehn Sprachen, Sire«, antwortete der Kardinal.

Einige Zeit hatte auch München seinen Mezzofanti. Das geschah so:

Ich kam zu Benz, um da Kaffee zu trinken.

Vater Benz, der freundliche Wirt, wollte mir den Aufenthalt in seinen Räumen genußreich gestalten, ergriff mich am Pulsgelenk der rechten Hand und brachte mich zu einer reizenden jungen Dame – einer Tänzerin, wie sich alsbald herausstellte, Spaniolin aus Salonik.

»Fräulein«, sprach Vater Benz, »hier stelle ich Ihnen einen Landsmann vor.«

Nun bin ich ja nicht eben am Ägäischen Meer geboren, sondern an der Save – doch Vater Benz nimmt es mit der südöstlichen Geographie nicht so genau.

Die Dame, erfreut, einen der Ihren, einen echten Saloniker so hoch im Norden anzutreffen, redete mich mit ihrer süßesten Stimme an:

»Ah, Señor, welche Freude! Usted ablate español?«

Ja, ich spreche Spanisch: wenn mich mein Partner oder meine Partnerin richtig fragt. Ich vermag dann zu entgegnen, und das in so reinem Kastilisch, als wäre Cervantes selbst aus dem Grab gestiegen:

»Si, Señora, ich spreche Spanisch, unas palabras, einigermaßen.«

Darauf muß sich der andre verwundert erkundigen:

»Sieh da! Wo haben Sie es gelernt?«

Ich antworte: »Estaba un invierno en Barcelona, en Cataluña.«

Bringt mein Gegenüber das Stichwort nicht richtig: nun, dann kann ich eben nicht Spanisch.

Die Tänzerin aus Salonik verhielt sich genau, wie ich es brauchte. Ich konnte meine Sprachkenntnisse voll verwerten und wurde an den umliegenden Tischen nach Gebühr bewundert.

Meine Spaniolin aber, feinen Ohrs wie Frauen sind, mochte bemerkt haben, daß das Spanische nicht eben meine Muttersprache ist – und da ich doch nach des Benzvaters Worten ein Landsmann aus Salonik sein sollte, redete sie mich griechisch an:

»Issthe Ellin? Omilite Elliniká?«

Auch diese Sprache handhabe ich vollkommen. Ich konnte in klassisch schönem Griechisch mit einem Satz erwidern, der, wörtlich ins Deutsche übersetzt, lautet:

»Ick nein könn den ellenisch Sprech, aber ick manckmal stehen ver, wenn Freiläun meckte redden.«

Vater Benz zu den Umstehenden: »Entzückend! Griechisch kann er auch.« – Die Umstehenden nickten.

Worauf das Fräulein den Kopf wiegte – (»Himmelherrgott, was ist der Kerl nur für ein sonderbarer Landsmann?«) – und sie versuchte es auf eine dritte Art:

»Türkdje bilirmissinis?«

Oh, Türkisch! Freilich spreche ich Türkisch. Man kann sagen: mit Vorliebe Türkisch. Leider beschränkt sich meine Kenntnis auf eine einzige Redensart:

»Jawasch söilerssenis daha eji anlajadjaim.« – »Sie müssen langsam reden, damit ich Ihnen folgen kann.«

Die Dame ließ ihre schönen Hände mutlos in den Schoß sinken und fragte:

»A, togawa goworite sigurno bölgarski?« – »Sie sind also wohl Bulgare?«

Ich gab schwitzend Bescheid:

»Tscheta otlitschno, no negoworja, poneshe nemam uprashnenja.« – »Ich lese Bulgarisch, doch aus Mangel an Übung kann ich es nicht sprechen.«

Als mich aber die Jugend ringsum nun auch diese schwierige Zunge meistern hörte, da entstand ein Murmeln der Bewunderung – ein Murmeln, das gar nicht enden wollte – ein Murmeln, das sich seither überall erhob, wo ich mich sehen ließ. – Man wies mit den Fingern auf mich, man zeigt mich als Merkwürdigkeit den Fremden. Man erzählt einander: ich hätte Rabindranath Tagore ins Indische übersetzt.

Der Bote

In München unlängst trat ein vierschrötiger Mann bei mir ein, brummte irgendwas und legte mir zwei Schriftstücke auf den Tisch.

»Was soll ich damit?«

»No, hold lesen sollen S' es. Un underschreim.«

»Schön. Warten Sie draußen!«

Der Mann ging.

Nach etlichen Minuten rief ich ihn zurück ins Zimmer und sagte ihm:

»Hören Sie mal zu und geben Sie fein acht, damit Sie den Herren alles bestellen können! Dieses eine Blatt da – den Aufruf – sehen Sie? – habe ich unterschrieben. Das andre aber – wo ›Protest‹ daraufsteht, gefällt mir nicht. Sagen Sie Ihren Herren: Herr Roda Roda will da nicht mittun, weil ihm die Sache nicht gefällt. – Begreifen Sie?«

»Jojo. I versteh Eahna scho.«

»Und werden Sie es bestellen können?«

»Da feit si nixen.«

»Wiederholen Sie also, was ich Ihnen gesagt habe!«

Er tat es.

»Gut. Und vergessen Sie mir's nicht unterwegs! Gehen Sie nun! – Halt, noch etwas: wie heißen Sie? Damit ich fragen kann, ob Sie alles richtig besorgt haben?«

Er – schlicht: »Oskar Maria Graf.«

Der berühmte bayerische Dichter.

Das Zitat

Roda Roda hat einen Gegner verklagt wegen wiederholter Beleidigung durch die Presse. Nun ist Termin vor dem Münchener Tribunal. Der Saal dicht gefüllt.

Der Richter fragt R. R., warum er nicht schon auf den ersten Angriff Klage gestellt habe.

R. R.: »Man verunglimpft mich viel, ich kann nicht immer gleich zum Kadi laufen. Wenn ich Zeitungsausschnitte mit beleidigendem Inhalt bekomme, schichte ich sie zu Hause aufeinander – droht der Stoß umzufallen, baue ich daneben einen zweiten und murmele das berühmte Zitat aus ›Götz von Berlichingen‹ ...«

(Starre Stille im Saal; der Vorsitzende will auffahren.)

R. R. vollendet: »... das berühmte Zitat aus dem Götz von Berlichingen: ›Wo viel Licht ist, ist starker Schatten‹.«

Der Vorsitzende beruhigte sich erst, als ein sachverständiger Zeuge auf seinen Eid bestätigt hatte, daß die zitierten Worte wirklich im ersten Akt des »Götz« stehen.

Dschingiskan

Vor einzwei Jahren tauchte in der Brennessel-Kneipe ein sehr niedliches Blondchen auf, eine Berlinerin. Mit Vornamen Rosemäre; die Schreibweise schwankte; übrigens dachte über die Schreibweise niemand nach.

Das Mädel war lebhaft, gescheit; mitunter witzig; offenbar ein gutes Ding. Sie machte auch kein Geheimnis aus sich – man erfuhr am selben Abend, daß sie Kunstgewerblerin war, Vasenmeisterin. Natürlich noch nicht wirkliche Meisterin, sondern sie studierte erst, bei Höbler.

Ferner trat sie, hieß es, in einem Kabarett auf am Sendlinger Tor, wohin niemand ging – unter einem Pseudonym, mit erotischen Dichtungen – des Erwerbs wegen. Und den Vertrautesten gestand sie eine Klavierstunde ein, sowie französische Nachhilfe bei Kindern. Doch der Maler Zoester, Fachmann in neuer Romanistik, tat ihre Befähigung dazu mit einer waagrechten Gebärde ab, während sich Futterer ungünstig über Rosemäres Musikalität äußerte. Die Berlinerin hatte sich aber nun schon so durchgesetzt, daß ihr auch ihr Familienname nicht mehr schadete: Goldschmidt. Einfach: Goldschmidt.

Eines Abends sah man Sigikahn aufstehen und sich deutlich neben Rosemäre setzen. – Die Unterredung der beiden ist durch mehrere Zeugen überliefert:

»Fräulein«, sagte Sigikahn, »Sie sollen sehr gut zeichnen?«

»Man behauptet es«, antwortete Rosemäre kokett und schlug erwartungsvoll ihre schönblauen Augen auf. – Sie wußte nämlich noch nicht, daß dieser dicke, kleine Kahn ein äußerst verkniffener Bursche war, abscheulicher Gesellschafter, weil er sich stets verkannt fühlte – und ein langweiliger Projektenmacher dazu.

»Sie haben auch«, fuhr er fort, »Liebe zu Kindern?«

»Nun ja ...«, meinte Rosemäre ... »warum nicht ...?« Und etwas scheu: »Aber wieso?«

Dadurch war sie aber schon, ohne es zu ahnen, Sigikahn verfallen – denn jedem, der einige Geschicklichkeit im Zeichnen bekannte, und Kinderliebe dazu, tischte Sigikahn seine große Idee auf – nachdem man sich hatte durch Schwur und Handschlag zum Schweigen verpflichten müssen – jene Idee, von der er sich die goldensten Berge versprach:

Das Bauspiel; oder: Stereotypische Kinderfibel; oder ...: na, der Name tut ja nichts zur Sache. Sigikahn pflegte die Erfindung mit Zündhölzern zu demonstrieren. Alles in allem sollt es ein Bilderbuch sein, aber nicht mit aufgedruckten Bildern, sondern die Bilder waren auf Karton nur leicht befestigt, man konnte sie herausnehmen und Häuser, Kirchen, Landschaften aufstellen: bei A einen Altar – bei B einen Bauernhof und eine Burg. – Die Zeugen sahen vergnügt, wie Sigikahn die Berlinerin heimlich und wichtig in Eid nahm – worauf die bekannte Zündhölzerszene folgte.

Zu allgemeiner Überraschung wandte sich Rosemäre nicht gelangweilt ab und sagte zu Kahn »Sie Idiot« – wie alle bisher getan hatten –, nein, sie hörte zu, als würde zum erstenmal das Evangelium gepredigt – zum Schluß aber patschte sie in die Hände und rief:

»Herrlich. Prachtvoll. Da muß ich gleich Herrn Schreiber aufmerksam machen, der sucht so etwas schon lange, was ganz Originelles.« – Es zeigte sich, daß Rosemäre einen Herrn Schreiber kannte, einen Direktor, zahlenden Abnehmer origineller Ideen, den noch niemand entdeckt hatte.

Des ehrfürchtigen Staunens aber war kein Ende, als sich schon abends darauf Sigikahn im Besitz von fünfzig Mark Vorschuß zeigen konnte. Jawohl, zeigen, fünfzig Reichsmark, Serie M, Nummer 5041609; ausgegeben auf Grund des Gesetzes vom 8. August 1924; Berlin, den 11. Oktober. Das Reichsbankdirektorium. Auch ein unterschriebener Vertrag ging von Hand zu Hand – darin waren Sigikahn hohe Prozente zugesichert –, und selbst Rechtsanwalt Teisinger, der doch sonst so skeptisch ist, bestätigte, daß es ein sehr guter Vertrag war, von Kahns Seite gesehen.

In der nächsten Woche blieben Kahn-Rosemäre drei Tage weg – dann verschwanden sie ganz –, und als sie wieder erschienen, trugen sie Trauringe. Der Wirt der »Brennessel«, Herr Loibl, brummte in seinem Baß: »Schad, daß ihrs net ehnder gsagt habts. I hätt d'Hochzeit bei mir ausgricht – 's wär a

Rosemäre

schenne Reklam gwesen fürs Gschäft.« – Er schenkte ihnen fünf Pfund Wurst in die neue Ehe, die berühmte hausgemachte Wurst, ohne Hufnägel und sonstige Beimischungen, auch eine Flasche Bocksbeutel und einen hübschen Teller.

Die Menage schien sich gut anzulassen. Man vernahm bald von einer Ottomane, die sich Sigikahns angeschafft hätten, und etwas Teppich.

Sigikahn ruhte nämlich nicht. Er suchte sein Schattenspiel hervor. Das berühmte Schattenspiel Sigikahns, »Pierrot und Colombine«. Hast du's nicht gesehen, war Rosemäre im Ausstellungstheater und hatte das Schattenspiel dem Oberregisseur Dr. Furtinger angedreht. – Gegeben ist ja das Zeug niemals worden; um die Götter nicht zu reizen; aber zweihundert Mark Vorschuß kriegte Sigikahn.

Innerhalb von zehn Monaten hatte Rosemäre angebracht: Sigikahns »Sammlung alter Sprichwörter« bei Kloß & Sohn (sie kannte den alten Kloß persönlich); Sigikahns »Persische Schwänke« im Melpomene-Verlag (wo sie den Prokuristen in einem einzigen Nachmittg so umbog, daß er fünftausend Exemplare voraushonorierte); Sigikahns »Ausgewählte Gedichte« bei der Süddeutschen Dichterehrung (hier beschwatzte Rosemäre den Chef des Aufsichtsrates). – Sigikahn blähte sich kugelrund, zum Platzen. Er redete mit Künstlern überhaupt nicht mehr; nur noch mit Verlegern, mit Rechtsanwalt Teisinger und Professor Schabuschnigg.

Der Rechtsanwalt war Sigikahns Syndikus, mit ihm sprach Rosemäre die Kontrakte durch. Die Verleger kauften Sigikahns Entwürfe auf dem Halm; sogar den Romantorso »Die Zukünftigen«, diesen Schwefel. Und Sigikahns »Balladen«. Auf die »Zukünftigen« bekam Sigikahn Vorschuß, »damit der Dichter in Ruhe schaffen könne«, sagte Herr Kloß. Die Balladen – zwei Stück – »erwarb« die Konkurrenz, »Süddeutsche Dichterehrung« – es war eine Luxusausgabe geplant, Pergament mit eigenhändigem Namenszug des Dichters.

– – – Wer weiß, in welche Höhen das Glück den dicken Kahn noch trug – wenn er nicht eines Abends die Unvorsichtigkeit beging, sich neben Schabuschnigg zu setzen.

Schabuschnigg ist Reallehrer. Mathematiker. In der »Brennnessel« heißt er »der Ornithologe« – nach seinem liebsten Gesprächsthema. Ein Geschlechtsneidhammel. Er hat schon vier Schwabinger Ehen entwurzelt, indem er »sich als Ehrenmann verpflichtet fühlte, dem bedauernswerten Gatten die Augen zu öffnen«.

Sigikahn also setzt sich zu Schabuschnigg, und Schabuschnigg beginnt ihn nach seinen Erfolgen auszufragen. Sigikahn entfaltet knarrend das Pfauenrad.

Sagt Schabuschnigg hämisch: Ja, wer eine so betriebsame Gattin hat ...

Sigikahn darauf: Gewiß, auch ihr gebühre einiges Verdienst ... aber den Fond – den Fond des Ruhmes habe der Künstler eben mitzubringen. Und »Freund Höfle« (der Prokurist) habe vor, Sigikahn für den Nobelpreis vorzuschlagen.

Schabuschnigg mit saurer Lache: Grade Herrn Höfles Freundschaft beziehe sich offensichtlich nur, nur auf die Frau Gemahlin.

Sigikahn widerspricht – harmlos anfangs – dann etwas gereizter – endlich sehr entschieden –, bis sich Schabuschnigg wieder einmal »als Ehrenmann verpflichtet fühlt«: er, Schabuschnigg, wisse doch ganz genau, wie der Romantorso ... wie heißt er doch gleich? ... richtig: »Die Zukünftigen« – wie also dieser Roman den Weg gefunden hat in den Melpomene-Verlag; über Kochel nämlich, Hotel »Grauer Bär«.

»Stimmt. Da hat meine Frau den Roman dem Höfle vorgelesen. Sie liest sehr gut.«

»Drei Tage hat sie vorgelesen, Herr Kahn. Dem Herrn Höfle. In Kochel.«

»... Der Roman ist recht lang ...«

»Die Gnädige hat im ›Grauen Bären‹ gewohnt.«

»Ja. Und Freund Höfle beim Fischer am See.«

»Nein, Herr Kahn; auch Höfle im ›Grauen Bären‹. Im selben Stockwerk. Sogar am selben Flur. Ich war damals in Kochel – ich weiß es. Zimmer 23.«

»Wer – Zimmer 23??«

»Ihr Freund Höfle und Ihre Frau Gemahlin. Zimmer Nr. 23.«

»Unsinn: Sie können doch nicht beide in einem ...«

»Dochdoch. Ich weiß es – ich war damals in Kochel – ich weiß es, Zimmer 23. Beide. Drei Tage – Höfle und Ihre Frau Gemahlin. Dort hat sie ihm ›Die Zukünftigen‹ vorgelesen.«

– – – Sigikahn erhob sich; verschränkte die Hände hinten und ging einmal stumm durchs Lokal.

Dann schrie er: »Nein!! Nein!!« Schrie wie ein Gorilla.

Und lief davon.

Schabuschnigg ist von allen sehr gezankt worden. Es ist aber nicht wahr, daß Zoester ihn verprügelte. Die Ohrfeigen hat Schabuschnigg erst viel später bekommen, gegen halbeins, von Ringelnatz, der zufällig dazukam – eine Ohrfeige von Sinsheimer – achtzehn von Ringelnatz und drei von einem Fremden.

– – – Rosemäre ist noch in der Nacht davon – angeblich nach Berlin.

Sigikahn war sehr unglücklich, sehr. Er hatte Rosemäre doch geliebt. Oh, viel tiefer geliebt, als man glaubte.

Am ärgsten getroffen war er in seiner Eitelkeit. Er schämte sich zu Tode. – Eine gewisse Frieda, Maschinschreiberin, wohnte unterhalb von Sigikahns; sie erzählt: Tag und Nacht sei Sigikahn durchs Zimmer marschiert, daß die Dielen wankten.

Dann würde es oben still; Sigikahn schrieb; eine Ode vom Heiligen Sebastian, wie sich später zeigte.

– – – Die Affäre in der »Brennessel« hatte sich Sonntag abgespielt – Dienstag früh kommt Sigikahn ins Büro zu Teisinger. Und erzählt ihm die Geschichte. »Herr Rechtsanwalt«, sagt er, »Sie müssen die Scheidung einreichen.«

Teisinger benimmt sich sehr komisch; ist blaß, rekelt sich verwirrt; findet schließlich den Faden, versucht Sigikahn abzureden – »man dürfe als Künstler ... man sei doch Kulturmensch, nicht Banause ...«

Doch Sigikahn ist bockbeinig. Von Verzeihen und Verstehen keine Rede. Nein, Scheidung. Auf der Stelle: Scheidung.

Dann, sagt Teisinger, soll Sigikahn vielleicht einen andern Anwalt suchen – Teisingern sei peinlich, gegen Frau Rosemäre vorzugehen, die er persönlich hochschätze.

Sigikahn ist verschnupft; billigt aber im ganzen Teisingers Haltung – nimmt Abschied – – wendet auf der Schwelle plötzlich, schreitet auf Teisinger zu und kuckt ihm scharf in die Augen.

»Sie!« sagte er. »Sie auch.«

Fällt in den Klientensessel, der zu diesem Zweck aufnahmebereit dazustehen scheint – und heult – heult – heult wie ein Kind.

– – – In dem Klientensessel ist aus Sigikahn Dschingiskan geworden – Dschingiskan, die Gottesgeißel.

Wutschnaubend hat Dschingiskan das Büro verlassen und ist zu Höfle. – Eine Viertelstunde später hatte Höfle alles unterschrieben: von den »Persischen Schwänken« werden nicht fünftausend Stück erscheinen, sondern zwanzigtausend; bis 1. Juli, voraus zahlbar.

In der »Süddeutschen Dichterehrung« trümmerte Dschingiskan ein Regal entzwei. Der Chef des Aufsichtsrates ist schwer verheiratet. Ergebnis: ein Vertrag, ein Schuldschein.

Im Ausstellungstheater – Oberregisseur Furtinger winselte wie ein Hündchen; half ihm alles nichts: das Schattenspiel aufführen oder zahlen: oder Krach. – Furtinger gab Wechsel.

Dschingiskan rast mordend und plündernd durch Europa. Sadistisch quält er, richtet er, vernichtet er seine Feinde.

Dschingiskans Balladen erscheinen noch diesen Monat – in Ballonseide; mit Goldschnitt. Von den »Ausgewählten Gedichten« sind drei Ausgaben vorgesehen: für Liebhaber – für Büchereien – für das Volk.

Beim alten Kloß ist Dschingiskan noch gar nicht gewesen. Den will er als letzten fressen.

Der alte Kloß ist dem Selbstmord nah. Diese Schande – vor der Frau, den großen Söhnen, vor dem Personal! Der alte Kloß hat schon – nur so zur Vorbereitung, um Dschingiskan gnädig zu stimmen – in einem ungemein schmeichelhaften Brief um »die Ehre« gebeten, die »Ode auf den Heiligen Sebastian, sowie die drei nächsten Werke des Meisters in erstklassiger Aufmachung herausbringen zu dürfen«.

Die Schaubude auf dem Oktoberfest

Hereinspaziert, meine Herrschaften – 'ziert, meine Herrschaften – 'ziert meine 'schaften – 'schaften! Was die sämtlichen Weltteile, was Amerika und der Ozean wirklich Gediegenes bieten – hier wird es gezeigt und sieht man es, hier entrollt es sich dem staunenden Besucher. Hier amüsiert man sich, hier unterhält man sich, hier ist das Vergnügen zu Haus, die Wonne, Seligkeit und Unterhaltung. – Kuriositäten, Raritäten. Athleten, Magneten samt Geräten. – Der Löwenmensch, der herrliche Jüngling in scheußlicher Tiergestalt, ein kolossales Weltmonstrum von wunderbarer Schönheit. Er verspeist Nägel,

Lederwaren, Eisen – frißt Thermometer, Quecksilber und Kohlen – er frißt die Bibel, Altes und Neues Testament; ein Mensch von wunderbarer Monstrosität, innen und außen mit blondem Haar bewachsen, ein Liebling der Damen. – Nur zwanzig Pfennig – zwei Sechser, meine Herrschaften! – Die große Negerkarawane. Nicht ein Neger, nicht zwei Neger oder drei Neger, sondern eine unzählige Karawane, nämlich vier Neger. Wo der Äquator seinen Gürtel um die Erde spannt, da ist diesen Negern deren Heimat. Schöne Neger, graziöse Neger, die schwarze Schmach, Lieblinge der Damen. Menschenfleisch ist ihre Nahrung. Muhammed ihr Gebet. Mit wunderbarer Muskulatur sprengen sie Fesseln, mit herrlicher Muskulatur fressen sie Feuer. – Die scheußliche Brillenschlange Provoca – vom Kopf bis zum Schwanz zehn Fuß lang, vom Schwanz bis zum Kopf abermals fünfzehn Fuß, im ganzen fünfunddreißig Fuß – das giftigste Insekt der Erde. Ohne Preisaufschlag wird sie gähnen und dem zitternden Besucher ihren Rachen zeigen – ein Liebling der Kinder. Das interessiert den Gelehrten, meine Herrschaften, interessiert den Soldaten, das ist Wissenschaft. – Die Riesendame, unsre schöne Zessa, zu Zürich in der Schweiz geboren. Schon mit sieben Jahren verlor sie ihren Vater und kam in Klostererziehung. Sie wiegt 837 Pfund. Die schwerste, die zierlichste Dame der Erde, ein Liebling der Herren. Diese muß man gesehen haben, dieser muß man beigewohnt sein. Soeben ist der Beginn der Galavorstellung, soeben wird ein Kavalier auf ihren Busen steigen. Gegen eine Extravergütung von zehn Pfennig können die Herren ihre Waden umspannen. Nur anständig, meine Herren, nur anständig! Zehn Pfennig Extravergütung – dieses ist ihr Douceur, dieses ist ihre Gage. – Die herrliche Miss Sivilla, die Dame ohne Unterleib – ein Gnadengeschenk des Himmels an die schönheitsdürstende Menschheit. Keine Spiegelung, meine Herrschaften, und keine Täuschung –

Sivilla, die Dame ohne Unterleib, doch die Schöpfung hat ihr den Unterleib versagt – ein herzergreifendes Unglück. Mit tränennassen Augen wird sie Ihnen ihr Schicksal erzählen – Sivilla: von Seeräubern entführt, vom Sultan von Zanzibar gefangen, von General Lettow-Vorbeck befreit und retourniert. – Koko und Toto sind ihre Kinder – die zusammengewachsenen Zwillinge, ein launisches Spiel der Natur. – Das achte Weltwunder, Miss Leonora, die tätowierteste Dame der Welt. Diese Anmut, Künstlerschaft und Grazie! Sehen Sie die Hand, meine Herrschaften, das Korsett und Füßchen! Alles über und über in dreizehn Farben tätowiert. Ich verspreche Ihnen nicht zuviel: sie trägt auf dem Oberschenkel das wohlgelungene Porträt weiland Seiner Majestät, des gegenwärtigen Königs von Belgien; in der Achselhöhle die Tugend, die neun Musen, das Abendgebet; auf den Hüften Seine Königliche Hoheit, den Präsidenten von Amerika; Glaube, Liebe und Hoffnung; der Beruf des Seemanns. Dieser Körper, in Gegenwart des Papstes und 4000 Professoren wissenschaftlich demonstriert und einstimmig als das größte Weltwunder des zwanzigsten Jahrhunderts anerkannt, wird in seiner künstlichen Vollendung, der Körper allein, auf 50 000 Dollar geschätzt. Ich könnte Ihnen die Eleganz bis zu den Schultern zeigen – ich könnte Ihnen die Eleganz bis zu den Knien zeigen – ich zeige Ihnen die ganze Eleganz. Hier amüsiert man sich, hier ist die Bildung zu Hause, hierher führt man seine Kinder. Das ist kein Schwindel oder Humbug, sondern Amüsement und Eleganz. Sie hören die Glocke, Musik und die Klingel. Im Augenblick beginnt die große Festvorstellung: der Löwenmensch, die vier Riesenneger, die schöne Zessa, die Brillenschlange, Miss Leonora, die Dame ohne Unterleib mit ihren Söhnen – Sivilla – zu herabgesetzten Preisen. Soeben sprengt man die ersten Fesseln, soeben gähnt die Schlange – wer seine Familie liebt, ergreift die Gelegenheit. Nur für Erwachsene, ausschließlich für Männer. Heute ausnahmsweise auch für Damen; Kinder zahlen die Hälfte.«

Schwank

Die Landsmannschaft Hercynia feiert ihr Stiftungsfest.

Der älteste Alte Herr hat den Vorsitz beim Kommers und gebietet Silentium.

Alles schweigt ehrfürchtig und gespannt.

Doch der Alte Herr rührt sich nicht.

Minuten vergehen in peinlicher Stille.

Endlich wagt einer der Festteilnehmer, dem Präsidenten zuzuraunen:

»Bitte, wenn Sie nichts zu sagen haben: heben Sie doch wenigstens das Silentium auf.«

»Ich möchte ja«, sagt der Alte Herr verzweifelt. »Aber ich habe vergessen, wie das Gegenteil von Silentium heißt.«

Die Schule

In Möckingen ist ein Landerziehungsheim für junge Mädchen, sehr fromm.

Als mich die Oberin durch die Anstalt führte, sah ich eine … Männerunterhose am Zaun hängen.

Die Oberin fing meinen Blick auf und erklärte leis errötend:

»Damit die Schülerinnen mit Herrenwäsche umgehen lernen, haben wir ein Stück in unserm physikalischen Kabinett.«

Begegnung mit dem HErrn

Es war auf dem Ozeandampfer, zwischen Amerika und Bremen, in brausender Nacht. Es dröhnten die Orgeln des Windes, der Wogen.

Ich war überreizt durch Demütigung in Spiel und Liebe, durch Streit, Schnaps, tausend Zigaretten. Sprang zornig aus dem Rauchsalon – Sturm riß mir die Tür aus der Hand, schmiß sie ins Schloß.

Ich torkelte, wankte nach dem Achterdeck.

Da war ich allein; allein mit feuchter, rasender Finsternis – Teer und Tauen; Fetzen schwarzen Meeres flogen über mich.

Ich war von Sinnen … an der Bewußtseinsgrenze … Die Wissenschaft hat einen unermeßlichen Wortschatz für diesen Zustand.

Nicht in feuriger Flamme aus dem Busch erschien Er mir – sondern in brausender Nacht, auf dem Achterdeck des Dampfers. Zu sehen war nichts – ich fühlte Seine Nähe.

»HErr …«, sprach ich – und stockte schon. Wiewohl ich oft im Leben hochgestellten Persönlichkeiten gegenüberstand – einmal sogar Viktor Barnowsky, ohne zu zittern –, ich wußte ihn nicht anzureden.

»Eure Heiligkeit …«, begann ich wiederum und unterbrach mich: »Verzeihen Sie – der Titel kommt ja schon Hochihrem Stellvertreter zu … sogar ›Herr Direktor‹ scheint mir zu gering, wo doch Barnowsky … Und Sie sind ja in manchen Dingen mächtiger selbst als Rothschild … Ich darf übrigens annehmen, daß Sie mir meine Verlegenheit in der Titelfrage nicht übelnehmen … Sie scheinen ja in diesem Punkt nicht zu tüfteln, wo Sie sich von den französischen Katholiken ›Sie‹ anreden lassen und von den Protestanten ›Du‹ … Mein Gott (entschuldigen Sie: diesmal war es nur Interjektion –), wir in Österreich sagen:

»Du, Herr Oberst« ... Kurz und gut: erlauben Sie mir allergnädigst, daß ich Sie einfach ›HErr‹ nenne ... Ich kann Ihnen gar nicht sagen, wie sehr geehrt ich mich durch das Zusammentreffen mit Ihnen fühle – wie erfreut ich bin. Ich habe mir schon lange gewünscht, einmal unmittelbar mit Ihnen sprechen zu dürfen. Und auch Ihnen ...

HErr! Kaum jemand wird soviel wie Sie beweihräuchert. Ganze Organisationen in Europa, in Amerika, Asien – in aller Welt loben Sie gewerbsmäßig. Da wird Ihnen vielleicht ein ruhiges Urteil über Ihre Schöpfung willkommen sein.

Immer wollte ich Sie fragen: wozu, HErr, wozu haben Sie gewisse kleine Insekten geschaffen? Ich habe auf Reisen im Südosten viel darunter gelitten – habe nachgedacht und Ihre Teleologie nie ergründen können.

Dann: in Wien die Oberkellner; genügt ein einziger bedienender Kellner nicht?

Die Geschlechtsorgane finde ich nicht zweckmäßig placiert – mir hätten sie etwa anstelle der Brosche besser gefallen. (Ich muß Ihnen, wenn ich schon davon rede, übrigens sehr danken ...)

Dann: die Umdrehung der Erde. Ließe sie sich nicht noch nachträglich etwas bremsen? Ich brauche täglich fünfzehn Stunden Schlaf und komme so gar nicht zur Arbeit.

Mit dem Klima könnten Sie uns Deutschen auch ein wenig entgegenkommen. Wenn Sie zum Beispiel den Golfstrom etwas ablenkten ...? Aber, Gott, was gebe ich Ihnen Ratschläge? Sie wissen ja selbst am besten ...

Wozu überhaupt Franzosen, Deutsche ... die vielen Völker? Ich halte die Sprachenverwirrung für keine glückliche Maßregel. Allerdings, wenn man wieder bedenkt, daß wir alle Hebräisch schreiben müßten, sogar Adolf Hitler ...

Sie selbst leiden ja unter der nationalen Abriegelung nicht –

Ihre Werke werden immerzu übersetzt und gehen reißend. Vor allem in englischer Sprache; ich habe in Amerika auf jedem Hotelnachttisch Ihre Erinnerungen gefunden, den ersten und den zweiten Band. Wo die Sachen doch nicht aktuell-politisch sind, ein beinah unbegreifliches Autorenglück. Bitte, bitte – jegliche abfällige Kritik liegt mir meilenfern – das Hohe Lied ist sogar wundervoll. Die Irene Triesch liest immer daraus vor – ganz herrlich. Ich habe sie in New York gehört. Sie doch auch –? So eine kleine Schwarze? – Haben Ew. Gnaden übrigens auch die Veden Höchsteigenhändig geschrieben? Abermals: alle Achtung! Stellenweis höchst originell – und anderswo die Dunkelheit ...: man bevorzugt jetzt Dunkles sogar. – Im Koran ... ich fürchte, da wird Ihr damaliger Sekretär, Muhammed, manchmal nicht richtig mitgekommen sein – wie? – Haben Ew. Gnaden die literarische Tätigkeit völlig eingestellt? Man liest nichts Neues mehr von Ihnen ...

Nun, mit der Verbreitung Ihrer Schriften können Ew. Gnaden zufrieden sein. Da muß sich sogar Bonsels verstecken. – Wir irdischen Autoren im allgemeinen haben nichts zu lachen. Es geht uns lausig – mit Respekt gesagt ... Wie wäre es, Ew. Gnaden ...? Sie haben sicherlich Einfluß – besonders bei katholischen Verlegern ... Wenn Sie sich ein wenig für mich verwendeten?

Glauben Sie mir: an dem Unglück meines Lebens sind nur die Verleger schuld. Sollt ich einst – lange vor der Zeit – vor Ihrem Richterstuhl erscheinen müssen, werden auch nur die Verleger an meinem frühen Ende ... Bitte sagen Sie nicht immer, ›Weiß schon, weiß schon‹ – lesen Sie lieber, was Tucholsky darüber schreibt!

Ich habe der Verleger sieben gehabt. Mein erster hieß Ferdinand Amico. Sie haben zahlreiche und ziemlich harte Strafen über ihn verhängt – ohne die Tätigkeit des Wiener Landesgerichtes auszuschalten. Als Amico Ferdinand sich vom Weltgetriebe in die Einsamkeit zurückgezogen hatte, meinte man allgemein, er würde nun über die Rätsel Eurer Herrlichkeit nachdenken. Statt dessen klebte er Düten und ging täglich von drei bis vier unter Aufsicht eines Wächters spazieren. Man fand in seinem Nachlaß 6000 Exemplare meines Buches, die nicht verrechnet waren. 6000 Stück, HErr! Ich glaube, diese Zahl wird selbst Ihnen imponieren, der Sie mit Einsteinschen Ziffern zu rechnen gewohnt sind.

Der zweite Verleger – auch ihn haben Sie durch Ihren Pleitegeier mehrfach umkreisen lassen – hatte drei Bücher von mir verlegt – verlegt, so daß nicht einmal ich sie mehr finden konnte.

Darauf bewirkten Ew. Herrlichkeit, daß ich einen Berliner Verleger aufsuchte. Erinnern Sie sich? Er fuhr im Auto, das war so groß wie ein Schlafzimmer, und hatte ein rauchendes Torpedo in den Zähnen. Und sagte, meine Bücher könnten nicht als vollwertig literarisch gelten, dazu seien sie denn doch nicht langweilig genug.

Da ging ich zu dem andern, der die Bücher nahm. Als ich meine Zigarette wegwarf, hob er sie geschwinde auf und rauchte sie weiter.

Und der Europäische Verlag in Pankow? Er machte seine Entschlüsse ›abhängig von der nächsten Generalversammlung unsres Aufsichtsrates‹, und bestand doch alles in allem aus Herrn Pniower, einem Kautschukstempel und einer Schreibmaschine. Letztere war brünett und mies und nannte den Herrn Chef ›ihren süßen Jungen‹. Der süße Junge sprach: ›Ich habe Sie einmal für ein Talent gehalten, doch solche kleine geschäftliche Fehlirrtümer kommen vor.‹

Der letzte ... Bitte, sagen Sie nicht schon wieder ›Weiß schon, weiß schon‹ – lassen Sie mich zusammenhängend erzählen ...

Der letzte Verleger also war Menziles. Menziles, genannt Euphrosyne G. m. b. H. Als ich ihm mit Ihrem Zorn drohte, lachte er nur – ihm mußt ich schärfer zusetzen, mit dem Rechtsanwalt.

HErr! HErr! HErr! Tun Sie etwas für die irdischen Schriftsteller! Sie sind doch allmächtig, HErr!

Doch was rede ich? Sie werden wieder eine Sintflut schicken – das Wetter heute deutet ja schon darauf. Was weiter? Noah wird eine Arche bauen und mit Brehms Tierleben eine Reisebuchhandlung eröffnen. Sie unternehmen ja nichts Ernstes gegen die Verleger. Wie?«

Ich horchte.

Horchte gespannt.

Keine Antwort.

Der Sturm brüllte ins Leere.

Da merkte ich, daß Er gegangen war.

– – – Dies meine erste Begegnung mit dem HErrn. Wahrscheinlich völlig ergebnislos.

Wie ich meinen Glauben verlor

Ich entstamme einer gottesfürchtigen Familie. Urgroßvater und Großvater waren Kapläne. Großmama heiratete später einen Devotionalienhändler, der Aloysius mit Vornamen hieß – Aloysius mit Ypsilon – und ihr in seiner Demut den pfarramtlichen Fehltritt gern verzieh.

Mein Vater wählte klerikal; seine liebste Lektüre war »Das geistliche Jahr« des Freifräuleins Annette von Droste-Hülshoff. Die Werke der Handel-Mazzetti verwarf mein Vater, die schienen ihm zu weltlich.

Überdies habe ich eine Tante, die Christine Pia heißt. Sie hat ein Glasgemälde für Mariazell gestiftet. Onkel Pferdinand, der Trottel, ist darauf als Heiliger abgebildet – nur etwas idealisiert.

Tante Christine ist es auch gewesen, die mich erzogen hat. Als ein Himmelsschluß mich ihrem persönlichen Beispiel entrückte, schrieb sie mir lobesame Briefe, worin sie für die häufigsten Wendungen und Wörter Abbreviaturen setzte:

G. s. D. – Gott sei Dank
hlg. – heilige usw.

Das ist die Geschichte meiner Jugend.

Und doch: mußte ich plötzlich meinen Glauben verlieren. Das war so:

Eines Abends, ich wohnte damals in Paderborn bei der Witwe Ursula Schlauch – eines Abends also, Mitte Dezember vor zwei Jahren, legte ich mich mit einem innigen Gebet schlafen und schlief, bis ich, wie gewöhnlich, um fünf Uhr morgens erquickt erwachte.

Es war, wie gesagt, Mitte Dezember. Die Stube eiskalt. Die Diele von Stein.

Ich setzte mich im Bett auf, sprach mein Morgengebet, und nun …

… nun sollte ich aufstehen. Mitte Dezember. Das Zimmer eiskalt. Die Diele von Stein.

Meine irrenden Augen suchten nach den Filzpantoffeln.

Die Filzpantoffeln standen, gut fünf Meter weg von mir, in der andern Stubenecke.

Wenn ich dachte, daß ich diese fünf Meter auf der frostigen Diele zurücklegen sollte, da schauderte mir.

Ich rief nach der Witwe Schlauch – sie war in die Frühmette gegangen.

Ich in dem schönen warmen Bett – die Filzpantoffeln in der andern Stubenecke – und dazwischen fünf Meter Polargebiet.

Wer, wer verhilft mir zu meinen Filzpantoffeln?

Wer anders als Er, zu dem ich bisher immer mit kindlichem Vertrauen aufgeblickt hatte – Er, der die Raben nähret und die Lilien kleidet?

Und ich faltete meine frommen Hände und schickte ein heißes Gebet zum Himmel, worin ich Gott bat, mir meine Filzpantoffeln zu bringen.

»O HErr«, sprach ich, »Dir gehorchen die Sonnen und Sterne, Dir die Stürme und Fluten – Dir kann der kleine Dienst nicht schwerfallen, um den ich Dich anflehe – ich, Dein treuer Knecht, der sein Leben Deiner Lobpreisung geweiht hat.«

Also opferte ich dem HErrn von fünf bis sieben.

Vergebens.

Um einviertel acht kam die Witwe Schlauch aus der Frühmette zurück. Ich schickte sie sofort in die Buchhandlung um Haeckels »Welträtsel«.

Glaube

Diese Geschichte ist keineswegs erfunden; sie hat sich getreulich so abgespielt, auf Neu-Guinea – der Pariser Maler Kelen kann es bestätigen:

Ein malaiischer Händler, seines Namens kann sich Kelen nicht mehr entsinnen – der Malaie also hatte drei Ladungen Kokosnüsse gekauft, von einem Papua. Am Zahltag aber leugnete der Händler kalten Herzens:

»Du – du – willst mir Kokosnüsse geliefert haben? Wo ist die schriftliche Bestätigung? Wo sind die Zeugen?«

»Tumanbanga ist mein Zeuge«, sprach der Papua mit der Gewißheit des ehrlichen Herzens und blickte vertrauend zum Himmel auf.

»Dein Tumanbanga kann mir den Buckel runterrutschen«, antwortete der Händler.

Schmerzlich berührt von so viel Lüge, vor allem: beleidigt über die Verunglimpfung seines obersten Gottes, trug der Papua den Streit vor den englischen Kommandeur. Zur höchlichen Enttäuschung des Papuas ward ihm da kein Recht: auch der Kommandeur fragte nach dem Schein; nach Zeugen; und als sich der arme Papua nur auf Tumanbanga zu berufen wußte und niemand andern, erging das beschämende Urteil: die Forderung abgewiesen – drei Shilling Prozeßkosten hat der Papua zu tragen.

»Siehst du?« raunte draußen der Malaie. »Hab ich's dir nicht gesagt? Dein Tumanbanga kann mir den Buckel runterrutschen.«

Vom Fleck machte der Papua kehrt – zurück zum Kommandeur.

»Herr«, rief er tieferregt, »ich klage den Malaien nochmals an: eben – aber eben, auf der Schwelle deines Hauses hat er wiederum meinen Gott geschmäht.«

»Ich schwöre«, entgegnete der Malaie, »es ist nicht wahr.«

Da mußte der Papua sechs Shilling zahlen »für Belästigung des Gerichtes«.

Vor dem Tor flüsterte der Malaie:

»Nun? Glaubst du mir endlich? Dein Tumanbanga kann mir den Buckel runterrutschen.«

Der Papua:

»Mir auch.«

Späne

Wie will man das Dasein Gottes leugnen und zugleich die Existenz von Kognak erklären?

*

Schon wieder kommt eine Schneiderin mit religiösem Wahnsinn ins Irrenhaus.

Seit Menschengedenken ist das noch keinem Bischof passiert.

Holzhandel

Der Sägemüller von der Errestferschen Säge brauchte ein paar schöne Lärchen, so ein zwanzig, dreißig Stück. Da wollt er es wieder einmal mit Jürri Täkk versuchen aus Kiwwikülla.

Leicht, das wußte er, wird es nicht gehen. Denn Jürri Täkk hatte neunundvierzigmal in sieben Wochen geschworen:

»Wenn Sächmüller ssu mir gommt, Errestfersche Und, peiß ich heher ins Kras, als taß ich ihn laß mit peide Hohren zu Aus jehn.«

Immerhin – leben muß man nicht, doch sägen muß man. Der Müller ging nach Kiwwikülla, setzte sich in den Krug und wartete auf Täkk.

Täkk kam, wandte sich sofort scharf um und setzte sich in die andre Ecke; knurrte, drohte mit der Faust und machte rauflustige Augen.

Der Sägemüller aber sprach:

»Nun, sitz nich ta wie peeses Dier – sach lieber, hob tu fillst

Jürri Täkk

machen Jeschäft mit mir und mir vergaufen baar Lärchenstämme.«

»Jeh bei Hihners!« höhnte Täkk. »Ich – vergaufen? Tir?«

»Mir oder handern – paar Jeld is Jeld. Ich ssahl swanssig Rubel fir Waden, wenn ich tarf Stämme aussuchen.«

Zwanzig Rubel der Faden – verflucht, verflucht! Sonst kriegt man nur acht Rubel, acht fünfzig, höchstens neun ... Ta is sicher fieder Petrug tapei.

»Nu, Kümmelnaps gannst schonst mit mir drinken, Täkk?«

Sie setzten sich zusammen.

Als sie ein Glas getrunken hatten, begann Täkk ganz von selber:

»Ssahlst swanssig Rubel fir Waden?«

»Ssahl schonst, fann ich selbstich tarf Stämme aussuchen.«

»Tarfst schon scheenste aussuchen.«

»Ist mein Sach, hob ich scheenste nemm hoder nich.«

»Nu, nu, Sächmüller, nicht kleich krob ferden! At tir niemand nichts jetan.«

Sie wurden handelseins: zwanzig Rubel der Faden – zwanzig Stämme nach des Sägemüllers Wahl.

Dann tranken sie.

»Nu, Täkk«, sagte der Sägemüller, »jetzt saahl fieder tu Naps. Wott Jeschäft, fas tu ast jemacht!«

Gut, der Bauer zahlte Schnaps.

Sie tranken und tranken – da sagte der Sägemüller:

»Halso, ör ssu, Täkk: ich prauch noch swanssig Stämm.«

»Ssu swanssig Rubel ...?«

»Nein, Täkk, son Dojahn far ich nur heinmal. Ab ich tir heinmal swanssig Rubel für Waden jessahlt, gannst tu mir handre swanssig Stämm fir winf Rubel lassen.«

»Meintswejen«, sagte Täkk, »feil tu pist halter Wreind.«

»Haberst Stämme tarf ich mir aussuchen.«

»Tarfst – hin Teiwels Namen.«

Sie gingen in den Wald. Der Sägemüller zeichnete zwanzig Bäume an und sagte:

»Wott, tas sind die ssu winf Rubel ter Waden.«

Es waren aber die stärksten Lärchen im Wald, jede gut ihre dreiviertel Faden Holz. Fünfzehn Faden für fünf Rubel.

Und dann sagte der Sägemüller:

»Nu scheen, jetzt gommen Stämme ssu swanssig Rubel ter Waden.«

Und zeichnete zwanzig armselige, fingerdicke Staketen von Stämmchen an, von denen zwanzig zusammen erst einen viertel Faden machten. Ein viertel Faden – der Faden zu zwanzig Rubel.

Nein, mit dem Sägemüller von Errestfer hat der Kiwwiküllsche nie wieder gehandelt.

Schweigen ist Gold

Ort der Handlung ist die Eden-Bar.

Zeit: zehn Uhr vormittag.

Wohlgemerkt: vormittag. – Zu dieser Stunde ist die Bar natürlich völlig verlassen; muffig noch vom Rauch und Alkohol der letzten Nacht. Eine einzige Kellnerin, ungekämmt, in schlampiger Bluse, ist, überrascht durch das Eintreten des ersten Gastes, in die hintern Gemächer geflüchtet, wo sie zunächst die Augenbrauen nachziehen, etwas Rot aufpatzen wird – um diesen sonderbaren Gast flüchtig nach seinen Wünschen zu fragen und sich dann zu waschen und zu kämmen.

Der Gast, der fertiggebracht hat, um zehn Uhr die Eden-Bar aufzusuchen, ist Dommel; jawohl, der berühmte Dommel, Bildhauer, Professor, Ehrendoktor, Präsident der Kunstakademie.

Er ist nicht aus freien Stücken hergekommen – das kann man sich denken.

Vielmehr hat Dommel einen jüngern Bruder, Paul, viel jüngern, mißratenen Bruder, der schon allerhand im Leben gewesen ist – seit etlichen Monaten ist er zur Abwechslung Kaufmann.

Und dieser Paul hat den Herrn Professor vor einer halben Stunde telephonisch beschworen, sofort – aber sofort in die Eden-Bar zu kommen – ohne Ansehung von Abhaltungen, selbst dringendster Geschäfte – denn es handle sich diesmal um nichts weniger als um Leben oder Tod.

Selbstverständlich: Tod oder Leben Pauls; denn auf der Daseinshöhe des berühmten Dommel gibt es wohl Probleme wie: Schaffung des Nationalheiligtums am Niederrhein, 150 Kubikmeter Marmor, 1000 Kubikmeter Granit – doch keine Nötigung, Entschlüsse zu fassen über Tod oder Leben.

Man lebt weiter, selbstverständlich; steigt von Stufe zu Stufe die Treppe des Ruhmes hinan – sollte auch, infolge von Befangenheit des Preisgerichtes, bedauerlicherweise der Idiot Professor Lerchmeyer in Berlin mit der Schaffung des Nationalheiligtums am Niederrhein, 150, beziehungsweise 1000 Kubikmeter, betraut werden.

Die deutsche Kunst steht am Scheideweg – hie Dommel, hie Lerchmeyer –, in solch historischem Augenblick käme Herrn Professor Dommel ein Skandal, in den Paul etwa verwickelt ist, höchst ungelegen – und darum, nur darum hat sich Herr Professor veranlaßt gesehen, grade Montag vormittag, knapp vor der Akademiesitzung, ausgerechnet in die Eden-Bar zu eilen – in einer Angelegenheit, die offenbar nebensächlichster Art ist, wo sie doch nichts weiter betrifft als Tod oder Leben dieses mißratenen Bengels.

Und Paul? Wo bleibt er? Er ist nicht da. – Ja – den Herrn Professor von der Akademiesitzung aufstören – und selber wegbleiben –, das sieht ihm ähnlich.

Eine halbe Minute Wartens auf Paul bietet dem Herrn Professor Zeit, im Geist all die zahllosen ärgerlichen Fälle durchzugehen, in die Paul ihn bisher mit hineingezogen hat, und eine wahre Eselswut gegen Paul in sich zu sammeln.

Plötzlich tritt Paul ein; ein großer, bildhübscher, aufrechter Junge mit Bürstenmähne, blanken Augen und ... lachend. Wahrhaftig, er lacht; und zeigt dabei seine wunderschönen Zähne. – Wenn er schon lacht: hoffentlich vor Verlegenheit??

Er schüttelt dem ältern, dem großen Bruder derb die Hand, setzt sich rasch und erzählt ungefragt – immer mit seinem dummen Grinsen:

»Also was passiert ist? Abscheulich. Ich mußte dich rufen. Ich mußte. Schimpf nicht – du wirst ja gleich hören: das Puma ...«

»Es betrifft also deine Frau?«

»Ja? Das Puma war doch eine Woche auf dem Land – nicht wahr? Du wirst es überflüssig finden, wie ich dich kenne – darum hatte ich dir auch vorher nichts gesagt ...«

»Bitte – es geht mich ja nichts an.«

»Immerhin – wo du unlängst mit zweihundert Mark ausgeholfen hattest – – aber wirklich, das Puma hatte sich im Laden sehr angestrengt – sie war schon ganz blaß ...«

»Zur Sache, wenn ich bitten darf!«

»Schön. Also: das Puma sollte einen Monat in Kochel bleiben – so war es ausgemacht. Heute morgen – aus heiterm Himmel kommt sie zurück.« – Er verstummte, das Lachen war erstorben.

»Und?« fragte der Herr Professor.

Paul fuhr auf – der Schwall sprudelte weiter:

»Und? Du weißt, wie Frauen sind. Vielmehr: du weißt es

nicht – du Glücklicher hast doch im ganzen Leben nur mit einer Frau zu tun gehabt, mit deiner nämlich. – Das Puma fegt sofort durch die Wohnung, schnüffelt mein Bett ab – schnüffelt meine Kleider ab – und im Badezimmer ...«

»Nun?«

»Im Badezimmer findet sie eine Nadel. Goldne Sicherheitsnadel. – Dabei war die Nadel nicht einmal von Gold, wie sich später herausgestellt hat – nur vergoldet.« – Er schwieg wieder.

Der Professor – langsam: »Das ... versteh ich nicht.«

Paul – wie von einem Skorpion gebissen:

»Puma hat es sofort verstanden. Im Nu hab ich zwei Ohrfeigen sitzen gehabt. Wie ein Staatsanwalt hat sie mich gefragt: ›Wem gehört die–se Na–del?‹ – mit schlagbereit erhobener Hand. Da wirst du begreifen ...« – Paul ließ die Schultern, ließ die Augen sinken –, »da wirst du begreifen, daß ich gestanden habe.«

»Gestanden? Was??«

»Alles: den Namen – die Vorgeschichte – den Verlauf – wieso – wann – – alles hat sie mir herausgepreßt.« – Der große, lange Paul war zu einem Knäuel geworden.

»Und dann?«

»Dann ist sie wie eine Furie los. ›Ah, darum schickst du mich aufs Land‹, brüllt sie. ›Aber ich werde es dieser Person eintränken.‹ Und rrrast davon.«

»Und?«

»Was – und? In derselben Sekunde kommt die alte Hausbesorgerin, die wo bei mir aufgeräumt hat, während das Puma auf dem Land war, und sagt: ›Entschuldigen schon, Herr Dommel, daß i stör: hab i net vielleicht mei scheene Nadel hier bei Eahna vergessen?‹«

Der Herr Professor verzieht langsam, ganz langsam, genießerisch den Mund – dann prustet er triumphierend:

»Dein Geständnis war also umsonst abgelegt? Sozusagen für die Katz?«

Paul beißt sich, dem Weinen nah, die Lippen.– »Inwiefern umsonst?« stöhnt er. »Das Puma ist doch damit los – – und gerade jetzt, während wir hier sitzen ... kennst du Pumas Temperament nicht? Grade jetzt wird sie ... wird sie ...«

»Nun –?«

»Wird sie die weltgeschichtliche Szene machen, daß die Türen und Schornsteine wackeln.« – Paul saß, ein Häufchen Asche.

»Paul! Eine Szene wird das Puma machen? Wem??«

»Ihr.«

»Der andern meinst du. Der Person?«

»– – – Das ist es ja. Eine furchtbar peinliche Szene für uns alle. Darum eben hab ich dich herbeigerufen; damit du nicht dabei bist, wenn Puma die Szene macht. Ich dachte mir: immer besser, du erfährst es von mir.«

Der Professor brauchte volle dreißig Sekunden – dann hatte sich die Leitung geschlossen.

– – – Eh er aber den Mund aufkriegte, war das Puma eingetreten.

In die Eden-Bar, halb elf vormittag.

Kam hereingeflogen; groß, bildhübsch, aufrecht; Bubimähne, blanke Augen. Und: lachend. Wahrhaftig, sie lachte; und zeigte dabei ihre wunderschönen Zähne.

Packte Pauls Kopf zärtlich zwischen beide Hände und ... lachte.

»Du Nichtsnutz!« rief sie. »Du Scheusal! Aber dir kann man ja nicht böse sein, du Scheusal! Du!« – Sie schnalzte ihm einen festen Kuß auf den Mund. – »Ich hab mir's überlegt und bin halben Wegs umgekehrt. Ich verzeih dir.«

Ein unbesonnenes Mädchen, ein wohlerzogener junger Mann

Ich war voriges Jahr zu Gast auf einer Bühne – ich sage nicht, wo. Hielt Vorträge aus meinen Werken. Mit mir zugleich war eine sehr gescheite Frau da, berühmte Künstlerin.

Wir vertrugen uns aufs beste. Ich wußte, daß sie sich nichts aus Männern macht, wußte es von zehn Leuten, die es mir am ersten Tag beflissen zugetragen hatten. Desto netter, desto sachlicher diskutierten wir. Es ist also doch Freundschaft möglich zwischen Mann und Frau: eben unter diesen oder ähnlichen Voraussetzungen.

Einmal hatten wir einen spielfreien Abend – wir verbrachten ihn am Tisch eines Kunstfreundes. Ein reicher Tisch – es gab allerhand gute Dinge – Champagner, Liköre.

Der Hausherr stand im Berufsleben, muß morgen wie immer ins Büro – uns blieb nichts übrig, als aufzubrechen. Und es war erst Mitternacht ... Viel zu zeitig für uns zwei, die wir gewohnt waren, um diese Zeit auf der Höhe unsrer Laune und Phantasie zu stehen.

An mir war, die Diva heimzubringen. Kaum standen wir auf der Straße, da sagte sie (und ich hatte es gedacht): »Was fangen wir mit dem angebrochenen Abend an?«

Ich lächelte – vielleicht ein bißchen zynisch. Was sollt ich dieser, gerade dieser Frau vorschlagen?

Sie hatte schon die Antwort: »Wir plaudern.«

So setzten wir uns denn in die letzte Ecke einer zum Glück menschenleeren Bar und redeten. Und tranken Champagner – jene Marke, mit der wir heute abend begonnen hatten.

Wir tranken viel.

Und bei der dritten Flasche erzählte sie mir ein Erlebnis – eine Geschichte, so unwahrscheinlich, daß ich, der Dichter, nie wagte, dergleichen zu erfinden – eine Geschichte, die sie, meine Dame, sicherlich noch nie über die Lippen gebracht hatte und einmal beichten mußte, sonst wäre sie daran erstickt. Mir, dem Fremden, vertraute sie sich lieber und leichter an.

*

»Ich war«, erzählte sie, »nach zwei Jahren Bühnenlaufbahn den Sommer ohne Beschäftigung, ein junges Ding. Soll ich weit ausholen und gestehen, wie ich nach Gmunden geriet, Salzkammergut? – in das teuerste Hotel? Schön, auch das: mit jemand, der mich eingeladen hatte … Dieser Jemand – sagen wir einfach: ›die Person‹ spielte Poker; ganze Nächte; wahnsinnig. Und verlor. Und verschwand.

Wirklich spurlos. Ich kam eines Morgens an den Kaffeetisch, ›die Person‹ war nicht da. Ich klopfte an die Zimmertür: geschlossen. Ich fragte den Portier: abgereist.

›Wird aber doch wohl wiederkommen?‹

›Oh, natürlich‹, sagte er, ›selbstverständlich.‹ Er wollte doch in mir nicht den zweiten Gast verlieren. Er ahnte nicht, der Harmlose, daß ich so gut wie ohne Heller dasaß.

Ich nahm am zweiten Frühstück nicht teil, weil doch niemand da war, mich zum Essen zu bitten. Ein paar Badekarten hatte ich – da ging ich schwimmen.

Bis Abend hielt ich aus – dann sagte ich mir: ›die Person‹ kehrt doch zurück, hat der Portier versichert – ›die Person‹ mußte mich wohl verständigen, wenn sie es anders vorhatte – so überwand ich die Scheu und ließ mir, schlechten Gewissens, das Essen auf meine Stube bringen. Ich war entschlossen, dem Kellner nachlässig wie ein Sudermannscher Held zu winken: ›Schreiben Sie es auf die Rechnung!‹ Es kam aber gar nicht dazu; der Kellner verzog sich. Ich fühlte mich erleichtert …

Ich will Sie nicht langweilen: es vergingen drei Tage so – mit wachsenden, mit schrecklichen Sorgen – drei schlaflose Nächte. Ich schämte mich zu Tode. Dann der letzte Schlag – ein Brief aus Wien: Spielverluste – dem Nichts gegenüber – Rückkehr unmöglich.

Herr, ich war neunzehn und trotz zwei Theaterjahren so fremd in der Welt wie ein neugebornes Kind. Meine Mutter war kurz vorher gestorben, als Kriegswitwe. Ich hatte niemand auf Erden. Und hätt ich jemand gehabt: nie fand ich den Mut, um Hilfe zu rufen, zu schreien.

Zechpreller kommen ins Gefängnis, in die Zeitung – das hatte ich oft gelesen, in der Zeitung.

Ich hatte ein vergoldetes Armbändchen, eine silberne Uhr. Wenn ich sie verkaufe?

Wem verkaufe? Ich sah mich zehnmal um, ob mich niemand beobachte, und flitzte, als hätt ich Armband und Uhr gestohlen, zu einem kleinen Händler. Er merkte meine Erregung, musterte mich mißtrauisch und fragte mich aus. Das Ührchen trug mein Monogramm, und ich konnte meinen letzten Bühnenvertrag vorweisen. Das beruhigte den Händler, und er zahlte mir vier Schilling aus. Vier Schilling. Meine Hotelschuld mußte in den vier Tagen zwanzigmal soviel betragen.

Ich dämmerte noch Tag und Nacht hin, ratlos; hätte gar keinen Gedanken fassen können, denn ich hörte nur Einen Satz im Gehirn hämmern: Zechpreller kooomen ins Gefängnis. Vor dem Hotel pflegte ein Polizist zu stehen. Ich könnte ihn heute noch malen – so oft, so genau habe ich mir ihn damals angesehen.

Ich bildete mir sicherlich nur ein, daß mich das Hotelpersonal überwachte. Sie hatten noch keinen rechten Grund dazu – wenn ihnen mein bekümmertes Benehmen nicht auffiel – oder sie mußten Menschenkenner sein von ungewöhnlichen Gaben. Man hatte mir nämlich bis dahin gar keine Rechnung vorgelegt. Sie droht erst Samstag. – Nun pulste es in mir: Zechpreller kooomen ins Gefängnis; Samstack! Samstack!

Ich spielte mit irren Ideen: Selbstmord; Raub. Freitag war ich so weit, daß ich erwog, aus der Garderobe des Speisesaals eine Boa zu klauen.

Zu Abend ließ ich mir Poularde und Torten servieren. Ich nannte es: mein Henkersmahl.

In der folgenden Nacht, ich hatte natürlich kein Auge zugetan, um drei wurde mir die Stube unerträglich. Ich sprang auf, kleidete mich an und wollte … ja, ich wollte nun einfach fliehen. Flucht schien mir plötzlich ein so herrlicher Ausweg, daß ich mich fragte, warum, warum ich nicht schon früher darauf verfallen war.

Weh, das Tor war zu. Und den Nachtportier alarmieren??

Auf diesem Weg über die Treppen nach dem Tor aber hatte ich Licht im sogenannten kleinen Saal gesehen – hier saß noch Gesellschaft: die Spieler. Einer dabei, den ich vom Sehen kannte, der auf meinem Flur wohnte, ein Herr … Aber der Name tut ja nichts zur Sache. Ein Wiener – man sah auf den ersten Blick: ein wohlerzogener junger Mann aus gutem Haus.

Und als ich zurück nach meinem Zimmer ging – und niemand hatte mich gesehen im nächtlich stillen Hotel –, da mußt ich vorbei an der Tür dieses jungen Mannes. Er ist unten und spielt. Morgen, nein, heut ist Samstack, Samstack. Wie, wenn seine Tür offen wäre – wenn …

Und ich klinkte – vielleicht noch aus Neugier. Und da sich die Tür öffnete, stand ich im Zimmer des jungen Mannes. Rasend vor Erregung. Zechpreller koomen ins Gefängnis, Samstack! Ich knipste zitternd Licht an – und auf dem Nachttischchen lag …

Mein Gott, die Brieftasche! Ich ging nicht – ich wankte hin. Ich wühlte in Visitenkarten, Zetteln und … ja, in Geld. Ich sammelte mein Bewußtsein: Samstack! – wieviel nimmst du – Samstack!? – Da …

Da ging die Tür, und auf der Schwelle stand der junge Mann. Zuerst ebenso erschreckt wie ich. Er hatte runde Augen und schnupfte ein paarmal auf – vor Verlegenheit. Ich – ohnmächtig, ich brachte keine Worte hervor. Hatte ja nur eins im Sprachschatz: Samstack.

Der junge Mann sagte: ›Ich kenne Sie, nehmen Sie Platz.‹

Brauchte mich nicht erst einzuladen, ich sank von selbst auf den Stuhl da neben dem Bett.

Ich erwartete: Aha! Nun wird sich der Fall auf ein höchst unfreiwilliges Abenteuer zuspitzen zwischen Mann und Weib.

Er aber setzte sich an den Tisch, fern von mir, und sagte, offenbar etwas ungehalten:

›Was soll ich mit Ihnen tun? Ich kann Sie doch nicht anzeigen? – eine junge Dame?‹

Dann lächelte er und begann ironisch:

›Haben gnädiges Fräulein dergleichen schon öfter …? Aber verzeihen Sie, ich möchte mich um des Himmels willen nicht in Ihre Berufsgeheimnisse mengen …‹

Ich saß immer noch da mit hangenden Armen, mit den zerknitterten Banknoten in der Hand …

Er war aufgesprungen, lief umher, rieb sich die Hände und lachte.

›Nein, so etwas! So etwas! Ich Musterknabe nehme mir vor, heute nicht zu pokern, lasse eigens meine Brieftasche da, gehe nur auf einen Sprung hinunter, angeblich nur zusehen – unterdessen … Nein, so etwas! So etwas!‹

Er blickte mich an, und ich dauerte ihn vielleicht. Er sprach von nun an ganz kühl – oh, das ist ja das Schreckliche – er hielt mich für eine gewerbsmäßige Hoteldiebin.

›Hören Sie, Fräulein‹ – und er zog die Stirn auf –, ›viel habe ich Ihnen nicht zu bieten. Ich habe nämlich schon wieder verloren. Muß morgen bezahlen. Aber ...‹ – er lachte mich freundlich an –, ›wenn Ihnen mit ein-, zweihundert Schilling gedient ist? – – Warum antworten Sie dann gar nicht?‹ Seine Zähne blitzten, so lachte er. ›Ich sehe übrigens, Sie haben schon selbst die Höhe meiner Junggesellensteuer bemessen, zweihundert Schilling genommen. Schön, auf dieser Grundlage vergleichen wir uns! Nicht wahr – Sie sehen ein, daß ich leider nicht mehr tun kann?‹

Da ... da warf ich das Geld von mir und wollte hinaustaumeln.

Er breitete die Arme aus wie ein spielender Knabe, als wollt er mich haschen; und sagte:

›Nichts da!‹ hob die Noten auf und stopfte sie mir in die Hand zurück. ›Nehmen Sie nur! Nehmen Sie ruhig! Na, na! Hübsch artig sein! Nicht weinen! Es geschieht Ihnen ja nichts. Ich zeige Sie doch nicht an, ich schwöre Ihnen.‹

Und dann, Roda Roda, fand er ein Wort, das mir unvergeßlich bleiben wird, solange ich lebe – nie habe ich gedacht, daß ein Mensch so viel Zartgefühl haben kann, so viel Kultur, und sei er ein noch so wohlerzogener junger Mann.

Er war doch aus gutem Haus – ich, als Wienerin, kannte seinen Namen.

Um mich zu bewegen, das Geld zu behalten, um mir die Annahme zu erleichtern, sagte er:

›Es geht Ihnen doch offenbar schlecht – da können Sie mir wohl erlauben, Ihnen mit einem kleinen Darlehen zu dienen? – wo ich Ihr Kollege bin?‹

Drückte mir mit seiner Hand meine Faust zu, führte mich an die Tür, schob mich sanft hinaus: ›Gute Nacht, Kollegin!‹ ...

Draußen erst fiel mir ein: Samstack! Er gibt sich ja nicht für einen Kollegen von der Bühne aus – ahnt gar nicht, daß ich

Schauspielerin bin –, sondern für einen Hoteldieb gibt er sich aus, um ... mir über die peinliche Lage wegzuhelfen.

Heulend, vernichtet fiel ich in mein Bett.

Jung und stark erwachte ich. Erst die zweihundert Schilling da erinnerten mich, wo ich bin, was ich erlebt habe.

Und ich muß bekennen – mein Elend hatte mich so zermürbt, daß ich nur das Frohlocken empfand: Gerettet.

Aber nun rasch fort, fort! Ich zahlte meine Rechnung, packte meine Siebensachen und lief auf den Bahnhof.

*

Sie können sich denken, Roda, daß mir die Geschichte nachging, daß ich diesen jungen Mann täglich in meinen Träumen sah, als Schreckgespenst.

Ich fand ein Engagement in Wien, nahm es an, zitternd vor Freude im ersten Augenblick – und eine Minute darauf klapperte ich vor Angst mit den Zähnen. Er wird mich doch erkennen? – auf der Bühne? Oder, noch furchtbarer für mich: erkennen im Leben?

Sie wissen, wie rasch mein Aufstieg war – ich siegte in der ersten Rolle. Man redete von mir, man feierte mich, strömte ins Theater. – Der junge Mann – es ist gar nicht anders möglich – erblickt mich eines Abends – er grinst ... erzählt ... warnt seine Freunde ... Was bleibt mir übrig, als: aus dem Leben zu gehen? Ich wollte ihn um jeden Preis aufklären – nicht sein Schweigen erbitten, sondern sein Verständnis. Ich bemühte mich, ihm zu begegnen; machte die Häuser ausfindig, wo er verkehrte ... Doch es war wie verhext; nie war er da, wo ich ihn doch bestimmt treffen mußte.

Oder wich er mir aus?

Der Vorsatz wurde herrschend in mir: ich muß, muß ihn

sprechen. Ich faßte endlich den Stier an den Hörnern und ging in das Restaurant, wo er des Abends zu essen pflegte; holte ihn vom Tisch, zog ihn mit mir in eine Ecke und begann:

›Sie waren in Gmunden?‹

Da sagte der wohlerzogene Mann mit einer fast unhöflichen Festigkeit:

›Gnädigste, ich kenne Sie sehr gut – natürlich – unsre berühmte Diva. Sie irren sich in meiner Person. Ich war in Gmunden. Dort aber …‹ – er verbeugte sich –, ›hatte ich nicht das Vergnügen, Sie kennenzulernen. Ich habe Sie nie anders als auf der Bühne gesehen – mein Wort darauf.‹

Mir blieb nur übrig, ihm die Hand zu drücken und mit einem gestammelten Dank davonzugehen.«

Clausewitz

Clausewitz, der große, ja, einzige Theoretiker der Strategie – Clausewitz lehrt: stärkste Form der Kriegführung sei die tätige Defensive.

– – – Wir wohnten in München am Rand der Stadt. Meine Tochter war damals zwölf.

Und fast täglich, wenn sie aus der Schule kam, mußte sie erzählen:

»Heute hat Peter wieder einen Stein nach mir geschmissen.« – Oder: »Peter hat meine Freundin vor die Brust gestoßen.«

Peter war der Lausejunge von Schusters dort an der Ecke.

Bis ich meine Tochter einmal ernstlich vornahm.

»Hör mal«, sagte ich ihr, »ich hab mir diesen Peter angesehen. Er ist höchstens zehn. Er ist eine Faust kleiner als du. Ist offenbar auch schwächer. Warum wehrst du dich nicht?«

»Wie soll ich denn, Papa? Wo er so frech ist?«

»Um so mutiger mußt du sein. Eine Löwin. Du wirst, wenn er sich nächstens zeigt, in tätige Defensive übergehen. Du wirst nicht abwarten, bis er den Stein wirft oder dich stößt; sondern furchtlos gehst du auf ihn zu und haust ihn mitten zwischen die Augen, daß er tausend Sterne sieht.«

– – – Andern Morgens.

»Nun Dana?«

»Er ist wiedergekommen und wollte Irmgard stoßen.«

»Und du?«

»Ich hab es nicht abgewartet. Ich bin auf ihn los und hab ihn mitten zwischen die Augen gehauen – er hat tausend Sterne gesehen.«

Dann fiel sie in den Sessel und sagte still vor sich hin:

»Ich bin mutig gewesen. Furchtlos. Wie eine Löwin. Es hat auch gewirkt: er ist heulend davon. – Aber, Papa: eine Schiß hab ich ausgestanden – eine Schiß, Papa – – nicht zu beschreiben.«

Ein unverhofftes Wiedersehen

Dunnerlitzchen noch emal – isses Draum oder Wahrheet? Ich ganns nich fassen. Nee, lieber Freind – so ä unverhofftes Wiedersehn nach so viel Jahrn – mir stehn de Trän in dn Oochn. Lieber, lieber alter Freind – wer hätte das gedacht, daß mir uns hier wiederfinden wärdn? Jjahjjah. 's Schicksal bringt een sonderbar zusamm. Isses denne meejlich? Sinn Sies denne werklich?«

»Ich bin es wirklich.«

»Sie gloom je garnich, was ich frne Freide hatte im erschten Oochnblick! Schon von weiten sahk Sie eegal an und dachte bei mir in meinen Gedanken: issersch oder issersch nich? – Und nachens, wiej näher kam – nee so eene Freide! Wie gehts dnn alleweile? Immer hibsch gesund unn munter? Was macht de gnäädje Frau Kehmalin?«

»Welche gnädige Frau Gemahlin?«

»Nu de verehrte gnäädje Frau Kemahlin. Wissen Sie dnn nich mehr, wiej damals in Chemnitz uffm Bahnhofe ...«

»Ich habe keine Gemahlin. Ich war nie in Chemnitz.«

»Hähä, immer noch der alte Mehlhorn! Tag und Nacht zu Schbäßen uffgelegt!«

»Ich bin nicht zu Späßen aufgelegt. Ich heiße nicht Mehlhorn.«

»Sähn Se, das hab ich mir glei gedacht. Mei Freind Mehlhorn iß ooch schon zu lange dood.«

Caius

Eine seiner Eigenheiten ist: Schwimmhosen als Unterwäsche zu tragen. Sommers und winters.

Vergeblich führe ich ihm vor Augen, wie unpraktisch Schwimmhosen für diesen Zweck sind; wie dumm er einmal dastehen wird mit seinen Schwimmhosen – in dieser und jener Lebenslage. Er läßt nicht davon.

Unlängst muß er Hals über Kopf nach Wien, im härtesten Januar. Keine Zeit, den Koffer zu packen.

Er kommt in Wien an und stürzt in einen Wäscheladen.

»Haben Sie Schwimmhosen? Vierundzwanzig Paar? Sehen Sie mich an, Fräulein! Vierundzwanzig Paar für meine Größe. Die allergrößten.«

Das Fräulein erblaßt. Draußen klirrender Frost – und der Mann verlangt ... Sie kann vor Angst nicht lachen.

Der Chef hat es gehört, schleudert dem Fräulein einen Entlassungsblick zu und greift ein – mit dem Vorsatz: dem dicken

Rosa Klausner

Narren da zwei Dutzend Schwimmhosen aus dem Mottenmagazin anzuhängen und ihn dann seinem Wahnzustand zu überlassen.

Caius bekommt seine Schwimmhosen.

Unterdessen ist ein Telegramm eingetroffen: Caius müsse zurück nach München.

Mit dem Riesenpaket? Er bringt es, verschnürt wie es ist, zu Rosa Klausner; sie möchte es aufbewahren.

– – – Fräulein Rosa Klausner, die hagere, graue Dame, malt Blumen. Viel hat man nie von ihr gehalten; als harmlose alte Jungfer ließ man sich sie gefallen.

Da, als sie starb, fand man in ihrem Nachlaß vierundzwanzig Männerschwimmhosen.

Fräulein Klausner ist ausgelöscht aus dem Gedächtnis aller anständigen Menschen.

Schwänke

Der Chef höchst erregt:

»Sie bummeln die Nächte – Sie kommen zu spät ins Büro – statt zu arbeiten, dösen Sie vor sich – was Sie schreiben, ist dumm – was Sie rechnen, ist falsch – um jeden Pfennig ist schade, den ich Ihnen zahle … Überhaupt, Herr: was schweigen Sie so verbissen – warum reden Sie nicht, wenn ich Ihnen Ihre Fehler vorhalte??«

Der Buchhalter – bescheiden:

»Glauben Sie, Herr Schwarz, wenn ich schweige, red' ich nicht?«

*

Ich saß mit Ruhmann im Volkskeller.

Die Damenkapelle spielte.

Wir brüteten.

»Freunderl«, sagte Ruhmann plötzlich, »ob du mich für narrisch haltst oder net – es is ein historischer Augenblick in meinem Leben. Nie hab ichs glaubt, wenn die Leut von einer Liebe aufn erschten Blick reden – aber ich bitt dich, schau dir die Cellistin an! Hast du schon so was von Anmut gesehn? So eine schlanke Fülle? So ein volles Schlankerl? Meiner Six, ich wer die Person heiraten un wer ihr Schklave sein fürderhin. Du verstehst? Fürderhin? Pikkolo! Pikkolo! Obst hergehst, Lausbua?! Siegst das Fräuln oben, die was Cello spielt? Augenblicklich sagst ihr, ›Fräuln‹, sagst ihr, ›unten is a Herr‹, sagst ihr, ›in geordnete Verhältnisse, der bietet Ihna Herz und Hand fürs Leben‹. Oder weißt was, Pikkolo? Sags lieber der Trommlerin.«

Die Gans von Podwolotschyska

Es gibt törichte Wiener, die sich mit dem Zerfall des alten großen Österreich-Ungarn abgefunden haben, sich mit dem winzigen Restreich-Österreich bescheiden; die »froh sind«, nichts mehr vom gemischtsprachigen Kreisgericht in Trautenau zu hören, dem viel umstrittenen Sandschak und Trentino. Wie das alles hinter uns liegt! Als wär es nie gewesen. – Und doch gab es einst einen ewigen »Ausgleich« mit Ungarn (64,5 Prozent), der in den Zeitungen so viel von sich reden machte, daß man im fernen Ausland die k. u. k. Monarchie längst nicht mehr für einen Staat hielt, sondern für eine Konkursmasse.

Mich aber verzehrt die Sehnsucht nach der Vergangenheit, den vielen schönen »im Reichsrat vertretenen Königreichen und Ländern«.

Und am meisten – grinst nicht! – schmachte ich nach Galizien. Was war es ein buntes Gebilde! Ein asiatischer Karawanenteppich, der launigen Gestalten voll, breitete es sich von den Karpathenhängen ins Sarmatische.

Dreißig Jahre standen Altösterreichs Reiterhaufen dort in Garnison. Was für Garnisonen: Tarnopol, Trembowla. Torresani und nach ihm Soehnstorff haben es beschrieben – dies Leben zwischen Gasthof, Landschenke, Faktorkes und Schlachzizen.

Das Land, wo ein Esterhazy, Magnat und Husar, wetten konnte: er werde heute, heißen Sommermittags, quer durch die Hauptstadt reiten, nur mit einer roten Schwimmhose angetan – und die Ergänzung seiner Uniform, die verschnürte Attila, die blanken Stiefel, hatte er sich mit Ölfarbe auf den Leib gemalt …

Das Land, wo Fürst Karl Fugger, Rittmeister, seiner Schwadron Batisthemden anmessen ließ mit angenähten Manschetten – weil er Röllchen nicht leiden wollte …

Das Land, wo der Herr Oberst seinem Leutnant befahl: »Herr Leutnant, binnen vierundzwanzig Stunden haben Sie Ihre Schulden zu berappen.« Und der Leutnant ließ vom Polizisten austrommeln: um vier Uhr habe die Judengemeinde auf dem Rynek, Hauptplatz, gestellt zu sein. Am Tisch, im Freien saß der Rechnungsoffizier mit der Gläubigerliste und zahlte bei Heller und Pfennig die Schulden des Herrn Leutnants.

Das Land, wo man Chansonettentruppen auf Regimeter aufteilte: um 5 Uhr nachmittag kam der Eisenbahnzug mit den Wiener Chansonetten in Rawaruska an. Die Offizierskorps warteten schon auf dem Bahnhof. Um 5 Uhr 10 waren die Chansonetten verschwunden – als hätte man einen Eimer Wasser auf Sand geschüttet.

Das Land, wo man die Gans von Podwolotschyska servierte …

– – Podwolotschyska war der Grenzbahnhof der alten Kaisertümer Rußland und Österreich. Wer nach endloser Fahrt – einer Nacht, eines Tages und wieder einer Nacht – von Wien – über Krakau – Przemysl – Lemberg – in Podwolotschyska eintraf, er stürzte zunächst hungrig nach der Bahnhofswirtschaft. Und in der Bahnhofswirtschaft fand er zwei lange Tafeln gedeckt mit leckerdampfenden Gemüsesuppen: auf der einen Tafel Borschtsch und auf der andern Schtschij. Borschtsch ist eine feine Suppe von roten Rüben, Beeten; Schtschij – eine Suppe von Weißkohl mit sauerm Rahm. – Ein seigneuraler Oberkellner ging mit zweierlei Bons um, roten Bons und grünen Bons.

»Wünschen Sie, Panje, unser kleines Menü – zu vier Kronen – Suppe und Rindfleisch –, oder wünschen Sie, Panje, das große Menü 6 K 50:

Suppe
Rindfleisch
Gansbraten
Zibebenstrudel

Jedermann wählte das große Menü, zahlte 6 Kronen 50, erhielt einen roten Bon …

Allein, sowie das Rindfleisch gegessen war, entstand eine kleine Pause; ein Mann mit Dienstmütze und Glocke erschien in der Tür, schwang die mächtige Glocke und rief mit Stentorstimme:

»Höchste Zeit zum Zug nach Kiew, Charkow, Moskau, Jekaterinoslaw, Odessa.«

Das Volk sprang im Hui auf die Beine und hastete Hals über Kopf nach den Bahnwagen …

So spielte sich die Szene tagtäglich ab – viele Jahre, in aller Ordnung – und nie, solange Habsburg in Podwolotschyska regierte, über 140 Jahre, hat ein sterblich Auge den Gansbra-

Die Gans von Podwolotschyska

ten gesehen – – weil nämlich der Mann mit der Dienstmütze der Bahnhofswirt in Person war.

Einmal aber – und er hatte doch grade heute besonders laut geklingelt und ausgerufen – eines Tages mußte der Wirt zu seinem Schrecken und seiner Entrüstung sehen, daß ihm drei Gäste da einfach sitzenblieben. Er ging zu ihnen hin und läutete und brüllte:

»Allerhöchste Zeit zum Zug nach Kiew, Charkow …«

»Macht nichts«, sprachen die Herren, »bringen Sie nur den Gansbraten! Wir fahren nämlich gar nicht weiter; wir bleiben hier; wir sind die k. k. Kommission aus Lemberg, betraut mit der Prüfung der galizischen Bahnhofswirtschaften.«

Nun, das österreichische Polen ließ den Himmelsmächten stets einen breiten Raum der Betätigung. – Und was hatte Gott in diesem Fall getan? Der liebe Gott hatte die k. k. Kommission schon heute morgen aus Lemberg abreisen sehen – und in seiner Allgüte und Allweisheit hatte der liebe Gott der Bahnhofswirtin von Podwolotschyska den Gedanken eingegeben, an diesem Morgen eine Gans zu schlachten; als welche Gans allerdings zum Privatkonsum der Gastwirtsfamilie bestimmt war – nun aber, im Augenblick peinlichster Verlegenheit, den Lemberger Funktionären konnte aufgetragen werden.

Als die unersättlichen Beamten nun aber auch noch nach der Süßspeise verlangten, da konnte der Wirt dokumentarisch nachweisen, daß dieser »Zibebenstrudel« nicht mehr zum Menü gehörte; es war des Wirtes Unterschrift. Der Mann hieß so.

Die Versicherung

Kaum hatte ich die Villa in Galatz gekauft, im Mai, da rannten mir die Agenten der »Olympia« die Türen ein: ich sollte mich doch versichern.

Lange wehrte ich mich. Endlich mußt ich klein beigeben – wie folgt: die Tante gegen Unfall; die Villa gegen Hagel; die Möbel gegen Brand. Aber ich habe mit der »Olympia« im ganzen wenig angenehme Erfahrungen gemacht.

Was soll ich Ihnen sagen – am 13. Juni, einem Freitag, schlägt der Blitz bei uns ein; schlägt die Tante tot, vernichtet einen Regenschirm, und das Klavier fing an zu brennen.

Gut, sagte ich mir – wo die Tante tot ist – ich selbst bin nicht musikalisch – laß es brennen! Unterdessen sah ich die Police durch, hinten die gedruckten Statuten, und fand da einen Paragraph 19: ich müßte den Schaden sofort anmelden.

Schaden anmelden kann ich doch erst, wenn ich weiß, wie weit die Sache mit dem Klavier gedeihen wird. – Es erlosch von selbst, nachdem die rechte Hälfte, ungefähr bis fis, verzehrt war.

Am selben Tag noch, mit Windeseile kam Dominul Ghizu, Generaldirektor der Olympia-Provinz, und fragte:

»Also! Was is los?«

Schon diese barsche Einleitung ließ nichts Gutes ahnen.

Ich führte ihn zum Klavier und wies stumm darauf. Stumm zeigte ich ihm auf dem Kanapee die Tante.

Er betrachtete sie und sprach mißbilligend:

»Na, die war auch nicht mehr die Jüngste. – Sonst noch etwas?«

»Ja«, antwortete ich. »Was Sie jetzt vielleicht für einen eisernen Besen halten oder eine Vorrichtung zum Schaumschlagen, war heute morgen noch mein Regenschirm.«

»Der ganze Vorgang«, sagte der Direktor, »ist sehr verdächtig, um nicht zu sagen: kurios. Wie soll sich denn das abgespielt haben?«

»Oh, es ist rasend rasch gekommen, gegen drei. Wir sitzen gemütlich …«

»Am offenen Fenster?«

»Ja.«

»Am of–fe–nen Fen–ster«, wiederholte der Direktor und notierte sich's in sein Taschenbuch.

»Wir sitzen so – die Tante am Klavier – ich hier auf dem Stuhl – draußen wetterte es ein wenig. Tante spielte ganz sachte die ›Eroica‹ und fragt mich so zwischendurch über die Schulter weg: ›Ißt du eigentlich gern Gänsegrieben?‹ – Das waren ihre letzten Worte. Urplötzlich ein furchtbarer Donnerschlag – mir wird blau vor den Augen – und als ich aufblicke, brennt das Klavier.«

»Mehr als kurios«, grollte der Direktor, schüttelte sein Haupt und sah mich flammend an. »Der Fall will vom Gericht untersucht sein.«

»Herr!« sprach ich. »Wieso? Meinen Sie, ich selbst habe die Tante angezündet?«

Ohne zu erwidern, trat er an das Klavier und schlug der Reihe nach die Tasten an.

»Die tiefen Töne gehen noch«, sagte er.

Ich darauf – nun aber schon gereizt:

»Na, Sie scheinen mir von Musik blutwenig zu verstehen. Die tiefen Töne bedeuten für sich allein gar nichts, das ist doch nur die Begleitung. Wo soll denn die jauchzende Freude herkommen, die unsre Herzen beim Klang eines Liedes durchpulst – wenn die ganze rechte Hälfte des Klaviers, die fröhliche, kaputt ist?«

»Mein lieber Herr Roda, ich bin zwar kein Kapellmeister

DOMINUL GHIZU

und kein Komponist – aber so viel weiß ich: wirklich ernste, getragene Musik wird hier links gemacht, mittels der tiefen Tasten. Der Blitz aber hat die Richtung von rechts genommen – Ihre Tante hat offenbar einen Gassenhauer lasziven Charakters gespielt. Am offenen Fenster, bitte. Bei Gewitter. Hatten *Sie* das Fenster geöffnet?«

»Nein.«

»Wer sonst? Das muß sich doch feststellen lassen. Und was mich stutzig macht, Herr Roda: der Schirm. Woher haben Sie ihn? Ein Schirm fällt doch nicht vom Himmel. Zeigen Sie mir die quittierte Rechnung, wenn Sie behaupten, ihn gekauft zu haben, wo man im Kaffeehaus so viel von geklauten Schirmen hört. Hat übrigens die Tante unterm Regenschirm gespielt? – Das Fenster offen halten – mein Herr, das lockt den Blitz an. Was meinen Sie, wie oft den Sommer über in Rumänien der Blitz einschlägt? Wenn unsre Gesellschaft jedesmal einen Schirm zu bezahlen hätte – wo käme die Gesellschaft hin? – Wie hoch bewerten Sie denn die Tante?«

»Die Police lautete auf 10 000 Goldfrank.«

»Hahaha! Die alte Dame – 10 000 Frank! Da muß ich wiehernd lachen. Sie hat doch nichts verdient, die Tante, ist der Familie nur zur Last gefallen. Sie, Sie sollten uns was zahlen, Herr! Und die Dame – traurig, daß sie in ihrem Alter sich nicht schämt, aus Sensationslust im Gewitter unanständige Lieder zu spielen – noch dazu unterm offenen Regenschirm. – Nein, nein, mein Lieber, lesen Sie unsre Statuten, Paragraph 31 a: ›Die Gesellschaft ist berechtigt, den Verlust in natura gutzumachen, indem sie einen dem beschädigten Gegenstand gleichwertigen Ersatz beistellt.‹ Zufällig haben wir eben aus einem Brandfall in Bukarest eine Dame dieses Alters übrig – die können Sie haben. Wir lassen Ihnen das Klavier auf unsre Kosten neu lackieren und bespannen – Sie werden mir eine Bestätigung darüber geben, damit basta! Es kann nicht Pflicht einer Aktiengesellschaft sein, Ihnen einen Schirm aus dem Café zu klauen – das besorgen Sie gefälligst selbst.«

Dies meine Erfahrungen mit der Olympia-AG.

Der kluge Joschkele

Sie haben noch nichts vom klugen Joschkele gehört? War doch ein so berühmter Mann? Ratgeber war er von sieben Bezirken. Wo einer nicht hat ein und aus gewußt, ist er zum klugen Joschkele gegangen; hat Joschkele zwei Minuten nachgedacht und sofort entschieden: so oder so.

In Neutra war eine ältere Frau – Pollak hat sie geheißen, Pini Pollak. Der Mann war ihr gestorben. Aber sieben Kinder hat sie gehabt, eins kleiner als das andre, und für sieben Kinder nicht Brot auf Hosen. Faßt sie sich ein Herz und geht zum klugen Joschkele.

»Joschkele«, sagt sie, »von was soll ich leben? Ich bin nix, ich weiß nix, und ich kann nix. Aber sieben hungrige Kinder hab' ich und ein großes Leid mit sie.«

Zog Joschkele die Stirn kraus und sagte: »Ein sehr ein schwerer Fall.« Sann nach und sann – und plötzlich rief er strahlend und siegessicher:

»Pinileben, wirst du leben von der Dummheit der Menschen. Du wirst werden eine Doktorin.«

»Joschkele! Seid Ihr – Gott behüte – um den Verstand gekommen? Ich? Eine Doktorin?«

Joschkele nickte nur und zwinkerte mit den Augen, faßte Frau Pollak an der Hand und führte sie in den Garten.

»Pinileben, siehst du, von diesem Kraut – das is ein Wunderkraut – wirst du kochen Tee und alle Kranken damit heilen.

Eine Handvoll schenk ich dir zu Gutem. Geh hin und sei gescheit.«

»Wenn aber ... wenn das Kraut aus is?«

Joschkele wurde heftig. »Nu, geh heraus in Garten und bemüh dich selber, sei so freundlich, und rupf dir wieder Gras.«

– – – Und Frau Pollak wurde Doktorin. Sie wartete nicht erst, bis sie gerufen wurde; wenn sie hörte, die und die Frau hat die Gicht, ging sie hin und kochte ihr Tee. Und wenn sie hörte, eine andre Frau hat Fieber, ging sie hin und kochte ihr Tee. Und ob eine Schweißfüße hatte oder rote Augen – Frau Pollak kochte Tee.

Nach vier Wochen kam ein wildfremder Mensch zu Frau Pollak und sprach:

»Sie, Frau Pollak, meine Ella liegt im Wochenbett und plagt sich nebbich sehr. Möchten Sie nix zu ihr kommen, liebe Frau Pollak, und ihr geben von Ihrem berühmten Tee?«

Da änderte Frau Pollak ihre Taktik und ging hinfort nur, wenn sie gerufen wurde. Und kochte unverdrossen Tee. Nur mußte sie hie und da den Wohnsitz wechseln – wegen dem Neid von die Doktoren. Und wohnte nach dreizehn Jahren im neunundzwanzigsten Dorf. Die Kinder waren groß geworden – die Töchter verheiratet – Frau Pollak hatte Geld stehen auf Borg – kam nurmehr, wenn man sie mit dem Wagen holte – und wußte drei verschiedene Beschwörungsformeln auswendig: eine für ganz junge Frauen in die Beine – eine für ältere Frauen überhaupt – und die dritte für ganz alte Frauen bei Zucker.

– – – Siehe, da sagte eines Tages der greise Joschkele zu seinen Kindern:

»Kinder, worauf ich Gusto hätt: auf einen wirklich schönen Karpfen in fetter polnischer Sauce.«

Am Abend dampfte der Karpfen in der Schüssel.

Joschkele schälte ihm die Kiemen aus, dann die Zunge und

ein großes Mittelstück – und als er's aß und schmatzte und sich's lobte …

… da streckte er plötzlich die Arme hoch, kullerte mit den Augen und wurde blau im Gesicht, blauer als der Karpfen.

Und röchelte und hatte eine Gräte im Schlund.

»Gottes willen, Gottes willen, Vatterle!« riefen die Töchter; »einen Arzt, einen Arzt!« die Söhne; und die Mutter schrie:

»Was heißt einen Arzt – ein Arzt kann doch nicht helfen? Spannts geschwind an und holts Frau Pini Pollak.«

Joschkele lag auf dem Diwan und hörte nichts und wußte nichts; röchelte nur und atmete schwer – eine schwere halbe Stunde, die schwerste seines Lebens.

Da öffnete sich die Tür – und wer schob sich herein? Frau Pini Pollak, mit Gold behangen, in knisternder Seide, Frau Pini Pollak – zum erstenmal seit ihrer Doktorschaft kleinlaut und verlegen.

»Joschkele, was is, was habts Ihr? Hör ich: eine Gräte im Hals?«

Da blickte Joschkele auf. Und verschlang die Frau mit seinen Augen und wollte sich angestrengt erinnern.

Mit einem Mal wußte er's:

»Das ist doch … das ist doch die Frau Pollak, der was ich vor dreizehn Jahren …«

Frau Pollak darauf mit ganz, ganz winziger, unsicherer Stimme:

»Joschkele … ich … ich wer Euch kochen Tee.«

»Pini! W–a–s wirst du kochen?? Tee??? Du??? Mir???«

Joschkele brüllte vor Lachen auf. Lachte und prustete und spie und wand sich und heulte vor Heiterkeit.

Und die Gräte war draußen.

»Nu«, sagte Frau Pollak beleidigt, »auf'n ersten Schluck Tee hättet Ihr schon warten können im Interesse meines Renommées.«

Der Verwalter

Baron Mirkowitsch, der auf Nowo Selo, war ein Erzgrobian. Er hielt eine Koppel von bösen Doggen auf seinem Gut – die hatte er aber gar nicht nötig: erstens biß und bellte er selber grade genug; zweitens ging zu ihm ohnehin nur, wer unbedingt mußte.

Es gab wohlwollende Menschen, die da sagten: In seiner derben Schale steckt ein guter Kern. – Doch wer hat Lust, erst mühselig eine solche Nuß zu knacken? Am Ende ist sie doch taub.

»Ein tüchtiger Landwirt.« – Das heißt: Er war hinter seinen Leuten her wie der Satan, spät und früh; geizte mit Lob und Lohn; verkaufte zäh; und blieb schuldig, solang er irgend konnte.

Immerfort wechselte er den Verwalter. Noch nie hat bei ihm derselbe das Korn angebaut und auch geschnitten. – Man sagte: Mirkowitsch hat mit der »Wiener Landwirtschaftlichen Zeitung« ein Abkommen, er zahlt für die Ankündigung in den »Offenen Stellen« nur den halben Preis. Alle Welt kannte die »Offene Stelle« bei Mirkowitsch; immerzu war sie ausgeschrieben, immer länger und verlockender; nur Neulinge fielen noch darauf hinein.

»Wenn meine Verwalter wechseln«, pflegte Mirkowitsch zu sagen, »ist es nur ein Beweis, daß sie nichts taugen; denn: wann der Gutsherr nichts tauget, so möcht doch *er* gehen, und die Verwalter möchten bleiben.«

– – – Na, einmal ist also grade wieder Schlachtfest auf Nowo Selo – Mirkowitsch hat einen Verwalter hinausgeschmissen, einen Böhmen, mitten in der Heuernte, und ein neuer zieht ein, wiederum ein Böhme, mit Sack und Pack. Mirkowitsch auf dem Hof, breitbeinig, hält die Hände in den Hosentaschen und schaut sich die Möbel des neuen Verwalters an, wie sie da übereinander auf dem Wagen liegen, kunterbunt, Hals über Kopf … Spuckt Baron Mirkowitsch aus und weissagt: »O weh! Geblümtes Sofa – das hab ich schon gefressen. Der wird sich wieder nicht halten. Bei mir is noch keiner lang geblieben, was ein Sofa gehabt hat mit Blümerln.«

In diesem Augenblick fährt am Gutshaus ein Bauernwagen vor, und darauf, hinter dem Kutscher, sitzt eine Dame.

Keine Frau. Sondern eine Dame: groß, schlank, in grauem Reisekostüm, mit einem netten Hütchen. Blickt sich ein wenig hilflos um – und als Mirkowitsch verwundert näher tritt, ist sie hübsch, jung, etwas blaß und von Haar: aschblond.

»Herr Baron …?« fragt sie – lächelt – und hat nun auch sehr lustige Augen und wunderweiße Zähne.

»Oho«, denkt sich Mirkowitsch. »Sapperment!«

Und was will sie?

Die Verwalterstelle. Nicht für sich natürlich, sondern für den Gemahl.

Mirkowitsch pfeift einen langen Ton, was bei ihm Begleitmusik zu sein pflegt für einen guten Einfall. Himmel – an diese Verquickung hat er noch nie gedacht: der Mann – Verwalter; die Frau – hübsche Blondine …

Mirkowitsch erklärt ihr die Sachlage: daß die Stelle besetzt ist … (Sehr bedauerndes tiefes »Oh –«) … aber … (hier lächelt die Dame Bitte und Verheißung) … aber … sie möge nur ruhig bleiben – der neue Verwalter hat doch das ominöse Sofa mit Blümerln …

Nein, bleiben will die Blondine nicht; aber warten, bis … und ob …

So schnell geflogen wie dieser neue Böhme ist ein Verwalter von Mirkowitsch noch nie.

– – – Mirkowitsch hatte ein Lieblingslied, das pflegte er zu singen, wenn er übermütig war; dies Lied sang Mirkowitsch jetzt täglich.

Und es blieb ihm im Hals stecken.

Nach einigen vergeblichen Versuchen nämlich, sich dieser Frau Nechljudoff zu nähern, hatte Mirkowitsch etwas getan, wozu er sich seit Menschengedenken nicht entschlossen hatte: er, der mißtrauische Mensch, der sich von seinen Leuten immer betrogen wähnte, hatte dem Verwalter 6000 Kronen hingezählt und ihm befohlen, zehn Paar Ochsen einzukaufen; auf dem Markt in Weißlo.

Weißlo liegt doch über der Drau. Der Viehmarkt dort ist Montag. Montag um fünf fängt er an, um neun ist er zu Ende. Wer rechte Auswahl will, muß um vier zur Stelle sein; folglich Samstag losfahren. – Und vor Dienstag kann er nicht zurücksein.

Zehn Paar Ochsen – keine Kleinigkeit –, da kann man kräftig übers Ohr gehauen werden – selbst vom ehrlichsten Makler.

Aber Mirkowitsch war so versessen auf die Frau, daß er es riskierte: um den Verwalter für zwei Nächte von seiner Frau zu trennen.

Und mitten im schönsten Sang seines Räuberliedes mußte Mirkowitsch innehalten, als er sah, wie Frau Nechljudoff unter freundlichem Abschiedswinken mit ihrem Mann nach Weißlo fuhr.

Mann?? Nein, Männchen. Nechljudoff war so nichtig, so schmächtig von Gestalt, daß alle sagten: Der bleibt einmal dem Mirkowitsch als Schmutzkruste in den Pranken.

Das Verwalterpaar kam mit den zehn Paar Ochsen zurück – und Mirkowitsch verlor kein Wort über den Einkauf, schuldbewußt, wie er war; hatte sich übrigens auf Ärgeres gefaßt gemacht.

Dann kam der Herbstanbau. Nechljudoff erschien mit einem saubern fertigen Plan. Wirklich: einem geschriebenen Plan.

Mirkowitsch sagte: »Tun Sie mit Ihrem Papier, was Sie wollen, mit Respekt gesagt. Auf meiner Wirtschaft gibt es dergleichen nicht. Ich ordne an, wo und was gesät wird – und damit basta.«

Nechljudoff steckte sein Dokument ein und kuckte in die Luft.

Als aber Mirkowitsch etliche Tage darauf nach dem Bresnjak reitet, einem nassen Stück Land am Bach, da sieht er eine ganze Kette Weiber Samen stecken.

»Was soll das?« fragte er. »Was tun die Weiber?«

Der Verwalter – ganz einfach: »Bohnen stecken.«

»Was für Bohnen, zum Teufel?«

»Saubohnen, Herr Baron«, sagte Nechljudoff.

Dem Mirkowitsch fällt der Unterkiefer aus dem Gesicht. Er hat doch ausdrücklich angeordnet: Weizen. – Saubohnen sind auf Nowo Selo überhaupt noch nie gebaut worden.

»In diesem kalten Boden wird Weizen nicht gedeihen«, sagt Nechljudoff. Und kuckt in die Luft.

Das ist aber noch gar nichts: auf den sogenannten Weinberg, einen Hügel hinterm Schloß, hat dieser hergelaufene Russe Sonnenblumen hingepflanzt. Jawohl, Sonnenblumen.

Da aber ist Mirkowitsch in Saft gegangen.

»Sie!« sagt er, »woher haben Sie Ihre Weisheit? Wo sind Sie zuletzt in Stellung gewesen?«

»Zuletzt bei Ronacher in Wien.«

»Wo??« fragt Mirkowitsch. Denn er glaubt, nicht recht gehört zu haben.

»Zuletzt bei Ronacher in Wien.«

»Als Gutsverwalter?? Landwirt??«

»Bewahre. Ronacher ist ein Varieté. Ich war dort Eintänzer; zuletzt.« Sagt der kleine, magere Russe; und kuckt in die Luft.

Das war zuviel. Da ist selbst Mirkowitsch tonlos geblieben; für Minuten.

Endlich hat er sich erfangen.

»Hören Sie, Nechljudoff! Sie Rindvieh!«

»Herr Baron??!«

»Na, ich werd doch zu einem ausgemachten Esel noch Rindvieh sagen dürfen?«

»Herr Baron!« antwortete der Russe und kuckte diesmal nicht etwa in die Luft, sondern dem Mirkowitsch frech in die Augen, »Herr Baron, daß ich als brotloser Flüchtling eine Zeit hab die erstbeste Beschäftigung ergreifen müssen, tut nichts zur Sache.«

»Ein Windhund sind Sie; ein dummer Schweinehund« – oder wie sich Mirkowitsch eben schon auszudrücken pflegte.

Darauf der Russe:

»Schweigen Sie, Herr Baron! Ich bin Landwirt von Beruf – wie Sie. Noch mehr: ich bin ein gebildeter Landwirt. Und überdies bin ich Kavalier – wie Sie –, und lasse mich nicht beschimpfen.«

Mirkowitsch – man muß ihn den Auftritt selbst erzählen hören –, Mirkowitsch hat nur ein klein bißchen gelacht.

»So?? Kavalier?? Schön.«

Klirrt ab ins Schloß und kommt nach einem Weilchen wieder mit einem lackierten Kasten. Der Wagen stand gerade bespannt vor dem Tor.

»Steigen Sie ein!« sagt Mirkowitsch. – Und zum Kutscher: »Dahin, wo ich unlängst auf dem Anstand war!«

Sie fahren: keines hat ein Wort geredet. – Dem Mirkowitsch mag der Bauch gerodelt haben vor Zorn: über diesen blödsinnigen, aufsässigen, spindeldürren Verwalter – wahrscheinlich noch mehr über die Frau, die mit den Augen verspricht und mit den Händen abwehrt.

Im Wald beim Hochstand hält der Kutscher; Mirkowitsch nimmt den Kasten unter den Arm und schickt den Kutscher weg.

Spießt einen Zweig in den Boden und sagt zu Nechljudoff:

»Da stellen Sie sich hin!«

Schreitet zwanzig Schritt ab und spießt wiederum einen Zweig hin:

»Das ist mein Platz.«

Dann öffnet er den Kasten, und es liegen zwei Pistolen drin.

»Wählen Sie!« sagt er zum Russen.

Der Russe versteht nicht.

»Eine Pistole sollen Sie wählen«, befiehlt Mirkowitsch, »Sie sind doch Kavalier – nicht wahr??« Mit grimmiger Lache. »Wenn ein Kavalier beleidigt wird, so schießt er sich. Sie sind beleidigt. Sie haben den ersten Schuß.«

Da greift sich Nechljudoff an den Kopf und sagt ganz aufgeregt:

»Herr Baron, was fällt Ihnen ein? Ich werde doch ... ich werde doch nicht auf Sie schießen?? Auf einen Menschen? – wegen eines Wortes??«

»Ah?« brüllt Mirkowitsch. »Nicht schießen? So ein Kavalier sind Sie? Dann ...«

Und Mirkowitsch fällt über den armen kleinen Russen her – außer sich vor Enttäuschung und Wut – vor Wut über Saubohnen, Sonnenblumen – über Mann und Frau – hauptsächlich über die schöne unnahbare Frau – knallt er dem Russen rechts und links zwei Maulschellen hinein, die konnten einen Grobschmied erweichen.

Der Russe steht. Nein, er ist nicht umgefallen – er steht.

Steht totenbleich, kuckt in die Luft und ... weint.

Dann beginnt er zu sprechen:

»Herr Baron, was soll ich nur mit Ihnen anfangen? Sie sind ja wahnsinnig. Sie sind bewußtlos. – Ich wiederhole Ihnen: ich bin Landwirt von Beruf – ich habe in England, in Amerika studiert. Ich war Besitzer eines zehnmal größern Gutes, als Sie es haben – und mein Gut war berühmt in halb Rußland als Musterwirtschaft. Man hat die Studenten der Hochschule für Bodenkultur zu mir gebracht, damit sie bei mir lernen. – Dann bin ich verjagt worden, aus politischen Gründen, und mußte allerhand treiben: ich bin Tänzer gewesen und ... Boxer. Haben Sie niemals Sportblätter gelesen? Ich war Professional, Weltmeister, Fliegengewicht. Baron, glauben Sie mir und lassen Sie es auf eine Probe nicht ankommen: ich könnte Sie binnen einer Sekunde so zurichten, daß nicht einmal Ihre Mutter Sie wiedererkennt. – Jetzt sagen Sie selbst: was, was soll ich mit Ihnen anfangen – als Kavalier? – und Menschenfreund?«

Dabei sind dem Russen die Tränen nur so geronnen.

Mirkowitsch hat ihm stummbetreten die Hand gereicht.

Mirkowitsch hat auch nie mehr den Verwalter gewechselt. Nechljudoff herrscht heute noch auf Nowo Selo – baut Saubohnen, Sonnenblumen – Tabak, Esparsette, Topinambur – weiß Gott, was noch für Frucht, die kein Auge je hier vorher gesehen hat – und Mirkowitsch ist durch Nechljudoff, nur durch Nechljudoff, binnen zwei Jahren aus seiner ewigen Verschuldung herausgekommen.

Südliche Nacht

Das war ... ja, das war vor zwanzig Jahren – unvergeßliche Sommernacht in Mostar. Dort glühen die Sterne heißer – Geranium duftet, Lorbeer – und am süßesten duftet ein Kraut, das heißt auf bosnisch Bossiljak – den deutschen Namen weiß ich nicht. – Grüngolden donnert der Fluß. Keine Redensart: sie leuchtet wirklich im Dunkel, sie blitzt und donnert, die Narenta. Die Nachtigallen flöten – Jünglinge, verliebt wie Kater, zupfen rasende Gitarren. – In solcher Nacht sollt man nicht verrückt werden?

Um zehn haben die Moslems ihr fünftes Gebet, Ikindia. Der Muezzin oben auf der Kanzel des Minaretts, schwarz am lichten Himmel, Hände über sich, als trüge er Geweihe – mit einer Stimme, die aus dem Jenseits selber tönt – das Jenseits selbst ruft über Tal und Höhen seine Moslems zum Gebet:

»Allahu ekber – Allahu ekber!

Eschhedu enne Illahe – Illehlah!

Gott ist groß, Gott ist groß.

Muhammed aber ist sein Gesandter.

Ich bezeuge und beschwöre, daß Gott einzig ist und groß.

Eilet zum Gebet, eilet zur Freude!

Allahu ekber – Gott ist groß.«

Also ruft der Muezzin aus dem lichten Jenseits – die Sterne glühen – Geranium duftet– – und in solcher Nacht sollt man nicht verrückt werden?

Im Südlager von Mostar stand damals das k. und k. Infanterieregiment Nr. 4, Hoch- und Deutschmeister, Wiener Edelknaben.

Der Gefreite Heuberger von Wiener Edelknaben hatte anderthalb Flaschen Schillawka getrunken, schweren Mostarer Rotwein. Heimweh – Schillawka – Geranium – glühende Sternwelt und zirpende Gitarren – – nun noch der Muezzin – aus dem Jenseits – – es war zuviel.

Trunken von Heimweh, Wein und Sehnsucht lief der Gefreite Heuberger die Wendeltreppe des Minaretts empor; sprang auf die Kanzel – und wo eben noch der Muezzin gerufen hatte, schmetternd in die Nacht sang aus vollem, gottesfürchtigem, oh, so gottesfürchtigem, übervollem Herzen der Gefreite Heuberger schmetternd in die Nacht:

Gefreiter Heuberger

Du guater Himmelsvoder –
I brauch ka Paradies.
I bleib viel liaber doder,
Wo für mi das Himmelreich is ...

Sang es fromm und trunken – die Wasser donnerten, Geranium roch und die Sterne strahlten ...

Fast hätten die erzürnten Moslems den frommen Sänger getötet.

Nächsten Tags k. und k. Kriegsgericht. – Vier Jahre Kerker »wegen Religionsstörung«.

Die schöne Hodjinitza

Von der schönen Hodjinitza hab ich zum erstenmal in Trawnik, Bosnien, erzählen hören und dann noch oft und oft ringsum im Land.

Es gab nämlich in Trawnik einen überaus frommen Hodja, muslimanischen Priester, der stand, so jung er war, schon von seinem Vater und Großvater her im Geruch der Heiligkeit.

Kam ein Mann vom Land nach Trawnik und fragte im Basar: »Sagt, Leute, ist es wirklich wahr, daß euer junger Hodja auserwählt ist im Islam, ein Künder des Glaubens fast schon wie Muhammed Pejgamber?«

»Wills meinen«, rühmten sich die Trawniker. »Jeden Abend schickt Allah 20 000 Engel nieder, damit sie unsern Hodja bedienen.«

»Engel, sagt ihr – hüh! Schickt Allah. Jeden Abend. – Und gleich 20 000! Was sollen so viel Engel um einen einzigen Mann?«

»Nun, ein Engel deckt unserm Hodja den Eßtisch. Einer schüttelt die Matratze des Diwans auf, eh sich der Hodja niederhockt; wieder einer breitet den Teppich aus. Ein Engel bringt das Wasser, einer das Trinkglas, der dritte schenkt ein. Ein Engel hat das Feuer auf dem Herd gefacht, einer den Topf aufgestellt, einer das Hammelfleisch gekocht ...«

»Gut«, meinte der Fremde, »nehmt an, es hätten hundert Engel das Abendmahl im einzelnen bereitet ... Hundert sind noch lange nicht 20 000. Was tun die übrigen?«

»Wenn der Hodja sein Mahl verzehrt hat, nimmt ein Engel ihn rechts und einer links, und so geleiten sie den Hodja nach seinem Lager.«

»Schön, das sind hundertzwei Engel. Aber die übrigen? Die übrigen?«

»Hat man dir nie beschrieben, Mensch, wie schön unsre Hodjinitza ist? Die übrigen Engel, Mensch, haben alle Hände voll zu tun, unsern Hodja von den Lippen der Hodjinitza zu reißen.«

Die Kur

Mein Onkel Aljoscha – Alexander – war Arzt in Bosnien; ein rechter Bauernarzt, ein Grobian. – Die Moslems glaubten an ihn wie an einen Propheten.

In Banjaluka gibt es eine Schwefelquelle. Wenn Onkel Aljoscha da gebadet hatte, sperrte der Badediener den Zufluß und den Abfluß, rannte in die Türkenvorstadt und schrie durch die Gassen:

»Hört mich, ihr Gläubigen: der Hetschim-Effendi (Herr Arzt) hat gebadet. Kommt und benutzt das gesegnete Wasser!«

Dann strömten die Moslems zu Dutzenden und badeten in dem gesegneten Wasser.

Einmal kam ein Mann weither vom Land nach Banjaluka –

Omer-Aga Faslagich aus Bihatsch – und wollte von Onkel Aljoscha untersucht sein. Der Mann war aber dreckig – Onkel Aljoscha sagte:

»Marsch ins Bad!«

»Aber …«

»Kusch! Marsch ins Bad – ich werde dich schon rufen.«

Und fuhr weg. Er hatte in der Landeshauptstadt zu tun – dann in Wien, in Agram.

Nach einer Woche kehrte Onkel Aljoscha wieder.

Alsbald erschien der Badediener und fragte:

»Hetschim-Effendim, ein gewisser Omer-Aga Faslagich aus Bihatsch sitzt mir seit acht Tagen und acht Nächten in der Schwefelquelle. Darf er nun wieder raus?«

»Ja«, sagte Onkel Aljoscha.

Es wankte gebrochen ein rotgebrühter Mann an und sprach:

»Herr, es war eine harte Kur. Manchmal meinte ich, ich muß verzweifeln. Aber nun dank ich dir umso heißer: Allah sei gelobt – ich bin geheilt.«

Galgenhumor

Für die meisten von uns ist Galgenhumor nur Tropus, Redefigur.

Ich aber habe einen Fall von wirklichem Galgenhumor erlebt – vor vielen dreißig Jahren:

In Banjaluka, Bosnien, war nach langlanger Fahndung der Räuber Nikolitsch gefangen worden. Auf abenteuerliche Weise übrigens: er hatte sich, von den Gendarmen des Landes verfolgt, endlich elend, hungrig, abgerissen bei Nacht in die Stadt geschlichen. Er wußte, in diesem Haus am Rand wohnt eine arme, einsame Witwe, eine Türkin. Und diese alte Witwe überfiel er – bei ihr versteckte er sich, hier glaubte er sich sicher; die österreichischen Behörden scheuten sich, islamitische Frauenhäuser aufzustören.

Nach einigen Tagen fühlte er sich sicher genug, auszugehen: vermummt als türkische Frau, in Schleier und Mantel seiner unfreiwilligen Herbergsmutter.

Doch er hatte nicht mit den scharfen Augen der andern Türkinnen gerechnet; sie erkannten Mantel und Schleier der Nachbarin, merkten sofort – am Gang – den fremden Mann – steckten die Köpfe zusammen und tratschten darüber. So erfuhren auch die türkischen Männer darum, begannen die sonderbare Straßenerscheinung zu beobachten – und Nikolitsch wurde erwischt.

Das Gericht verurteilt' ihn zum Tod. Morgen mit dem frühesten wird er auf der Viehweide gehängt werden.

Des Abends vorher fragte man Nikolitsch um seinen Wunsch. Und der arme Sünder sagte:

»Ich möchte ein Paar recht weite Filzpantoffeln haben für meinen letzten Gang.«

»Mensch«, rief der Profos, »deine Stiefel sind doch weit genug? Sind doch auch nicht so abgenutzt, daß sie für dein Leben lang – die paar Stunden – nicht vorhielten?«

Nikolitsch ließ sich auf keine Unterhandlungen ein – er bestand auf seinem Begehren: er wolle ein paar recht weite Filzpantoffeln.

Gut, man brachte sie. Er probierte sie an, schüttelte aber störrisch den Kopf und sagte: »Nein, die sind mir noch nicht weit genug.«

Man mußte ein zweites Paar holen – ein drittes und ein viertes –, endlich mit dem allergrößten war er zufrieden. Und männiglich wunderte sich und dachte: was will er nur mit diesen riesigen Pantoffeln?

Am Morgen kam der griechische Pfarrer. Nikolitsch wies ihn zurück: er brauche keinen Priester, er werde in einer Stunde mit Gott selber reden.

Es kam das Pikett, um Nikolitsch abzuholen. Er ließ sich willig die Hände fesseln.

Ließ sich auf den Karren laden und aus der Stadt schaffen – auf die Viehweide, wo schon Tausende von Menschen des Schauspiels harrten.

Man las ihm nochmals das Urteil und wollt' ihn zum Galgen führen. Er sagte:

»Nein, ich geh allein.«

Schritt pfeifend und tanzend auf den Galgen los; dicht davor warf er das rechte Bein empor und rief:

»Hoch Franz Joseph!«

Der erste Pantoffel flog himmelan.

»Hoch Elisabeth!«

Und der zweite Pantoffel flog.

Um sich diesen letzten Witz, diese lang ersonnene Pointe zu sichern, hatte Nikolitsch die Profosen so lang, so eindringlich um ein Paar recht weite Filzpantoffeln gequält.

Der Süden

In der Herzegowina, bei Gatzko, ist blanker Karst – da strahlt die Sonne prall auf Stein und Felsen. Hier muß auch die Urheimat sein der Kreuzottern und Skorpione; nirgends sonst gedeihen sie so zahlreich, in prächtigen Exemplaren.

Die Kreuzottern wurden allgemach zur Plage; keine Übung im Gelände, ohne daß ein, zwei Infanteristen von Giftschlangen gebissen wurden.

Da ordnete die Landesregierung an: die Untertanen sollten

Aga Mühowitsch

die Kreuzottern auszurotten trachten; und wer eine Giftschlange dem Amt einliefere, bekomme fünfzig Heller.

Darauf warfen sich zwei arme Moslems, Junus-Aga Muhowitsch und Ali Effendi aus Bahori, auf die Kreuzotterzucht. Sie lieferten aus ihren Gehegen in einem Sommer über neuntausend Stück an die Regierung und haben hübsche kleine Vermögen damit erworben.

Lucille

Die Saison auf Korfu hatte eben begonnen. Man sprach mit großer Bestimmtheit von Amerikanern, die da und dort an den Küsten aufgetaucht wären – der Pikkolo im Hotel Saint-Georges hatte sich gesalbt und lächelte. Agamemnon Papakerisopulos, Oberkellner, faßte griechische Bankzettel nur mehr angeekelt mit den äußersten Fingerspitzen an und rechnete fünfzig Drachmen für ein Pfund. Sah man ihn, wie Riki das kann, mit jenem Blick an, der Löcher ins Gewissen brennt, antwortete der Herr Ober englisch.

Wir fanden es dennoch prachtvoll im Saint-Georges, denn Lucille war da. Lucille, die Französin.

Sie war unwahrscheinlich, oh, ganz unwahrscheinlich hübsch und zähmte zwei spitznäsige Kinder, Trudchn und Kurtchn, pommerschen Geschlechtes. Der zugehörige Erzeuger, Herr v. Sellnow, fraß viel, aber mit Widerwillen, weil et, wissen Se, doch allens nur keene jute pommersche Hausmannskost is – und die rüstige Gebärerin trug eine Warenhaustaille mit spannlangen Messingtroddeln und oben daran eine Brosche mit Männes Porträt in Email.

Lucilles Augenbrauen aber waren inmitten zusammengewachsen.

Morgens trafen wir einander in der Halle, setzten uns in die knallroten Korbstühle, gähnten und tranken Tee. Kaum war es getan, da verschwand Lucille wie ein Wiesel. Riki reichte Zigaretten herum, strohblonde, fade Zigaretten aus Epirus – und Frau v. Sellnow zündete an. Wenn sie rauchte, hielt sie die Nasenlöcher offen und die Augen zu.

»Rauchen«, sagte sie zu Riki, »ist ein Göttergenuß;« schlug die Augen auf und blickte Riki an. – Er aber gähnte.

So ging das vierzehn Tage.

Nach vierzehn Tagen – als sie ihn einmal ungewöhnlich innig angesehen und er ungewöhnlich roh gegähnt hatte, sprang sie auf, schmiß den Teelöffel weg und ging.

»Was is denn mit der gnä Frau Gemahlin?« fragte Sanitätsrat Schabuschnigg in seiner hilflosen Neugier, zog einen breiten Schnabel und äugte, der Stieglitz, nach jedem besonders. – »Is sie auf uns bees?«

»Och nöö –!« muhte der Pommer, im Winter so dumm wie im Sommer. – »Weeß nich, wat se hat.«

Plötzlich kam über das agrarische Ledergesicht die große Erleuchtung. – »Ick sage immer: Laß de Jöhren zu Hause, se verkorksen ennem jedes Reisevajniejen. Aber se hört ja nich.« – Stand auf und schritt hinaus, voll väterlicher Gewalten.

Der Sanitätsrat starrte ihm nach – ein Rebus, der auf seine Lösung wartet.

Da wurde es mir zu dumm; ich sagte Riki, daß er sich sehr ungeschickt beträgt.

Der Sanitätsrat sperrte das Maul auf – der Konsul von Pernambuco, der alte Hase, schmunzelte in sich.

Zum Diner erschien Madame Sellnow stärker als sonst gepudert – in ihrem pestflaggenfarbigen Kostüm, aß wortlos von den ungeraden Gängen und ging wortlos, wie sie gekommen war.

»Das hast du von deinem Benehmen, Riki«, sagte ich, ich konnte nicht mehr an mich halten. »Eine Dame so kränken ist keine Manier. Ich versteh überhaupt nicht, was du gegen sie hast. Sie is doch ganz nett?«

Da faltete der Sanitätsrat seine stummen Fragen und packte sie ein, denn er wußte alles. Vorwurfsvoll, besorgt, erbittert schwang er den Schädel, hätte gern was gesagt, nur fehlten ihm die Worte.

Der Konsul aber strich seinen Spitzbart. »Messieurs«, sprach er, »Sie tun vielleicht unrecht, überall auf Ehebruch zu sinnen. Ich bin gar nicht dafür.«

»Jawohl«, rief Sanitätsrat Schabuschnigg, »das is ... – ...« Er schloß mit einem empörten Augenrollen, er konnte nicht weiter.

Es war ein Ausflug nach Mon Repos verabredet, um zwei Uhr machten wir uns auf. Frau v. Sellnow hängte sich in mich ein, Lucille mit den Kindern mußte vorausgehen. Hinten sprach der Pommer mit Schabuschnigg vom Essen. Alles, was hier zehn Franken kostet, bekommt man in Berlin für einen Taler, wobei nicht zu vergessen ist: es ist dort reichlicher.

»Und in der Qualität – ich bitt Sie, schaun S' her, Herr von Sellnoff – wann man bei uns in Wien – ich sag nicht einmal im besten Restorahn – – aber in jedem gut bürgerlichen Lokal ein gewöhnliches Kalbschnitzel ißt mit geröste Erdäpfel – – no, sagen S' selber: was is das aber für ein Kalbschnitzel, und was sein das für Erdäpfeln?«

Frau v. Sellnow würdigte Riki keines Blickes. Sie hing an meinem Arm und zeigte dem Konsul, daß sie in der Achselhöhle niemals schwitze, niemals; der Konsul mußte sich überzeugen und fand das sehr merkwürdig, bei so vollen Frauen direkt selten.

Riki freundete sich mit Kurtchen an, der hatte die Kakteen

für ein gußeisernes Gitter gehalten. Riki ließ sich von Kurtchen Onkel nennen. – So schlau wie Riki bin ich längst. Ich kaufe Trudchen eine jonische Tasche und Kurtchen einen Olivenspazierstock, im Notfall sogar eine Flinte.

Endlich, im Park von Mon Repos, gelang mir, Anker zu lichten. Der Konsul vertäute sich in Madame und drängte sie zart an die Lorbeerbüsche. – Kurtchen hielt das Gitter für eine Allee.

An diesem Abend, Riki war noch im Lesezimmer, begegnete mir das große, große Glück. Als ich nämlich den obern Korridor entlangging – irgendwohin, da kam eben Lucille des Weges – irgendwoher. Sie erglühte vor Verlegenheit. Ich aber sprach mit ihr, leise und höflich, mit stiller, sicherer Herzlichkeit. – Darauf liegen diese einsamen Mädchen. – Ich fragte sie nach ihrer Heimat – warum sie nach Pommern gekommen wäre – und ob es ihr erster Posten sei; fragte sie, wie sie zufrieden wäre – warum sie Bonne geworden – ob ihr diese Art Leben gefalle – alles, alles fragte ich sie und ließ mir von ihr erzählen. Und sie, die immer schweigen muß, erzählte mir, und ich fragte sie immer wieder. Nur daß sie hübsch ist, sagte ich ihr nicht, das las sie gern in meinen Augen. – Wir schieden mit einem Händedruck. – Mein lieber Riki, du wirst vergebens mit Kurtchn Purzelbaum schlagen.

Als ich ins Lesezimmer trat, saßen sie alle noch da. Frau v. Sellnow hatte eine durchbrochene Bluse an, der Konsul sah mit Behagen ihren Busen wogen. Unverwandt blickte sie auf Riki, seiner zu begehren, die *βοῶπις Ἥρα*, er aber rauchte still vor sich hin.

Da beschloß der Konsul wohl, sich ihr in Erinnerung zu bringen, und suchte unter dem Tisch Fühlung mit ihr. Worauf der Pommer »Verzeihung« knurrte, denn man war an ihn geraten.

Der Sanitätsrat aber musterte alle drei mit sichtbarem Groll, am meisten Herrn v. Sellnow, ob er denn das unanständige Treiben noch immer nicht bemerke.

Nein, er merkte es nicht. Er zeigte ein Ehrendiplom vor – vom langhaarigen Gebrauchshundeverein –, man hatte es ihm heute nachgesandt, das Ehrendiplom erster Klasse. In ganz Deutschland haben es alles in allem fünf Züchter, die Zielbewußtesten, darunter der Minister für Landwirtschaft. Nämlich erste Klasse; Diplome zweiter Klasse, die kriegt jeder Fatzke for jarnischt.

Als Sellnows gegangen waren, redete ich Riki eindringlich zu, es doch mit der Frau zu versuchen. – »Mein Gott, du kannst ihr doch einmal den Gefallen tun …? Behagt sie dir nicht, laß sie halt stehn. Die Französin kriegst d' ja doch nicht.«

Da legte aber der Sanitätsrat los – Herr der Haarscheren, er mußte es eingelernt haben: Familienehre, deutsche Treue und gebrochene Eide – das wirbelte nur so um. – »Ganz recht haben S' gehabt, Herr Konsul, wie S' gesagt haben: die jungen Herren solleten net überall auf Ehebruch sinnen. Es is ein Schkandal, wie s' das Heiligste mit die Füß treten. Wir zwei, der Herr Konsul und ich, sein entristet über Ihnen, meine Herren. Wir sein in andre Grundsätze aufgewachsen, wir halten noch etwas auf den unangetasteten Ruf von einer Frau. Überhaupt: wann ich die Adress von Ihnere Herren Eltern wisset, möcht ich ihnen das schreiben.«

»Na, na«, sprach der Konsul begütigend, »ich glaube, Sie sind zu heftig, Herr Sanitätsrat.«

»Zu heftig? Ich bitte, haben Sie nicht selbst denen Herrn empfohlen, sich ein bissel zu moderieren und nicht überall auf Ehebruch zu sinnen?«

»Gewiß, Herr Sanitätsrat. Aber … aber doch aus einem ganz andern Grund.« Er drehte seinen Bart und sprach langsam und wichtig: »Ich verabscheue ein dreieckiges Verhältnis, jawohl, und zwar vom hygienischen Standpunkt. Ehebruch – das ist mir nicht appetitlich genug. Weiber, insbesondre aber Zahnbürsten hab ich gern für mich allein.«

– – Da wurde es still ringsum, mäuschenstill – bis Riki flötete: »Gute Nacht, Herr von Schabuschnigg! Schlafen Sie süß! Oder werden Sie heute noch ein Fußbad nehmen?«

– – – Auf der Spianata exerzierten die Kriegsvölker, Kurtchen und Trudchen, Lucille mit ihnen, sahen zu. – Da besprach ich mit Lucille, wir sollten uns am Abend im obern Korridor treffen.

Am Abend spendete ich dem Stubenmädchen fünf Drachmen, dem Pikkolo zwanzig Obolen und hieß sie Wache stehen – sie an der Haupttreppe und den Pikkolo hinten.

Lucille schlich heran. Nur auf einen Augenblick, denn Madame würde gleich kommen. Sie hauchte mir einen Kuß hin – geschwinde, ganz geschwinde.

»Nicht mehr, Lucille?«

»Morgen, mein Err, vielleicht mehrr.«

»Wieder um acht?«

»Ja.«

»In meinem Zimmer?«

»Ja.«

Und weg war sie.

– – – In dieser Nacht, die Lucilles Traumbild bei mir verbrachte, um kichernd mit meinen Lüsten zu spielen – in dieser Nacht beschloß ich, mich Riki anzuvertrauen und ihn in aller Form um Beistand zu bitten. Er soll am Abend um dieselbe Stunde, wo Lucille zu mir kommt, ein Stelldichein haben mit der Frau – das ist er mir als Freund schuldig, das darf ich verlangen. – Denn wenn die Frau nicht beschäftigt ist, haben Lucille und ich keine friedliche Minute.

Beim Frühstück sagte ich es ihm.

Er nickte: ja. – Also hatte ich mich doch nicht in ihm getäuscht.

Mit Wohlgefallen sah ich ihn mit Hera ins Musikzimmer verschwinden. Als der Konsul ihnen nachwollte, ließ ich mir von ihm erklären, was ein Bêrat ist.

Mit Wohlgefallen sah ich Madame wieder hervorkommen. Ihre Augen leuchteten, jeder bekam von ihrer Freude ein Teil ab – auch ich.

Um halb acht abends bezog das Stubenmädchen ihren Posten an der einen Treppe, der Pikkolo an der andern.

Ich aber saß im Zimmer und wartete.

Und als ich genug gewartet hatte, da pochte es.

Und als ich Herein gerufen hatte – mit stockendem Herzen – da flog sie in meine Arme ...

... nämlich Frau v. Sellnow.

»Ah, Sie blonder Bösewicht, endlich finden wir uns – nach so langem Warten! Sie ... Sie schüchternes Kind! Haben Sie wirklich nicht den Mut gehabt, mir Ihr Geständnis persönlich zu machen, und erst Ihren Freund als ... Liebesboten schicken müssen?«

Und sie war so konzentriert, daß sie nicht einmal das seidene Rascheln vor der Tür hörte.

Das war nämlich Lucille, die hereinwollte.

Und Madame hörte auch Riki nicht, der sich draußen mit meinem, mit meinem, mit meinem kleinen Franzosen herumzog.

– – – Als aber Schabuschnigg am nächsten Tag sagte: das Treiben im Hotel gehe ihm über die Hutschnur, er fühle sich als Ehrenmann verpflichtet, Herrn v. Sellnow aufmerksam zu machen, ... da sprach Riki zu Schabuschnigg: »Sie sind ein Affe.«

Worauf der Sanitätsrat fuchsteufelswild versicherte: wenn ihm Riki das in Wien sagt, verklagt er ihn oh–ne Er–bar–men wegen Ehrenbeleidigung.

Gabi errötete über den Vorschlag glühend. Graf Franzl meinte, es sei pure Verlegenheit bei ihr, es war aber auch sehr viel Freude. Sie fiel der Netterl um den Hals, knixte vor dem Herrn Grafen – und weg war sie.

»... Meinst denn das wirklich?« fragte Netterl nach einer Weile.

»Was denn?«

»No – das mit der Gabi und dem Tedeltudel?«

»Aber natürlich. Sie ist doch ein ideales Weib für ihn. Die passen zuanand wie zwa egale Jucker. Es is einfach Schuldigkeit, sie zusammenzuspannen.«

Netti war von dem Plan nicht sehr erbaut. Denn erstens ... sie hat ja die Gabi ganz gern, Gabi ist sogar ihre beste Freundin ... Aber muß ein so gewöhnliches Mädel gleich auch einen Grafen haben? – Und sie fühlt instinktiv ihres Franzls sündhafte Nebenabsicht heraus.

Netterl ist aber viel zu schwach, Franzls Sicherheit zu beirren. Wenn er einmal eine glänzende Idee hat, bildet er sich so viel darauf ein, daß er nicht lockerläßt.

Richtig nimmt er nach einer Weile seinen Hut.

»Gehst denn noch einmal fort, Franzl?« fragt sie zärtlich.

»Versteht sich. Ich muß doch dem Vetter Tedeltudel sagen, daß ich eine Partie für ihn hab.«

»Wie dringend, daß du's hast! ... Wo willst denn jetz 'n Tedeltudel finden?«

»Im Bristol – wo sonst?«

»Du kommst mir aber doch wenigstens noch einmal Gute Nacht sagen?«

Und sie blickt ihn mit halbgeschlossenen Lidern verheißend an – und ängstlich, daß er nicht kommen werde.

Er küßt sie lächelnd, zuckt die Achseln und geht.

... Nein, der Netterl ist die Geschichte, die da eingefädelt werden soll, wirklich nicht recht.

– – – Die Gesellschaft, die sich allabendlich in der Bar des Hotels Bristol versammelt, ist sehr einfach konstruiert:

Der schmächtige Ulan sitzt immer mit untergekreuzten Beinen am Schenktisch, schweigt und nippt nur Brandy, um sich sein Gewicht nicht zu verpatzen. Er trainiert für Pardubitz.

Baron Berti, der Abgeordnete, trinkt Whisky ohne Schuß und erklärt, sichs in Transvaal so angewöhnt zu haben.

Serda – bis Mitternacht Sehrdagegen und nach Mitternacht Sehrdafür – säuft Cordon rouge dry und zieht den Vetter Tedeltudel auf.

Wenn Serda – Sehrdafür wird, auf die Minute genau, kriegt es der Abgeordnete mit dem Wanken, wird Anarchist und beschimpft die Regierung und die Habsburger.

Und dann – dann fallen sie alle über den armen Tedeltudel her.

Einmal, als Kind, hat Tedeltudel seinen Spitznamen wirklich verdient. Damals konnte er nicht »Kegelkugel« sagen. Das ist aber lange vorbei, jetzt spricht er das K und G tadellos aus. Die Bargesellschaft vergnügt sich damit, zu behaupten, er könne es immer noch nicht, und gibt ihm die unglaublichsten Wörter auf. Heiß vor Zorn hat er zehnmal hintereinander das schwerste, Kukuruzkulturen, nachgesprochen – da schwören sie wiehernd, Tedeltudel habe Tutuluztulturen gesagt.

Hier pflegt Graf Franzl Amperg, eh er in den Jockeiklub soupieren geht, einen Augenblick zu verweilen. Nur wenn ihn die ganze Schöpfung langweilt oder er sich vorgenommen hat, er geht noch einmal zur Netterl –, können aus dem Augenblick zwei Stunden werden und aus einem Glas Chablis zwei Flaschen – mit kaltem Aufschnitt und arger Bettschwere.

Heut aber wird es all das nicht.

Als sie den Vetter Tedeltudel am blutigsten verulken, läßt Franzl ihn durch den Kellner unauffällig hinüber in die Hall rufen und legt ihm das Projekt mit Gabi Funtitschek vor.

Statt seinem Cousin für die wahrhaft zärtliche Fürsorge zu danken, nimmt Vetter Tedeltudel die Nachricht von der ihm zugedachten Weiblichkeit sehr kühl auf. Entweder ist an der Jungfrau nichts dran, denkt er sich, oder …

Erst nach langem Widerstreben, vielen Fragen und Reden, nachdem Franzls treuherzige Versicherungen Vetter Tedeltudels angebornes störrisches Mißtrauen besiegt haben – da endlich willigt Tedeltudel ein, am Samstag nachmittag zu Netterl zu kommen und sich mit Gabi bekannt machen zu lassen.

»Anschaun kann man ja das Madel – no ja – nicht wahr? Damit ist doch noch nichts gesagt …?«

»Nein, damit ist noch gar nichts gesagt.«

»Alsdann: gut. Ich komm.«

Tedeltudel schüttelt Franzls Hand und hält sich erst durch dieses zweite feierliche Versprechen für gebunden.

– – – Endlich, endlich vergeht für Gabi auch diese ewige, ungeduldige Woche.

Tausende von unklaren, wunderschönen Bildern hat sie in den sechs Tagen von Sonntag bis Samstag auf ihre Perlenfäden gereiht – grade zwischen je zwei Perlen einen Gedanken.

So schön wie dieser Herr Jesus von Zelluloid, den sie da auf ihre Haussegen zu nähen hat, wird auch der ihr verheißene Tedeltudel sein.

Und er wird ihr seidne, durchbrochne Blusen kaufen, wie Netterl sie trägt, und Toaletten, die säuseln und knistern, wenn man über die Straße schreitet.

Und er wird ihr einen Schmuck schenken, so unbeschreiblich kostbar – in der Innern Stadt aus den Schaufenstern der aller-

Vetter Tedeltudel

kostbarsten. Die Flinserln auf dem Haussegen werden daneben erblinden.

Gabi stickt nämlich Haussegen: »Grüß Gott, tritt ein – Bring Glück herein.« – »Ost, Süd, Nord, West – Daheim ist das Best«; – deutsche und französische, katholische und jüdische, mit Glasperlen allein – oder Perlen und Seide – oder Seide und Bildchen. Am besten lohnen sich noch die mit Perlen und Seide – dreißig Heller das Stück. Man kann täglich ganz gut zehn fertigbringen.

An dem großen Samstag aber legt sie um zwei Uhr wortlos die Kartonblätter Kant auf Kant, die Schachtel mit den Glasperlen darauf, wickelt die Seidenknäuel fest, sticht die Nadel durch und erhebt sich.

»Was hast denn, Madl?« fragt die alte Frau Funtitschek und glaubt ein Trugbild zu sehen.

Gabi erbleicht. »Ich muß zur Netterl«, sagt sie – so fest wie nur irgend möglich.

»Ja … bist … bist denn bei Trost?«

Gabi ist auf den Widerspruch gefaßt gewesen und hat sich auch schon ausgedacht, wie sie ihn besiegen wird: mit einer Lüge. Sie gibt vor, Netterl habe ihr einen abgelegten Hut versprochen; den müsse sie abholen.

Frau Funtitschek mault; sie mault noch einmal, als sich Gabi an diesem ganz gewöhnlichen Wochentag ihr Himmelblaues anzieht, »das mit die Spitzen« – aber schließlich hat sie vor Netti und ihrem Herrn Grafen zuviel Hochachtung, Gabi nicht gewähren zu lassen.

Gabi geht bis zur Kochgasse zu Fuß und wartet dort auf den Südbahnwagen. Das ist viel praktischer, als über den Ring zu fahren, weil man nur einmal umzusteigen braucht mit einer Sechserkarte.

Ihr ist, als sei Feiertag. Ein eleganter Herr kommt ihr gegenüber zu sitzen, der sieht dem Herrn Magistratsbuchhalter aus der Tanzschule ähnlich. Er läßt sie auch richtig nicht aus den Augen, steigt mit ihr an der Ecke der Favoritenstraße aus und folgt ihr. Und dann überhaupt: die Sonne, die Menschen – und die ungewöhnliche Tageszeit – alles ein Feiertag.

In wahrhaft andächtiger Stimmung steigt sie die teppichbelegte Treppe zu Netterl hinan. Ob denn Tedeltudel wirklich da sein wird? Sie kann es gar nicht glauben.

Noch einmal läßt sie einen langen Blick an sich hinabgleiten und rührt erregt an den Taster.

Als ihr Netti öffnet und Gabi zwei Wintermäntel im Flur erblickt, muß sie beide Hände ans Herz drücken – weitergehen kann sie nicht.

Beim Schrillen der Klingel ist Vetter Tedeltudel aufgesprungen und versichert zum hundertstenmal: man möge ja nicht meinen, er sei hineingefallen. Er wisse ganz genau, wo das hinaussoll – daß man ihm nämlich irgendeine Großmutter vorstellen wird, um ihn dann auszulachen. Er wisse es ganz gut.

Doch sowie Gabi zögernd eintritt, da setzt sich Vetter Tedeltudel wieder hin. Wortlos – ganz und gar wortlos.

Franzl sieht ihn triumphierend-ironisch an; heißt Gabi willkommen und tut, als wollte er sie küssen.

Sie errötet noch mehr und birgt ihr Gesicht zu einer ausführlichen zweiten Begrüßung an Netterls Hals.

Dann stellt Franz die beiden einander vor:

»Mein Vetter, Ernst Amperg – Fräulein Gabi.«

Gabi getraut sich nicht hinzusehen und nickt nur flüchtig.

Sie nimmt nach einigem Zureden Platz und beginnt vor lauter Verlegenheit der Netti eine überflüssige Geschichte ohne Hand und Fuß zu erzählen – von einer Tant, die in eine falsche Elektrische gestiegen ist.

Franz versucht sich vergeblich ins Gespräch zu mischen. – Den Vetter fragt er durch ein Augenzwinkern:

»Na – was sagst du zu ihr?«

Doch der Vetter sagt noch immer nichts. Keine Silbe.

Durch Franzls aufopferndes Ermutigen kommt endlich ein lahmes Zwiegespräch zwischen Gabi und Tedeltudel in Fluß.

Um acht, als Gabi aufbricht – länger darf sie nie ausbleiben – wegen der Mutter –, da kostet es Franzl eine heftige Muskelanstrengung, ehe Vetter Tedeltudel begreift, daß er »sein« Madel jetzt begleiten muß.

Graf Franzl aber blickt den beiden mit dem unklaren Gedanken nach: ob es nicht dennoch gut wäre, Netti schießen zu lassen und es mit Gabi zu versuchen ... Er täte es bestimmt, wenn er nicht die Unbequemlichkeiten eines Wechsels scheute.

Im Auge behalten kann man die Sache jedenfalls.

– – – Den Vetter Tedeltudel ziert eine Bescheidenheit der Geisteskräfte, vor deren Größe Franzl Amperg ratlos dasteht. Der Jüngling scheint ja seine Affäre mit Gabi wirklich und wahrhaftig mit dem Schleier einer Familienangelegenheit umgeben zu wollen.

Sooft Franzl interessiert und dringlich danach fragt – man möchte doch wissen, wie der Weizen steht –, lenkt Vetter Tedeltudel das Gespräch, sichtlich unangenehm berührt, auf Nebengleise.

Und er gestände nicht fürs Leben ein, welchen Verlauf die Sache genommen hat ...

Oh, ganz anders, als sich Franzl und vielleicht auch Tedeltudel haben träumen lassen:

Als damals, vor drei Wochen, Vetter Tedeltudel Gabi nach Hause fuhr – schon damals hatte ihrer beider Befangenheit ein fast ernstes Gespräch begonnen. Er kam nicht über das »Fräulein« weg, und sie ... vermied überhaupt jede Anrede, auch das

Sie. Tedeltudel erkundigte sich nach Gabis Beschäftigung, den Eltern, dem Bruder … – Gabi ließ sich bruchstückweis ausholen.

Der Wagen hielt schon vor dem Haus, als ihnen erst einfiel, daß sie sich doch wiedersehen müßten – und nun begann eine klafterlange Unterhandlung darüber. Denn … Tedeltudel wußte wirklich nicht, wo es geschehen sollte.

Gabi schlug den Votivpark vor – Netterl hatte ihr einmal anvertraut, sie habe dort einst ihren Burggendarm zu treffen gepflegt. – Tedeltudel war einverstanden.

Da spazierten sie denn am nächsten Sonntag stundenlang im Freien. Vetter Tedeltudel war nicht einmal besorgt, gesehen zu werden.

In seinen einsamen Nächten aber dachte er über Gabi nach. Ihm war ja sonnenklar, was da entstehen sollte: ein Verhältnis selbstverständlich. Wie eben die Verhältnisse schon sind: man mietet zwei oder drei Zimmer, richtet ihr sie ein und gibt ihr eine Apanage. Dann, nach einer Zeit, wenn man großjährig ist und die Sache zu Ende geht, zahlt man ihr eine Abfertigung. – Das ist klar.

Nur … wie anfangen? Er suchte vergebens nach einer Analogie in seinem Leben.

Als ihr Tedeltudel einmal von einer Wohnung sprach, schlug Gabi die Augen nieder und sagte:

»Das wird die Mutter net erlauben.«

Als er ihr – er hatte den Entschluß überschlafen – einen Besuch in seinem Heim vorschlug, willigte sie zuerst ein; an der Haustür aber kehrte sie um.

Wieder an einem Sonntagnachmittag hatte Gabi ihren schönen Hut auf – denselben, den ihr Tedeltudel gekauft hatte, damit sie ihn zu Haus als Netterls Geschenk zeigen könnte. Da begann es in Strömen zu regnen. Gabi wäre gern zu Netterl gefahren, aber Tedeltudel wollte diesen Umgang absolut nicht und rief dem Kutscher seine eigne Adresse zu.

Oben bei ihm küßten sie einander und küßten sich immer von neuem ... Er nahm all seine Entschlossenheit zusammen und Gabi die ihre ... plötzlich stieß sie ihn von sich und brach in krampfhaftes Weinen aus; sprang auf, hing an Tedeltudels Nacken; und Tedeltudel ... – fast wären auch ihm die Tränen gekommen.

»I hab di ja eh sehr gern, aber i ... kann net – i kann net, Ernstl!«

»Na, wein nicht, meine kleine, gute Maus«, sagte er, wandte sich erregt ab und biß sich in die Lippen.

– – – Als Gabi an diesem Abend heimkam, faßte Frau Funtitschek sie ins Auge und fragte:

»Wo bist d' 'n ganzen Regen gewesen?«

»Bei der Netterl.«

»No – un wer war dort?«

»Halt ihner Franzl.«

»Un sonst niemand?«

Gabi schwieg.

Da schwieg eine Zeitlang auch Frau Funtitschek, machte sich am Ofen zu schaffen und sagte plötzlich:

»No – warum? – Wann 'r an anständiger Gawlier is ...?«

Gabi sah ihre Mutter eine Weile an. Dann setzte sie sich hin und schrieb ihrem Ernstl: er solle sie morgen, Montag, bei sich erwarten.

Montag ließ sie Haussegen Haussegen sein und ging.

Frau Funtitschek wickelte langsam die Stickknäuel zusammen und steckte die Nadeln durch.

– – – Dreimal vierundzwanzig Stunden wartete die Mutter, daß Gabi zu sprechen begänne.

Freitag abend kam ein Brief für Gabi. Büttenpapier. Frau

Funtitschek brachte ihn ihr und ließ sie allein. Endlich, zu Mittag, fing sie an:

»Was is er also?«

»Wer – Mutter?«

»... No, der, mit ... – also halt der, mit dem, was d' gehst. – I hob do scho mehr Leut kennt als wie di – schlechte Kinder und gute Kinder –, aber a Kind, was seiner eignen Mutter net sagt, mit wem daß 's geht, des hab i no net gsegn. Jetz schau i d'r scho a paar Wochen zu – du mit deine Hamlichkeiten – aber heut is mei Geduld Matthäi am letzten. Schamen sollst di, ungeratenes Madel – wos du so gute Eltern hast und tust ihna so an. Fui! Fui! Schamen sollst di, sag i d'r.«

Gabi lief in die Küche und heulte.

»Is des a Ghörtsi? Für a jungs Madl? Vor der eignen Mutter Hamlichkeiten haben? Wann 'r an urntli'er Mensch war, war 'r eh schon herkummen, sich anschaun lassen bei die Eltern. Oder maant 'r, man werd ihm fressen?«

– – – Tedeltudel ahnte nicht im entferntesten, was ihn bei Funtitscheks erwartete; hätt er es geahnt – es wäre Gabi nicht halb so schwer geworden, ihn zu dem Besuch zu bewegen.

Eine saubere, liebe Wohnung – Frau Funtitschek hatte Tag und Nacht gescheuert. Gute, saubere Menschen. Sogar ein veritables Diner: Frau Funtitschek war nicht umsonst Herrschaftsköchin gewesen.

Was aber Tedeltudel am meisten überraschte: die Leute hatten Takt. Man sprach nicht eine Silbe über ihn und Gabi. Und das hatte er doch so bestimmt, so bang erwartet ...

Vater Funtitschek, bürgerlicher Buchbinder, war vor Jahren als Kolporteur in adelige Häuser gekommen – die zählte er nun selbstzufrieden auf. Wenn er einen Namen vergaß, konnte der kleine Schurl aushelfen, Gabis Bruder – der hatte sich alle gemerkt.

»Überhaupt a sehr a gscheiter Bub. In der Schul – muß ma ihm lassen – lauter ›lobenswert‹.«

Tedeltudel strich ihm übers Haar.

Mutter Funtitschek hatte einmal bei Herbersteins gedient – »wie no d' jetzige Gräfin Széchenyi z' Haus war, d' gnädige Komteß.« – Oh, die kannte Tedeltudel ja grade sehr gut, die Mary Széchenyi.

Sie entdeckten, daß Frau Funtitschek auch in Diensten einer leibhaften Tante Tedeltudels gestanden hatte – da war das Thema zu einem langen Garn gefunden, und Tedeltudel befürchtete keine peinliche Wendung mehr.

Zum Kaffee – nein, zum Kaffee blieb er nicht. Aber er wollte nächstens wieder vorsprechen.

– – – Am andern Abend kam Gabi nicht nach Haus.

– – – Als sich Tedeltudel so lange nicht im Bristol blicken ließ, nicht im Klub und auch Gabi nicht bei Netterl – da beschloß Franzl Amperg, den teuern Vetter doch einmal besichtigen zu gehen. Netti hielt – eifersüchtig – mit.

Sie klingelten Schäffergasse 13a an – da öffnete ihnen ein fremder Jäger. Tedeltudel wohnte nämlich gar nicht mehr da, sondern ein unbekannter junger Herr, der alsbald hervorkam und Netti ohne Zögern weiterlud.

Erst vom Portier erfuhren sie Tedeltudels neue Adresse: Hietzing.

Dort öffnete ihnen – wieder zu ihrer Verwunderung – ein Dienstmädchen.

Und während sie im Vorzimmer ablegten, hörte man in der Küche einen Jungen jammern.

»Jessas, der Schurl Funtitschek«, rief Netterl sofort. – Die Mutter prügelte ihn gerade, weil er sich unterstanden hatte, die Apertmas vom Herrn Grafen zu betröten.

Als Franzl und Netterl aber in die offene Zimmertür blickten, da trauten sie ihren Augen nicht: Vetter Tedeltudel spielte Karten mit dem alten Buchbinder, Mariage.

»Gräfliche Gnaden«, sagte Herr Funtitschek mit gespitztem Maul, »üch habe vürzig ün dü Piken.«

Das goldne Wienerherz

WIE MAN DEM WIENERHERZEN WEHETUT

Man geht vom Stephansdom fort, die Kärtnerstraße entlang – geht – geht – bis man einem richtigen Wiener begegnet von vierzig Jahren.

Vierzig – da ist das Wienerherz am weichsten.

Und ihn fragt man:

»Señor! Gönn Sie sahen: wo is Stefansblatz?«

»Was wollen S', gnä Herr?«

»Uo is Sstefänsblätz, Sir?«

»I versteh allweil Stephansplatz?«

»Voui.«

»Oh, gnä Herr, da gehn S' ja verkehrt. Da müssen S' Eahna umdrahn und schnurgrad furt – nacher saan S' am Stephansplatz, 's is gar net zan Fehlen.«

Doch du, Fremdling, statt dem vernünftigen, blitzeinfachen Rat zu folgen, blickst den Wiener mißtrauisch an, schüttelst den Kopf und wandelst deines Weges – vom Stephansplatz weg.

Das Weh erwacht im Wienerherzen.

Er fleht dich an:

»Aber, gnä Herr! Wann i Eahna sag! I wir do wissen … I bin do a Hiesiger, a Weaner …«

Du schüttelst störrisch den Kopf und wanderst – immer weiter nach der Wieden zu.

Der Wiener fleht immer verzweifelter:

»Gnä Herr! Maanen S' denn, i will Eahna anschmieren? I sag's do, wie's is: umdrahn müssen S' Eahna und zruck.«

Du winkst ihm heftig ab.

Er faßt dich am Rockknopf – und jammert – jammert – fast möcht er dir zu Füßen fallen:

»Gnä Herr! Glauben S' mir denn nöt? Schau i aus wiar a Gauner? A Plattenbruder?«

Du schiebst ihn beiseite mit einer großen Gebärde und schreitest aus – unverzagt die falsche Richtung.

Da schwillt endlich das goldne Wienerherz. Er blickt dir nach und ruft:

»Hatsch nur, du Fallot, du dünngselchter! Hatsch nur am Naschmarkt! Wirst es scho bereun – wann's zu spät is, du damischer Kosak, russischer überanand!«

WIE MAN DAS WIENERHERZ MISSBRAUCHT

Ich besteige auf dem Franz-Josephs-Kai die Elektrische, will nach der Oper. Unterwegs werde ich »Roda Rodas Roman« vornehmen.

Doch ich kenne mich: sowie ich ein Buch in der Hand halte, lese ich – lese immerzu – alles um mich versinkt, und ich versäume, rechtzeitig auszusteigen.

Das muß verhütet werden.

In Wien geht das sehr leicht: indem man das goldne Herz der Urbevölkerung mißbraucht. Wie folgt: Ich frage laut, sowie ich auf dem Kai die Elektrische bestiegen habe:

»Ui is ueit nach Opera?«

Sogleich schwirrt es im Publikum:

»Aha – an Ausländer!« – »Er will zur Oper.« – »Was sucht an Ausländer bei der Oper?« – »Gewiß a Musiker. A Franzos.« – »Ah wo! In an Hotöll wird er halt wohnen, bei der Oper. An Engländer is's.« – »An Engländer? Und da sagen s', mir ham kan Fremdenverkehr z' Wean.« – »Ham S' scho ghört, Frau Kranzelstock? An Engländer is da – möcht zruck in sei Hotöll und findt nöt.« – »Ja, mei! 's is halt schwer für an Menschen in der Fremd, wann er d' Sprach nöt varrsteht.«

(Ich lese ruhig »Roda Rodas Roman«.)

»Reisen! Dös bildet! I – wann i reisen kunnt, wiar i möcht! Nach Graz fahret i, nach Grammat-Neusiedel, nach China. Muß scho was Schöns sein – wann ma 's Göld hat.«

(Ich höre kein Wort; bin sozusagen aufgelöst in Lektüre.)

»Uniferssitätt – i muß aussteigen. Gengan S', Herr Nachbar, saan S' so gut: hier, der Herr – an Engländer – der möcht zur Oper. Alsdann machen S' eahm aufmerksam ...« – »'s saan no zwaa Haltestellen – man sollet eahms sagen, daß er nöt per Zufall weiterfahrt.« – »Lassen S' eahm – 's is no Zeit – er leest.«

Ich lese, und all die guten, guten Menschen passen erregt auf und erinnern einander, um mich ja nicht über mein Ziel hinauszulassen.

Knapp vor der Oper rufen mich zwanzig an:

»Gnä Herr! Jetzt war's hexte Zeit.«

Ich klappe mein Buch zu und gehe ohne Gruß.

Zehn Menschen drängen mir nach, sehen mich mit bewundernden Augen an, und zehn ausgestreckte Arme weisen mir die Oper.

Wien

Ich wollte in der Czerninschen Galerie den Rubens sehen, »Drei Frauen«, und fragte im Flur unten die Diener: wo denn das Bild hänge.

»Im dritten Saal, pittäh, links, Nr. 168.«

Als ich wiederkam, nach einer Viertelstunde, geleitete mich der Diener hinaus; verbeugte sich beim Abschied tief und fragte:

»Waren zufrieden, pittäh? Mit Herrn Rubens?«

Der Verein

In Wien gründeten sie einmal einen »Verein zur Bekämpfung des Antisemitismus«; an der Spitze des Komitees – von lauter freisinnigen Würdenträgern – der Kommerzialrat Pomeisl.

Erhob sich in der ersten Sitzung Herr Taller, Minister a. D.: ob man denn nicht auch den jüdischen Mitbürgern sollte den Beitritt freistellen? – wo es doch um ihre eigenste Haut geht? – Die Gesellschaft stimmte ihm einhellig bei.

Da sprach Pomeisl:

»Endlich wollt i in eim Verein sein ohne Juden. Wann Sö mir da aa wieder Juden einilassen, dank ich scheenstens.« – Und trat aus.

Der Nachgiebige

In Prag meldete sich ein Mann bei mir – telephonisch, schriftlich und zuletzt in Person: Herr Teller. Er wird mir unvergeßlich bleiben – schon weil er »Euer Hochgeboren« zu mir sagte.

»Euer Hochgeboren, der Zweck meines Besuches ist: daß ich ein Gedicht auf Hochgeboren gemacht habe.«

»Wie hübsch von Ihnen, Herr Teller! Muß ich es gleich lesen?«

»Stecken es ein, Hochgeboren, und lesen es später! – Aber ich rechne auf eine Erwiderung.«

»Ich soll nun meinerseits ein Gedicht auf Sie machen, Herr Teller?«

»Nein. Eine Gefälligkeit sollen mir Hochgeboren erweisen. – Ich bin Kaufmann.«

»Ein schöner Beruf.«

»Er freut mich nicht. Ich möchte weg von hier – nach München. Und bitte um die Fürsprache Eurer Hochgeboren.«

»In München, Herr Teller? Da lebe ich ja gar nicht mehr.«

»Um so besser. München, heißt es, ist in Niedergang. Gehe ich schon lieber an den Rhein.«

»Herr Teller, ich warne Sie. Am Rhein gibt es viel Arbeitslose. Sie werden schwer unterkommen.«

»Meinen, Hochgeboren? Dann verzichte ich. Ich werde nach Berlin machen und von meiner Dichtkunst leben.«

»Ich fürchte, Sie werden Enttäuschungen erfahren; es müssen zahllose Autoren von Namen darben.«

»So? Na, so häng ich halt die Leier an den Nagel. Und versuchs in der Politik.«

»Welcher Partei gehören Sie an, Herr Teller?«

»Gar keiner.«

»Wie wollen Sie dann Ihren Unterhalt mit Politik verdienen?«

»Geht das nicht, Hochgeboren?«

»Mir ist kein Weg bekannt ...«

»Nicht?? Schadt nichts. Ich mache mir ohnehin nicht viel aus Politik. Aber wie wäre es mit dem Sport, Hochgeboren? Sport ist doch im Aufstieg?«

»Haben Sie eine starke Begabung dafür, Herr Teller? Auch dies Gebiet ist nämlich recht übervölkert.«

»Ha! Laß ich den Sport.«

»Herr Teller, ich rate Ihnen: schlagen Sie sich alle phantastischen Pläne aus dem Kopf, bleiben Sie auf Ihrer sichern Stelle – in Prag – und bleiben Sie, was Sie sind – Kaufmann!«

»Glauben, Hochgeboren? Schön. Bleib ich eben.«

Er hatte sich erhoben und blickte nachdenklich. Dann sprach er:

»Alsdann bitt ich wieder um das Gedicht. Ich werd es umarbeiten. Auf Hochgeboren Heinrich Mann.«

Österreichisch-ungarisches Staatsrecht

Zur Zeit, als die Donaumonarchie noch stand – da gab es einmal Aufläufe in Agram – und die Blätter schrieben darüber – schrieben allerhand, was einem so von Sonntag früh bis Freitag abend einfällt. (Samstags dürfen die Wiener Journalisten nämlich nicht schreiben.)

Na, und ein Herr aus Deutschland las das alles und wurde daraus nicht klug und fragte mich: worum es sich eigentlich in Agram gehandelt habe.

Das wußte ich allerdings auch nicht, nur war ich aufrichtiger als die Herren Journalisten und gab es offen zu. – Über die

Stellung aber des Dreieinigen Königreichs Kroatien-Slavonien-Dalmatien, über die Konstruktion der Donaumonarchie überhaupt hielt ich dem deutschen Herrn einen Vortrag, der alle Zweifel löste und alles Dunkel erhellte.

»Österreich-Ungarn«, sagte ich ihm, »besteht aus zwei Teilen: der historischen, parlamentarisch vertretenen Monarchie – und dem okkupierten, später annektierten Gebiet. – Ist doch sehr einfach, nicht wahr?«

»Ja«, bestätigte der Herr aus Deutschland.

»Na, sehen Sie! – Der erste Teil, die konstitutionelle Monarchie, besteht wieder aus zwei Teilen.«

»Österreich und Ungarn«, fiel der Herr ein.

»Nein. Er besteht aus den im Reichsrat vertretenen Königreichen und Ländern – und den Ländern der heiligen Stefanskrone. – Ebenfalls sehr einfach – nicht wahr? ... Was nun die Länder der heiligen Stefanskrone sind, so bestehen sie aus zwei Teilen: dem eigentlichen Ungarn und Kroatien-Slavonien. (Nebenbei bemerkt zerfällt das eigentliche Ungarn in ein ganz eigentliches Ungarn und Fiume, oder kürzer: das separatum sanctae regis coronae adnexum corpus. – Doch das ist Detail, bleiben wir bei der Hauptsache!) – Das Dreieinige Königreich Kroatien-Slavonien-Dalmatien hat – überrascht Sie das? – zwei Teile: der eine ist da, der andre nicht – und der letzte heißt Dalmatien. Dalmatien gehört nämlich zu Österreich. – Aber auch der Teil, der da ist, hat zwei Teile: Kroatien und Slavonien, von denen der eine, Slavonien, nicht erwähnt werden darf, weil er von Rechts wegen nicht existiert. – Ebenso steht es mit dem ganz eigentlichen Ungarn. Dort gibt es ein noch viel eigentlicheres Ungarn und dann Siebenbürgen, das zweite ist aber staatsrechtlich nicht vorhanden. – Bis hierher ist die Sache ungemein klar und durchsichtig. Die Schwierigkeit fängt beim Verwaltungsgebiet an, dem ehemaligen Okkupationsgebiet. Es besteht nämlich aus zwei Teilen, von denen der eine durch Österreich-Ungarn besetzt, verwaltet und endlich annektiert wurde; der andre Teil, das Sandjak Nowibasar nämlich, wurde nur besetzt und später aufgegeben. Freilich hat dann der verwaltete Teil zwei Teile: Bosnien und die Herzegowina. – So weit sind wir. Nun kehren wir zu den im Reichsrat vertretenen Königreichen und Ländern zurück. Ob Sie es glauben oder nicht – sie bestehen aus zwei Teilen. Der eine, große, ist wirklich im Reichsrat vertreten. – Wie, gehört nicht hierher. – Der andre ist unvertreten, heißt Meerauge und soll sehr schön gelegen sein.«

Nach diesem Vortrag drückte mir der Herr aus Deutschland warm die Hand – und ich telephonierte um die Rettungsgesellschaft.

Er bildete sich ein, aus zwei Teilen zu bestehen, von denen der eine vom Reichsrat besetzt ist und der andre staatsrechtlich nicht vorhanden.

Johann Kiefer

Wer vor dem Krieg in Österreich gewesen ist, muß von Generalmajor Johann Kiefer gehört haben. Kiefer war ja berühmt: als der gütigste, der höflichste Offizier der Armee; wohlerzogen, edelherzig – gütig in jeder Faser, höflich von Blut, Seele und Natur.

Was Kiefer erlebte – ich hab es nicht erfunden – es hat sich wörtlich so abgespielt:

Generalmajor Johann Kiefer war Kommandant der inneröstereichischen Kavalleriedivision.

Und als dieser prachtvolle, grundgütige Generalmajor Johann Kiefer eines Tages hörte, daß bei einem seiner Regimenter –

dort unten in Topola, Südsteiermark – ein Fall von Mannschaftsmißhandlung vorgekommen wäre (ein Husar hatte eine Ohrfeige abgekriegt) –, da ließ sich's Generalmajor Johann Kiefer nicht verdrießen, setzte sich sofort auf die Eisenbahn und fuhr schnurstracks nach Topola; versammelte die Offiziere des Regiments um sich – den Obersten und die Rittmeister – und sagte – höflich, wie er von Charakter war:

»Meine Herren! Wir leben im Jahrhundert des Kindes. Ich wünsche, daß Sie meine Husaren wie Kinder behandeln.«

Das liebenswürdige Benehmen des Herrn Generalmajors machte den Rittmeistern Mut. Einer von ihnen – eben jener, der in die Ohrfeigengeschichte verwickelt war – trat vor und sagte:

»Herr General, ich melde gehorsamst, wir beziehen unsre Mannschaft aus den fernsten Wäldern Siebenbürgens. Es sind wahre Bären. Wenn ich so 'n Kerl einsperre, legt er sich mir im Arrest auf die Pritsche und pfeift sich eins und ist froh, daß er kein Pferd putzen muß. Da bleibt dem Unterabteilungs-Kommandanten wirklich nichts übrig, Herr Generalmajor, als mal den Handschuh auszuziehen und den Kerl – ohne Brutalität, Herr General – aber doch mit einiger Energie auf den rechten Weg zurückzuführen.«

»Nein, Herr Rittmeister, nein und abermals nein. Auch im schlechtesten Schurken steckt ein guter Kern – und nur, indem Sie die Leute im Ehrenpunkt packen, können Sie brave Soldaten aus ihnen erziehen. – Herr Rittmeister! Bitte, bringen Sie mir den Mann, mit dem Sie glaubten in Güte nicht fertig zu werden; gerade an diesem Mann möchte ich Ihnen zeigen, wie ich meine Mannschaft behandelt wissen will.«

»Herr Generalmajor, ich melde gehorsamst, es ist ein ganz dreckiger Zigeuner; ich schäme mich geradezu, ihn vorzuführen.«

Divisionär Johann Kiefer

»Das gibt es nicht, Herr Rittmeister. Ich muß den Mann sofort sehen.«

Man brachte den Zigeuner. Nun, der Rittmeister hatte nicht gelogen; das Schwein kam daher … – etwa wie ein Jagdhund, der eben brackiert hat: schmutzig über die Ohren, mit scheu gefalteter Schnauze – das böse Gewissen im Kriegerkleid.

Der General begrüßte ihn mit Geigentönen:

»Nur näher, mein Sohn – du brauchst dich gar nicht vor mir zu fürchten. Weißt du auch, wer ich bin, mein lieber Junge?«

»Der Di…, der Herr Di…, der gnädige Herr Divi…«

»Ganz recht, mein Liebling: der Divisionär. Und du – nicht wahr? – bist Zigeuner. Oh, schäm dich dessen nicht – es ist was Schönes um das freie Leben im luftigen Zelt, unter dem Himmelsdach. Weiß Gott, wenn ich nicht Generalmajor wäre … Aber lassen wir das! Sag, mein Kleiner: wie heiße ich?«

Der Husar schmetternd – man hatte es ihm in hundert Instruktionsstunden tausendmal eingebüffelt:

»Exlex Feldschalleitnant Emmich Plöhn.«

»Du irrst, Bester! Exzellenz Feldmarschalleutnant Emmerich von Plöhn war früher dein Divisionär. Jetzt bin ich es. Ich, Johann Kiefer. Begreifst du? – Wie heißt also dein gegenwärtiger Divisonär??«

»Exlex Feldschalleitnant Emmich Plöhn.«

»Nicht doch, Junge! Hör mich in Ruhe an: Exzellenz von Plöhn war mein Vorgänger. Er ist nach vierzigjähriger, stets belobter Dienstzeit leider allzufrüh verschieden. Da haben Seine Majestät allergnädigst mich zu seinem Nachfolger zu ernennen geruht. Und hier stehe ich. Ich, Generalmajor Johann Kiefer, bin dein Divisionär. – Nun, mein Mäuschen – wie heißt also dein Divisionär?«

»Exlex Feldschalleitnant Emmich Plöhn.«

»Ja, Zigeuner, glaubst du mir am Ende nicht? Der Herr

Oberst, die Herren Rittmeister – alle werden dir bestätigen: Exzellenz von Plöhn ist tot. Der geht dich nichts mehr an – du mußt ihn ganz vergessen. Er geht dich …« – (hier verließ den Herrn General einen Augenblick die Ruhe) –, »der geht dich einen Dreck an. Und an seiner Stelle bin eben ich da: ich, Generalmajor Jo–hann Kie–fer, bin dein gegenwärtiger Divisonär. – Nochmals also: Wie heißt dein gegenwärtiger Divisionär?«

»Exlex Feldschalleitnant Emmich Plöhn.«

Der General wischte sich den Schweiß von der Stirn. »Es ist doch …« murmelte er, »es ist doch …« Und tremolierte von neuem – lächelnd, gütig, scherzend:

»Fangen wir anders an: Husar! Hast du einen Vater?«

»Nein.«

»Du Ärmster! Doch du hast einen Vater gehabt.«

»Nein.«

Der General – um einen Ton lauter:

»Blödsinn – selbstverständlich hast du einen Vater gehabt, du Trottel. Und er ist jetzt tot. An seiner Stelle bist du da. Nun, und ebenso ist es bei mir: Exzellenz von Plöhn ist tot – und statt seiner bin jetzt ich, Generalmajor Johann Kiefer, dein Divisionär. Siehst du mich? Hier stehe ich vor dir, ich, Johann Kiefer. – Wie heiße ich?«

»Exlex Feldschalleitnant Emmich Plöhn.«

»Duu!« ruft der General drohend. »Paß auf, sag ich dir!« – Zu den Rittmeistern (die sich nicht einmal gemuckt haben): »Ich bitte mir Ruhe aus – ich werde es schon noch aus ihm herausbringen. – Aber ich will mich nicht aufregen … Fangen wir mal ganz anders an. – Du bist Husar – wie? Schön, mein Kind, ich bin auch Husar … Laß den Rang beiseite – wir sind Kameraden – Husar und Husar. Wir sehen einander heute zum erstenmal. Wir begegnen einander in der Kaserne – Husar und Husar. Nun möchte ich gern deinen Namen wissen – und du meinen

Namen. Gib acht! Grüß Gott, Kamerad! Wie heißt denn *du*, mein lieber Zigeuner?«

»*Johann Kiefer.*«

Da aber – da holte der General aus und langte dem Zigeuner eine übern Löffel. Und holte nochmals aus und drosch ihm eine links. Er hätte ihm vielleicht noch eine dritte hineingehauen – doch der Rittmeister von Topola sprang dazwischen und sagte:

»Herr General, Verzeihung: der Mann heißt wirklich Johann Kiefer – da ist nichts zu wollen.«

– – – In diesem Jahr ließ sich der Divisionär bei den Siebzehnerhusaren nicht mehr blicken.

Die Geschichte

Sooft ich nach Wien komme, begegne ich ihm auf dem Kärntnerring, dem alten Hauptmann. Nur heißt er jedesmal anders.

»Oh, grüß dich Gott, Roda«, ruft er, »wo steckst denn immer? Du mußt an wahnsinnigen Urlaub haben – i sieg dich scho a paar Wochen net in der Garnison.«

»Ich lebe seit vielen Jahren in Deutschland.«

»Was d' net sagst! Und von was lebst du? – Richtig, du stellst ja Artikeln für die Zeitungen zsamm, hör ich. – Ja. – Alsdann: früher hab ich, zum Beispiel, aa manchesmal so allerhand zsammgstellt – an Sprachunterricht für böhmische Rekruten – und so. Aber es zahlt si ja net aus. Ma hat mehr Unkösten davon, als was es aam einbringt. Richtig ... du, sag amaal: rückst du net hie und da in die Witzblätter ein? Alsdann, waaßt, Freunderl, da waaß i dr a Gschicht, die m–u–ß–t unbedingt in den ›Simplicissimus‹ einrücken. Also so was Komisches – wann da d' Leut net lachen? ... Alsdann: aamal ham mir in der Menasch Speckknödeln – und die Ordonnanz, dös Viech, Walaschek haaßt er, der bringt dir a Schüssel Speckknödel herein – no waaßt, so – faustdick. Auf aamal stolpert er, waaßt, der Ordonnanz – un dö Knödeln, i lüg dr net, die fliegen dir – also so was Komisches – die fliegen dir im ganzen Menaschlokal herum. Also – wann da d' Leut net lachen …? Die Gschicht m–u–ß–t un–be–dingt in den ›Simplicissimus‹ hineinschreiben.«

Häusliches

Kam da im April 1915 das deutsche Korps von der Marwitz in die Karpathen – langsam, Eisenbahnzug auf Zug.

Sprang zu Kaschau der Oberst aus dem Abteil, der schneidige Oberst v. Pritzow, versammelte seine Offiziere in einem engen Kreis um sich und sprach scharf, doch mit gedämpfter Stimme:

»M–e Herr'n!! Wa wern nu Schultanschulter mit unsan östreichischen Vabündten kämpfen. Ick vabitte mir alle dahinjehenden Bemerkungen. – 'ck danke, m–e Herr'n!!«

Bauernlied

Ruft der Richter seine Bauern: »Nehmts den Spaten,
Kummts begraben, kummts begraben die Soldaten!

Sechs Schuh tief und zwanzig Klafter Länge,
Dritthalb Ellen breit, da liegen sie nit enge.«

Alstern haben mir die Grube ausgehoben:
Die Gemeinen unten, Korporale oben.

Seitwärts viere, in der Mitten viere,
Überquer die Herren Offiziere.

Is noch manchen aus der Brust das Blut geflossen,
Sauber haben mir s' mit Kalk begossen.

Drauf den Obersten in aaner Truhe –
Jetz haben die Soldaten ihner Ruhe.

Schwänke

Als ich noch bei der detaschierten Division in Petrinja diente, kam uns einmal der Korpskommandant besichtigen.

Ein gütiger Herr, ein gescheiter Herr – doch voller Schrullen. Er wollte, zum Beispiel, daß die Leutnante in den Familien der ältern Offiziere verkehren.

»Herr Major«, fragte er, »besuchen die Herren Offiziere auch Häuser?«

»Jawohl, Exzellenz«, sprach der Major, »die jüngern Herrän schon. Ich als Stabsoffizier lasse die Mädchän zu mir kommän.«

*

Eines Tages kam ein sehr eleganter Herr zum Herrn Obersten und bat um eine Unterredung.

Eine Viertelstunde später geleitete der Oberst seinen Besucher an die Tür und sagte:

»Herr Baron – so peinlich der Fall ist –, seien Sie versichert: was an mir liegt, wird gewiß geschehen, um die leidige Angelegenheit in Ordnung zu bringen.«

Nachmittags ließ der Herr Oberst seine Offiziere antreten.

Und hielt eine schöne Rede an sie.

Der Herr Oberst sprach von einem gebeugten Vater, der um das Glück seiner einzigen Tochter zittere ...

Und der Herr Oberst sprach von den Pflichten des Kavaliers – einer Dame gegenüber, die vielleicht in einem Augenblick aufwallender Empfindungen zu weit gegangen sein könnte – eben mit diesem Kavalier ...

Und der Herr Oberst sagte: er wolle keinen Namen nennen und die Angelegenheit überhaupt möglichst diskret behandeln – der betroffene Herr würde schon selbst fühlen, was er zu tun hat.

Am selben Abend hielten drei Leutnante und fünf Rittmeister um die Hand der Oberstentochter an.

Die schöne Gebärde

Auch im Morgenland hat man es jetzt mit der Sachlichkeit, Rationalisierung, und es ist sicherlich gut so. – Ich aber liebte die alten schönen Gebärden des Morgenlandes, habe mich immer daran gefreut.

Im November 1915 rückte das Deutsche Alpenkorps kämpfend in das Sandjak Nowibasar. Es leben da viele Türken; die Türken jubelten den Deutschen zu, grüßten sie als Verbündete und Befreier.

Sie jubelten nicht nur, sie halfen den Deutschen auch nach Kräften – den Patrouillen, zum Beispiel, gaben sie kundige Führer mit ins unwirtliche Gebirge.

Einer dieser Führer aber, ein gewisser Hussejin, erwies sich als Feigling: beim ersten Schuß der Montenegriner lief er davon, ließ die Patrouille in der Patsche.

Man fing ihn wieder – doch was nun? Ihn niederschießen nach Kriegsbrauch? Der Patrouille hätt es nicht mehr geholfen, und die andern, die braven, die anhänglichen Türken waren vielleicht gekränkt. – Der deutsche General beschloß, den Feigling Hussejin den Türken auszuliefern – sie selbst sollten Urteil fällen über ihren Mitbürger.

Und da ich eben als Dolmetsch aushalf beim Alpenkorps, hatte ich Hussejin zum Kaimekam zu bringen, dem Landrat von Nowibasar.

Wir machten uns auf, feierlich genug: vornan die Patrouille, ihren Leutnant an der Spitze, mitten drin in Eisen der Verbrecher, ich, der Dolmetsch zuletzt.

Der Kaimekam war verständigt, erwartete uns schon; thronte, kostbar gekleidet, auf dem Diwan – rechts und links thronten seine Beisitzer. Hadji Aga Tschilerdjitsch hieß der Landrat.

Ich brachte die Klage vor – der Landrat gab mir zunächst auf, dem Herrn deutschen General Dank zu sagen von den Türken; sie wüßten das Vertrauen des Herrn Generals in ihre Gerechtigkeit wohl zu schätzen und würden sich würdig erweisen dieser hohen, die türkische Gemeinde fast beschämenden Gnade.

Der Prozeß gegen Hussejin dauerte denn auch kaum eine Minute; die Beratung der Richter war ein Augenspiel, ein kurzes, ernstes Nicken.

Dann sprach der Kaimekam zu mir:

»Der du unsre Sprache redest – weißt du auch Bescheid um die Gesetze unsres Glaubens? Wenn du Bescheid weißt um die Gesetze des Korans – asimuschan! – so bestelle deinem Herrn General einen untertänigen Selam von uns und unsre Botschaft:

Hussejin, der hier gefesselt steht, Auswurf der Menschheit – er konnte sich, indem er auf dem Schlachtfeld für den Islam fiel, das Paradies erkaufen. Doch er wollte sein elend Leben retten und hat sich die Hölle erkauft: wir werden ihn in den tieftiefsten Kerker werfen, darin soll er schmachten bis zum letzten Hauch; nie wird er die weiße Sonne erblicken, nie den goldnen Mond – nie den Abendruf des Gebets vernehmen, nie das Krähen des Hahns – sein Name aber wird verflucht sein und ausgelöscht aus dem Gedächtnis der Menschen.

Das bestelle du dem Herrn deutschen General als Botschaft des Landrats von Nowibasar – nebst einem demütigen Selam und Machsus-Selam, Gruß und Abergruß der gesamten türkischen Bevölkerung.«

Die Schergen übernahmen den armen Hussejin und führten ihn von dannen.

Nachmittag, auf der Straße, begegnete mir Hussejin fröhlich, mit den Händen in den Hosentaschen, und pfiff sich eins.

Perlmutter

Eines Samstagmorgens im Januar 1918 – an einem Tag also, wo im Orionnebel Myriaden neuer Sonnen zu formen waren; auf Alpha Cygni spritzte die größte Protuberanz des Alls; und am Rand der Milchstraße sollten ururalte Glutwelten zusammenstoßen – was man da zu tun hat, damit alles, wie es seit Äonen vorbestimmt ist, klappt! – – an diesem Samstagmorgen erhob sich im Tempel zu Tultschin, Bezirk Brazlaw, Gouvernement Podolien, Südrußland, helles Geschrei.

Zu Gott drang es gar nicht. Er hatte andres zu tun.

Die Juden im Tempel von Tultschin wurden noch lauter; fochten mit den Armen und wiegten sich und geiferten vor geistlicher Wut:

»Höre uns, Adonai Elauhenu!«

Zu Gott drang es wie ein Gemurmel.

Er kehrte sich nicht daran. Die Protuberanz aus Alpha Cygni donnerte in unerschauter Höhe.

Da tobten die Juden von Tultschin wie noch nie, kullerten mit den Augen und schlugen sich die Fäuste in die Rippen und brüllten. Es ließ sich nicht mehr überhören.

›Ach‹, dachte Gott, ›was wird es viel sein? Die in Tultschin sind immer so übertrieben. Wenn einer von ihnen ein Kopfstück kriegt, jammern sie gleich: ä firchterlicher Pogrom.‹

Und er fuhr fort, die Protuberanz zu heizen.

Nun verfielen die Juden von Tultschin in Raserei.

Gott schüttelte das allweise Haupt und seufzte. Sie lassen Einen auch nie in Frieden, diese Juden. – Doch schließlich sind sie Sein auserwähltes Volk, wirklich arme Hunde, die Ihn von Anbeginn treu im Herzen tragen – um Gotteslohn. Er hat was für sie übrig. Er ließ Alpha Cygni sein und fragte gütig:

»In Gottes Namen also, Juden von Tultschin! Was iiis??«

Sofort wollten alle, alle durcheinander reden.

»Still!« mahnte Gott väterlich-energisch. Und erteilte das Wort dem Rabbi.

Der Rabbi sprach:

»Herr der Heerscharen! Wo is geblieben ünser Moise Perlmutter?«

– – – Man muß sich das Hirn eines Schachspielers vorstellen, der zwanzig Blindpartien auf einmal spielt: zwanzig Schachbretter mit je vierundsechzig Feldern, auf jedem Brett zweiunddreißig Figuren, wirbelnd in Angriff und Abwehr. Man wird die Riesenleistung von Verstand, Einbildungskraft und Gedächtnis nicht erfassen.

Nun: Gott! Ameisenschwärme zählen, die aus dem Delta des Ganges aufflattern – bei Schneider in Creuzot werden hundert Schiffsschrauben gegossen – achten, daß kein Unglück geschehe – in Patagonien flehen 47 Feldmarschalleutnantswitwen um Erhöhung ihrer Pension – auf Cypern Aufruhr – der Orionnebel speit Sonnen – die Protuberanz von Alpha Cygni spritzt – Glutwellen am Rand der Milchstraße im Zusammenstoßen ... – –; und in diesem Augenblick stöhnen die Juden von Tultschin nach Moise Perlmutter.

Da geschah, was kein Theologe uns je erklären wird: Gott, der Allwissende, der erhabene HErr des Raums, errötete.

Er biß Sich auf die Lippen. Er schämte Sich ungeheuer: ertappt wie ein Volksschüler zu sein auf einer Lücke des Wissens.

›Zum Teufel‹, dachte Er, ›wie hat es Mir nur entfallen können?‹ – Schnell wie der Blitz ging er die Liste Seiner Juden durch. Die Liste der Menschheit. Wer, wer ist Moise Perlmutter? Na ja, der Weltkrieg. Die Revolutionen. Wie das die Menschen mischt und quirlt! Kein Wunder, daß einem solch ein einzelner abhanden kommt. – Aber es muß sich doch feststellen lassen, wer und wo dieser Moise ...

Langsam, Alter – nur die Ruhe kann es machen! Und der HErr fing mit Seinen Gedanken von vorn an:

Adam-Eva-Apfelbaum; Kain, Abel, Noah; Abraham; die Pharaonen; die großen, die kleinen Propheten; die römischen Könige, Republiken, Kaiser; die Franken, Hohenstaufen, Habsburger und Zollern. Die Schlacht bei Marathon fiel ihm ein, 490 v. Chr., Wenzeslaus IV. der Faule (1378–1400) und das tragische Ende der Kuh des Mautbeamten Lakatosch, Trentschin-Teplitz, 27. August 1917. – Wer aber ist ...?

Es währte nicht länger, als der Sturmwind braucht, ein welkes Laub zu pflücken – da besann sich der HErr:

›Moise Perlmutter ... Ist das nicht so ein kleiner Schwarzer? Natürlich. Natürlich. Ich habs: der Sohn des Gebetriemers und Talmudgelehrten Srole Perlmutter, Tultschin, letzte Post Demkowko, Hausnummer 72. – Ah, Talmudgelehrter! Darum schreien die in Tultschin so laut um ihn.‹

›Meiner Seel‹, sagte Sich Gott, ›diesen kleinen krummbeinigen Perlmutter hatte ich vergessen.‹

Es kochte die Protuberanz auf Alpha Cygni weiter – die Welten der Milchstraße prasselten – der Orion spie. Und Gott der Allgütige forschte dem kleinen Perlmutter nach.

Von der Geburt bis zur Einreihung Moises in die 3. russische Schützenbrigade, 9. Bataillon, sah der HErr Perlmutters Schicksal klar vor sich. Dann aber? Was war dann mit ihm geschehen?

Gott suchte in den Grundbuchblättern des 9. Bataillons. Schweinewirtschaft; sie waren alle durcheinander.

›Vielleicht ist Moise gestorben‹, dachte Gott. – Dann aber müßte seine Seele aufzufinden sein.

Der HErr telephonierte nach der Hölle, Israelitischer Abschnitt, Kessel P. – Zahlreiche Perlmutter, aber kein Moise.

Im Himmel: Perkeo, Perl, Perlbach, Perlepsch, Pernik, Pernwald – doch kein Perlmutter.

Da wurde Gott ungeduldig. Er flog nach Mesopotamien – und was noch nie geschehen war seit den Tagen des Paradieses: Gott durchbrach die Naturgesetze; knetete eine Handvoll Lehm zurecht, hauchte Seinen Odem darein und schuf Perlmutter den Zweiten.

Perlmutter der Zweite kam nach Tultschin.

– – – Der submissest unterzeichnete Erzähler dieses Geschehnisses möchte den Leser nicht mit des neuen Perlmutter seltsamen Schicksalen langweilen. – Es ward eine Verwirrung ohnegleichen: Moises Frau hatte plötzlich einen Gatten, der dem bisherigen glich – aber – im Stand paradiesischer Unschuld, wie er war – die Pflichten der Ehe nicht begriff. Hierauf Geheul, Unverstandensein, Scheidungsklage.

Die Juden von Tultschin errieten, daß Gott, dem biblischen Gebot entgegen, am heiligen Samstag statt zu ruhen geschaffen hatte. Sie schäumten vor Verachtung.

Schließlich kam noch der richtige Perlmutter wieder – er war siebenter Gehilfe gewesen beim Volksbeauftragten für Sozialisierung von leeren Kognakflaschen und hatte aus Hochmut lange nicht nach Haus geschrieben.

Perlmutter der Zweite, um eine Rippe zu reich, legte sich hin und hatte die Brustfellentzündung.

Da berief ihn Gott der HErr von der Erde ab. Das Klügste, was Er unter sotanen Umständen tun konnte.

Das Apfelbäumchen

AUS DEM AMERIKANISCHEN SCHULLESEBUCH

Man zählte das Jahr 1817. Zu Spencer-County, Staat Indiana, im Garten des alten Mr. Lincoln trieben sich zwei Knaben um, sie bauten Zelte und Häuschen.

So geschah es, daß sie, um Holz zu gewinnen, ein Apfelbäumchen umhieben.

Der alte Lincoln kam heran, sah den Schaden und wehklagte:

»Ach, welcher Bösewicht hat mein hübsches Apfelbäumchen gefällt, das ich doch zum Andenken an meine Hochzeit eigenhändig gepflanzt und seither wie meinen Augapfel gehütet habe?«

Einer von den beiden Knaben (die doch gleicherweis gesündigt hatten) zeigte hämisch auf den andern und feixte:

»Mr. Lincoln, Ihr Apfelbäumchen gefällt hat ganz allein Ihr braves Söhnchen Abraham.«

Der kleine Abraham aber rief:

»Jawohl, Vater, das habe ich getan.«

Da sagte der alte Lincoln:

»Ich merke sehr wohl, wer hier Angeber ist und wer tapfer die Schuld auf sich nimmt. – Deine Wahrheitsliebe, mein Abraham, wird einst belohnt werden – du in deiner Rechtlichkeit sollst zu den höchsten Würden aufsteigen, die ein amerikanischer Bürger erklimmen kann – wirst Präsident werden der Vereinigten Staaten, 1861 bis 1867. – Du hingegen«, der Alte hatte sich an den andern Knaben gewandt – »du verlogener Taugenichts, der du deine Missetat ableugnest ...«

»Mr. Lincoln«, unterbrach der Angeredete, »strengen Sie sich nicht an mit übeln Prophezeiungen! Ich bin James Buchanan, Vorgänger Abraham Lincolns in Washington, Präsident der Union 1856 bis 1861.«

Kansas

Es ist das ein Erlebnis im Schlafwagen – ab Saint Louis sieben Uhr abend, an Hutchinson, Kansas, neun Uhr vormittag. – Die Schlafwagen in Amerika sind nicht, wie unsre, in Kabinen abgeteilt – die Gelasse sind nur durch Vorhänge getrennt.

Lispelt Macpherson seiner Freundin zu:

»Schatz, hab wieder einen Augenblick Geduld ... Der schreckliche Leibschmerz hat sich noch nicht beruhigt ... Ich bin gleich zurück ...«

Zum sechstenmal in dieser Nacht. Entweder ist der Hummer in Saint Louis verdorben gewesen oder die Ice-cream; wenn nicht gar der Whisky giftig war.

Zum sechstenmal in dieser Nacht ... Miss Sylvia, Tänzerin aus der »Alhambra«, Saint Louis, seufzt. Schöner Week-end-Ausflug das!

Ein Mr. Collin im Nachbarverschlag hört dies Seufzen und flüstert:

»Miss Sylvia!«

»Wer sind Sie? Was wollen Sie?«

»Leise, um des Himmels willen, Miss Sylvia! Ich bin es, Ihr glühender Bewunderer – der blonde junge Mann, der gestern abend in der Loge an der Bühne gesessen hat. Goddam, ich gäbe hundert Dollar drum, wenn ich Ihre Bekanntschaft machen dürfte.«

»Sind Sie verrückt?«

»Wahrscheinlich, Miss Sylvia. Infolge Ihrer schönen Augen.«

»Noch ein Wort und ich kratze Ihnen die Ihren aus.«

Kommt in dieser Sekunde Macpherson von seinem schweren Gang zurück; hat Sylvias Zornesausbruch vernommen; verlangt Aufklärung; und bekommt sie: Sylvia, das dumme Ding, erzählt, was ihr passiert ist.

Eh aber Macpherson seinen unglücklichen Nebenbuhler Collin hat empört aus dem Fenster schmeißen können, den Wölfen der Prärie zum Fraß – leider gibt es in Kansas keine Wölfe –, eh überhaupt noch ein einziges böses Wort gefallen ist, steht ein wildfremder, wildbärtiger Mann da, im Nachtgewand, vor Collins Bett und richtet einen furchtbaren Revolver auf den armen Sünder.

»Aber!« stammelt Collin. »Was wollen Sie? Sie? Ihnen habe ich doch nichts getan?«

Da sagt der Fremde fest und sonor:

»Habe alles gehört. Bin aus dieser Gegend. Ich dulde nicht, daß man die Preise in Kansas so hochtreibt.«

Blau Blut

In Potsdam hatten die Granow ihren Familientag.

Kam der jüngste Seitensproß, Leutnant der Reichswehr-Kavallerie, auf die Ahnfrau des Geschlechtes zu, schlug die Hakken zusammen, verbeugte sich und sprach:

»Ah! Gnädigste ebenfalls anwesend?«

Großtante Ursula v. Granow ist schwerhörig. Sie fragte sehr interessiert:

»Wie?«

Der Leutnant – lauter:

»Gnädigste ebenfalls anwesend?«

»Wie?«

Onkel trat dazwischen und brüllte:

»Ob de hier bist.«

*

Der General a. D. v. Kämitz pflegt seinen Frühschoppen im Tirolerstübchen zu trinken.

Eines Tages findet er alle Tische von Fremden besetzt; bleibt in der Tür stehen und murmelt – etwas zu laut:

»Keen eenziger anständiger Mensch hier.«

Da fliegt ihm ein Bierfilz an den Kopf.

»Pardon. Eener«, sagt der General.

*

Jüngst war ich bei Herrn v. Mollnow zu Besuch.

Ein herrliches Gut, dieses Mollnow, seit Urzeiten im Besitz der Familie.

Als es Abend war, tranken wir noch zwei, drei Pullen – dann hieß es schlafen gehen.

Ich bin gewohnt, im Bett zu lesen.

»Können Sie mir was Gescheites geben?« fragte ich.

Herr v. Mollnow, der Gastfreundliche, stand auf und rief, daß es weithin durchs Haus scholl:

»Das Buch! Das Buch! He, Minne, Trine, Line – wo ist das Buch?«

Man suchte stundenlang; und fand es nicht; obwohl sich Herr v. Mollnow bestimmt erinnerte, eines gehabt zu haben.

*

Unser Tapezierer klagt seit Jahren über eine Baronin Veltzow – sie ist ihm ein paar Mark schuldig und zahlt nicht.

Unlängst, erzählt der Tapezierer, war er wieder bei ihr jammern.

»Frau Baronin, ich bitt, i hab aa mei Außenständ – d' Leut saan unbarmherzig un verklagen mi. Wann Sö mir möchten unter d' Arme greifen, daß i wenigstens könnt das Dringendste begleichen ...«

Die Baronin sprach:

»Lieber Freund, ich komme nicht einmal dazu, meine eigenen Angelegenheiten zu ordnen – und nun sollte ich auch noch anfangen, Sie finanziell zu rangieren?«

Das Abenteuer des Studenten

Gnädigste, ich will Ihnen eine Geschichte ohne Pointe erzählen: das Abenteuer eines Nürnberger Studenten.

Dieser Schiefer, Alois Schiefer, war gestern spät in Berlin angekommen; schlief die Nacht in einem kleinen Hotel dicht am Bahnhof. Morgens vollzog er Katzenwäsche an sich, packte seine Siebensachen wieder; bezahlte dem Portier die Rechnung – keinen Pfennig mehr als nötig, denn man muß sparen – und mit dem Kofferchen in der Hand ging Schiefer auf Wohnungssuche. Er wußte Bescheid in Berlin, vom ersten Semester her; da zielte er gleich in die passende Gegend: nördlich der Universität.

Zwei Nachfragen gingen fehl.

Der dritte Versuch aber – hier kam Schiefer gar nicht zur Überlegung.

Hatte nämlich den elektrischen Taster kaum berührt – ein reizendes Mädel empfing ihn an der Flurtür. Als er schüchtern Laut gab, er komme wegen des möblierten Zimmers – draußen ist es angekündigt, da führte ihn das Mädel geschwinde, lachend weiter; musterte ihn einen Augenblick und sagte: »Ja, Sie sind der Richtige«; und zwang ihn auf einen Stuhl, saß ihm schon dicht gegenüber; schüttelte ein wenig die Mähne, platinblonde Mähne, und rief, die Zähnchen blitzten: »Rasch, ehe die Mietfrau kommt: gefällt Ihnen der Raum?«

Schiefer, Alois Schiefer, verwirrt von Mädels hurtigem Gebaren, sah sich scheu um. »Das Zimmer ...?« stammelte er. »– so groß ... so schön ... es ... es wird mir zu teuer sein.« – Mußte aber schon ein wenig lächeln; weil eben das Mädel lächelte.

»Fünfzig Mark«, sagte sie.

»Ist mir leider zuviel.« – In dem »Leider« klang ein halbes Volkslied mit – so gedehnt sprach er das Wort und ausdrucksvoll.

Sie – kurz und dringlich: »Was wollten Sie denn anlegen?«

»Höchstens dreißig.«

»Wenn aber eine Frau das Zimmer mit Ihnen teilt – werden Sie vierzig zahlen?« – Sie legte ihre Hand auf seine Schulter; eine leichte Hand – er trug ziemlich schwer daran. Wo will das Mädel hinaus?

Selbst der Jüngste und Schüchternste hat Ansätze in sich zum

Weltmann. Schiefer kam sich jetzt sehr erwachsen vor … Eine Frau soll das Zimmer mit ihm teilen – ist ihm das monatlich zehn Mark wert? – Er sagte: »Wird auf die Frau ankommen. Wer … wo ist sie?«

Das Mädel war aufgsprungen. »Sie steht vor Ihnen.« – Und lachend, langsam drehte sie sich um ihre Achse, um sich von allen Seiten besehen zu lassen.

Bezaubernd. Hübsch, lustig, frisch, wohlgewachsen – zum Anbeißen. –Schiefer schlug natürlich sofort ein.

– – – Es kam ganz anders, als er sich's gedacht hatte.

– – – Lore übt einen anstrengenden Beruf aus: sie ist – dort in der Friedrichsstadt irgendwo – Bardame. Nachmittags beginnt ihr Dienst.

Um zwei Uhr morgens kommt sie heim – die Abrechnung im Geschäft dauert so lange – Sonnabends bis fünf. – Lore trinkt nicht Alkohol, verabscheut Alkohol – immerhin, auf ihrem Platz hinter der Theke muß sie mit ihren Gästen einen Tropfen nippen; muß vor allem aufgeweckt sein, amüsant – sonst würde sie vom Fleck gekündigt.

Da ist sie morgens, wenn sie heimkehrt, angeregt; kann nicht gleich schlafen.

In der ersten gemeinsamen Morgenfrühe hat Lore ihrem Alois ein kindisch einfaches Kartenspiel beigebracht. Das treiben sie eine Stunde. – Lore ist hungrig; sie streicht sich Butterbrote und verschlingt sie.

Alois wollte die Idylle ausbauen – zum nahliegenden Verhältnis von Mann und Frau.

»Junge«, sagte sie freundlich-ernst, »das schlag dir aus dem Kopf – ein- für allemal! Die Männer belagern mich täglich viele Stunden und setzen mir oft so hart zu, daß ich mich handgreiflich zu wehren habe. Nein, Junge – ich hab es satt, mich anschmachten, umschmeicheln zu lassen – du mach es nicht!

Love

Wenn du mir wohltun willst – ich stehe mutterseelenallein auf der Welt –, wenn du mich liebst, sei mir ein Bruder. – Sehnst du dich nach einer Freundin? Such dir eine – lade sie zu dir ein am Abend, wo ich im Geschäft bin – ich habe nichts dagegen. Erzählen, bitte, sollst du mir nichts davon.«

– – – Lore kommt, wie Schiefer, aus der Provinz, aus Anklam. Sie hat eine freudlose Kindheit gehabt – im Haus einer armen, mürrischen Tante; und keinen Ausblick in kommende rosigere Zeiten dort in der klammen Heimat. Was sollt aus ihr werden – selbst Schreiberinnen gibt es übergenug? Zuhöchst: Angestellte eines Spielzeugladens – dieser Gipfel des Lebens ungefähr lag ihr erreichbar. Schuften, stehen vom Morgen bis zum Abend. Und das bis ins Alter?

Da fuhr sie eines Tages auf und davon, in die Hauptstadt. Niemand warnte sie, niemand weinte ihr nach: Tante war froh, sie los zu sein.

Bardame – ein gefährliches Gewerbe, gewiß. Doch – nicht wahr? –, es gibt auch Seiltänzerinnen, und sie stürzen nicht ab; Lore getraute sich die Kraft zu und Gewandtheit, in der Balance zu bleiben; an Kühnheit ein heutiges Mädel; die Balance hat sie von gestern …

– – – Nach einem Tag – nach einer Woche – vier Wochen geschwisterlichen Hausens – immer versuchte Alois Schiefer, die Seiltänzerin aus dem Gleichgewicht zu reißen. Mit wachsender Glut.

Vergebens.

Da beschied er sich mit seinem Los.

Er ist ein guter Bursche; und genießt innig die stille Wonne: ein schönes, anheimelnd sympathisches Geschöpf so zärtlich und doch unberührbar nah bei sich zu haben – ihren holden Anblick zu schlürfen, ihren Duft zu atmen.

Das geht schon Monate so.

Eine Geschichte ohne Pointe, Gnädigste. Sollte die Geschichte aber je zu einer Pointe führen – und wie könnte ein Ende ausbleiben, das wie das Schwert des Damokles an spinnwebdünnem Faden über den zwei Häuptern hangt ...? –, sollte die Geschichte je zu einer Pointe führen, wird es um allen Reiz der Situation geschehen sein; denn das Ende ist ja banal ...

Am Tor des Paradieses

Und Gott, der HErr sprach: Siehe, Adam ist worden als unser einer und weiß, was gut und böse ist. Nun aber, daß er nicht ausstrecke seine Hand und breche auch von dem Baum des Lebens und esse und lebe ewiglich!

Da ließ ihn Gott, der HErr aus dem Garten Eden, daß er das Feld baute, davon er genommen ist;

Und trieb Adam aus und lagerte vor dem Garten Eden den Cherub mit dem Flammenschwerte, zu bewahren den Weg zu dem Baum des Lebens.

Eva war maßlos empört. Wild schüttelte sie das Haupt und rief:

»Pe! Wenn Sie das mit dem verbotenen Apfel haben symbolisch gemeint, hätten Sie es müssen gleich sagen. Und gegen zwei arme unbewaffnete Jüden geht mä nix gleich los mit enem Flammenschwert.«

Der alte Degen

Karafran, Fürst der hotischen Albaner, ist nach Berlin gekommen: um die Eichenwälder seiner Heimat zu versilbern.

Im Verlauf der Unterhandlungen gerät er ins Kabarett; und

sitzt da gestern zu später Stunde der alte Balkanlöwe, mit einem Berliner Mäuschen auf dem Knie.

Und der Alte erzählt dem Mäuschen Geschichten aus seinem Leben; erzählt, wie er sein Auge verloren hat (er ist nämlich einäugig): acht Jahre, erzählt der Balkanlöwe, war er Gefangener des Sultans Abdul Hamid in Kostuma; das ist da in Kleinasien. Eines Tages verspürte er eine Reizung im Bindehautgewebe des Auges – und verlangte nach einem Arzt. Es kam der Leibarzt des Sultans und spritzte dem Balkanlöwen eine furchtbare Flüssigkeit ins Auge. Im Nu war das Auge verloren. Da riß der Balkanlöwe die Pistole aus dem Gürtel und brannte den Leibarzt des Sultans auf dem Fleck nieder. So hat der Balkanlöwe sein andres Auge gerettet.

Das Mäuschen auf den Knien des Balkanlöwen zittert vor Grauen.

Und der Balkanlöwe erzählt von seiner Ehe mit der Prinzeß Dju-Dju: drei Jahre, erzählt der Balkanlöwe, war er verheiratet mit Prinzeß Dju-Dju; und die Ehe war kinderlos geblieben. Es ist eine schreckliche Schande, kinderlos zu sein – auf dem Balkan. Und als die Ehe auch das vierte Jahr kinderlos bleiben sollte, da holte die Schwiegermutter das Gewehr vom Nagel und schoß die Prinzeß Dju-Dju übern Haufen.

Das Mäuschen auf den Knien des Balkanlöwen bibbert vor Grauen.

– – – Eben bin ich der kleinen Berlinerin wiederbegegnet, dem Mäuschen; und frage sie: »Na, was hast denn du gestern noch mit deinem Balkanlöwen erlebt?«

»Roda«, sagt sie, »laß das! Eens kann ick dr schwören: die arme Prinzeß Dju-Dju is unschuldig jestorben.«

... Das große Turnier am Plattensee öffnete mir die Augen.

Ich war erst ein Jahr zuvor in den Fechtsport geraten – halb unfreiwillig, vom Campagnereiten her, nach einem gottvermaledeiten Hufschlag, der mich für wenigstens zwei Saisonen aus der Bahn schmiß – und das Fechten war nur ein Trost für mich im Unglück.

Ich arbeitete: Säbel rechts – Fleuret links. Damit meinte ich – Gott weiß, wie – gescheit zu sein, mich zu »spezialisieren«. Es war ein schwerer Fehler. Der Linkser ist ja sehr im Vorteil; ein erwachsener Mensch kann aber nicht künstlich Linkser werden.

Zu spät sah ich es ein und befaßte mich nur mehr mit dem Säbel.

Damals war eben die Italienische Schule aufgekommen. Die ältern Meister, Franzosen, konnten nicht mehr umlernen, unterlagen überall: in Ostende, Wien, Florenz, selbstverständlich; sogar in Paris. Wir Jungen, Italiener, feierten etliche Monate leichte Siege.

Ich war mächtig bei der Sache. Wiewohl es ein grausames Training war:

7 bis 9 Gelenkübungen – tiefe Kniebeuge; Aufstehen in zwölf Zeiten; Schritt vorwärts – Schritt rückwärts; Patinando – Palestra.

9 bis 11 Lektionieren – bloß im Drillichkittel; damit man jeden Hieb ordentlich spürte.

Dann Turnen und Assaut.

Gut, das alles hätt ich gern ertragen; aber Alkohol, Tabak verboten; verboten vor allem die Weiber. Der Teufel halte das aus – bei solchem Muskelstählen.

Und der Gewinn? Fechten ist der blödsinnigste Sport: wenn der Gegner auf das Comment pfeift, bist du wehrlos; es geht dir wie den alten Rittern bei Morgarten: die Schwyzer Bauern schlugen sie mit Knüppeln tot.

Ich glaubte an das ganze Gewerbe nicht.

Und meine persönliche Eignung? Wie gesagt, da hat mir das Internationale Meeting am Plattensee die Augen geöffnet: es traten Barbasetti, Gazzera, Santelli auf die Planche – nicht einmal Gregurich, Preisträger von Genua, mit seiner berühmten Säbel-Appuntata und Müller mit den kurzen Terzriposten konnten bestehen.

Für mich natürlich erst recht keine Chance weit und breit. So beschloß ich denn schon am ersten Morgen, mitten in der Poule, das Fechten sein zu lassen. Nicht nur das Turnier; nein, das Fechten.

– – – Das Komitee hatte uns herrlich einquartiert – die Ungarn verstehen das. Ich wohnte in einer wunderschönen Villa als Gast eines Fünfkirchner Großhändlers.

Besser gesagt: als Gast der Frau; der Großhändler und sein Schwiegersohn werden erst zu week-end kommen.

Ich zündete mir eine Zigarette an – die erste seit einem Jahr; trank einen Schnaps – ersten seit einem Jahr; und sah mich nach einer Frau um.

Ich hatte Auswahl: die Dame des Hauses – fabelhaft; groß, frisch, temperamentvoll – eine Venus. Ihre Tochter: wild, anmutig – eine Nymphe. Man konnte sie für Schwestern halten. Beide frisierten auch die gleiche Haartracht: Defreggerzöpfe und darin Steckkämme mit Korallen. Die blaßroten Korallen im braunen Zopf: bezaubernd.

Ich will es ganz kurz erzählen:

Eine Weile spielte ich den Esel zwischen zwei Heubündeln. Doch ich war entschlossen, heut nicht zu verhungern.

Zuerst versuchte ich es bei der Tochter: mit dem Feuer eines Menschen, der Frauen immer geliebt hat, doch seit Äonen tiefe

Kniebeuge üben mußte – Aufstehen in zwölf Zeiten; Schritt vorwärts – Schritt rückwärts; Patinando und Palestra.

Die junge Frau hieß Lise. Ein Neuling, offenbar doch schon enttäuscht von ihrem Mann – vielleicht, ohne sich's selbst noch einzugestehen: »Die Kämme«, sagte sie, »mit den Korallen – beide ein Paar – sind ungefähr das einzige, was wir von Albert haben.«

Albert stak in Budapest, auf der Börse. – Lise und ich lustwandelten im blühenden Garten.

»... was *wir* von ihm haben ...«, hatte sie gesagt, sich und Mama damit gemeint. Ich schloß daraus vielerlei – auch: daß Albert den Pfad zu Lise einst mußte auf dem Umweg über Mamas Herz gegangen sein.

Ich war entflammt von Lise. Grade ihre zögernde Unschuld reizte mich.

Ich setzte ihr hart zu.

Sie redete an meinen Werbungen vorbei; tat, als verstehe sie nicht ... Darin war sie eine Deutsche: deutschen Frauen muß man erst ausdrücklich sagen, was man von ihnen will.

Ich tat es – da war sie empört.

Ich begütigte sie – nun ließ sie sich wenigstens auf Unterhandlungen ein. Wie Frauen pflegen: sie kam mir mit ihren Gewissensqualen: »sie könne doch ihrem Mann nicht untreu werden.« – Ich mag nicht, daß Frauen in diesem Zusammenhang ihren Mann erwähnen; es ist taktlos. Immerhin – schon die Diskussion der möglichen oder unmöglichen Erhörung war etwas; ein kleiner Schritt zu mir. Eine Erwägung ist eine Frage. Auf eine Frage kann man Nein antworten oder Ja.

»Gnädigste«, rief ich, »lieben Sie Hasenbraten?«

»Gewiß.«

»Und Apfeltorte?«

»Auch.«

Lise und Mama

»Nun, glauben Sie den Hasen zu betrügen, wenn Sie Apfeltorte essen?«

Da nannte sie mich einen Zyniker.

Mama, Lise und ich gingen ins Kurhaus. Lise sah dem Fechten zu – und der Anblick der schönen bewegten Menschen konnte sie auch nur zu meinen Gunsten stimmen ... Doch der Gedanke war ihr zu neu – sie brauchte Zeit.

Ich aber: brauchte eine Frau.

Ich schaltete alle Vernunft aus und ging, verliebt wie ich war, aufs Ganze; bot ihr auch das Ganze: sie sollte sich scheiden lassen und mich heiraten.

Kaum hatte ich es gesagt, so reute es mich. Ich – heiraten? Jetzt, in meiner schönsten Jugend? Wahnsinn.

Nun, man wird ja hören, wie es ausging:

Vor Abend schmeichelte ich ihr wiederum – abermals vergebens. Darauf wurde ich ärgerlich – und nach Knabenart brutal:

Beim Nachtessen – die schöne Mama, Lise und ich – bestrafte ich sie; ebenso glühend wie ihr heute nachmittag – schade, daß keine dritte Frau zur Hand war – machte ich nun Mama den Hof.

Ich will es ganz kurz erzählen:

Wir tranken Sekt, waren etwas beschwipst – alle drei, ganz leicht. Immerhin – die Sinne werden wach – man spricht allerhand und bekommt allerhand zu hören, was man ohne Wein nicht spräche und nicht hörte.

Etwas früher, als ich mochte, hoben die Frauen die Tafel auf. Und übermütig, wie wir waren, nahmen wir die Girandolen vom Tisch – und mit Lachen und Singen, ja, mit Singen brachten mich die Frauen den Flur entlang nach meinem Fremdenzimmer; wünschten mir geruhsame Nacht, ließen sich die Hände küssen – und ich war allein.

Der Tag ging mir durch den Kopf; der Tag und mein Jahr.

Ob es nicht doch dumm war, Lise freizugeben? In letzter Abendstunde? Vielleicht hätt es nur mehr einer Anstrengung bedurft ... Meiner Seel, wenn ich mir sie vorstellte, die ranke Nymphe: nicht einmal der Preis meines Junggesellentums schien mir zu hoch.

Hatte ich aber die Frau nicht erlangt: warum – wozu war ich aus dem Turnier geblieben? Die Berufsitaliener sind mir freilich überlegen. Doch die Amateure aus Budapest – Szárvassy, Eleméry? Ich konnte Glück haben. Glück zwingt oft Kunst und Form nieder. Warum, warum, wenn ich schon da war nach einem harttrainierten Jahr, hatte ich die Flinte ins Korn geworfen? – vielmehr den Säbel?

Dachte alles durch und ... schlief.

Nun aber geschah etwas Unerwartetes:

Ich kann noch keine Stunde geschlafen haben, als ich jemand bei mir fühle.

Ich will Laut geben – freudig oder fragend –, sie hält mir energisch mit der Hand den Mund zu.

– – – Ach, und als der schöne, wunderschöne Spuk von dannen war ...

Als es vorüber war, da machte ich Licht; setzte mich kerzengrad im Bett auf und sann:

Ade, Freiheit! Nun heißt es unausweichlich ernst machen; heiraten.

Schade. Es hätt nicht sein müssen. Es hätt nicht sollen sein. Jammerschade. Verflucht und zugenäht! Himmelherrgottsakra!

Doch da ich nun einmal mein Wort gegeben habe?

– – – Am Morgen, eh ich mich noch ankleidete, zelebrierte ich, ganz allein für mich, eine kindische Messe:

Ich nahm meine drei Klingen vor, die ich mithatte – küßte

jede einzeln – und brach sie einzeln übers Knie. Denn wenn ich nun Lisels Mann werden muß – verflucht und zugenäht –, was soll mir noch mein Sport?

– – – Und wiederum geschah etwas höchst – aber schon höchst Merkwürdiges:

Im Garten gongt man zum ersten Frühstück – so haben wir es gestern verabredet.

Ich mache mich fertig, stecke Uhr und Brieftasche ein – ade, Junggesellenfreiheit! – so werd ich ja nun mein Leben lang der Frau auf Wort und Gong gehorchen müssen ... schicke mich an, es zum erstenmal zu tun, da ... fällt mein Blick zufällig auf das Bett.

Und im Bett liegt ... – ist es nicht niedlich? – der Korallenkamm.

Als hätte mir ihn die Schöne zum Pfand dagelassen. Zum Pfand ihrer Liebe – zur Beteuerung. Zum Trost.

Und als ich in den Garten trete, sitzen sie schon am Tisch, Mama und Lise.

Lise ohne Kamm.

Das hat mich sehr gerührt, dies entkrönte Weibchen. Verlier ich auch viel und alles: auch sie ist unterlegen ... Hab sie doch gleichsam defloriert.

Ich schaue sie mit einem Gefühl ... Gefühl, jawohl – einem, das sich aus einem bißchen Triumph mischt, einem bißchen Mitleid und viel Wehmut.

Doch was ist das??? Sie gibt meine Blicke nicht zurück.

Sie lacht. Plaudert unbefangen.

Mehr als unbefangen: selbstbewußt.

Fragt mich keck: wie ich geschlafen hätte?

Dann wird sie etwas nervös, greift sich ins Haar und sagt:

»Wo nur mein Kamm geblieben ist?«

Ich fingere in der Tasche nach ihm, umspanne ihn zärtlich

und schmunzele sie wieder an: ein bißchen Triumph, ein bißchen Mitleid und …

Sie – grübelnd:

»Heute morgen auf dem Spiegeltisch hat er doch noch gelegen …?«

Sieht ihrer Mutter auf den Zopf – springt auf – stößt wie ein Habicht hin und kräht:

»Aber, Mama!! Wie kommst du – du zu meinem Kamm??«

Mama wird puterrot und taucht unter – fast mit der Nase in die Teetasse.

Nicht ohne mich mit einem flehenden Blinzeln gestreift zu haben.

Montparnasse

ENTWURF ZU EINEM ROMAN

Eine der östlichen Regierungen – Petljura etwa oder Skoropadsky – hat es am dreiundzwanzigsten Tag ihres Bestehens mit dem Ehrgeiz der Geistigkeit bekommen; hat etliche junge Leute zur Erlernung der Kultur nach Paris geschickt. Darunter Pawel Medwedjeff, Maler.

Einmal, eben knapp vor der Abreise aus Kiew, hat man Medwedjeff sein Stipendium ausbezahlt; dann nie mehr: die Regierung daheim war am neunundzwanzigsten Tag gestürzt.

Pawel hat sich durch sein Mißgeschick nicht unterkriegen lassen; er hat Fuß auf dem Montparnasse gefaßt.

Zuerst große Ölgemälde; eins davon, eine nackte Frau mit riesenhaften Schenkeln, sogar verkauft; für 50 Frank an einen Metzger; der hat es jetzt im Laden hängen, zwischen den Ochsenvierteln.

Dann vom Louvre gehört, hingegangen. Drei-, viermal. Raffael – Tizian – Cranach – Cézanne, Goya – Manet, Monet. Den Kopf verloren, sich erschlagen gefühlt.

Durch Hunger geweckt. Zeichnet nun tappend.

Wird nichts los.

Erhält Nansenpaß. Leute mit Nansenpaß sind privilegiert. Nansenpaß ist beinah wie Ehrenbürgerbrief. Der Inhaber darf zwar den Standort nicht verlassen – allein man kann ihn auch niemals ausweisen: weil kein andrer Staat ihn aufnimmt.

Pawel muß sich nähren. Porträtiert eine Concierge und erlangt so ein Atelier. Porträtiert Chauffeure in der Brasserie – sie sitzen willig und ahnungslos geschmeichelt. Wenn sie das Porträt dann belobt haben, bietet er es ihnen an. Manche, Fürsten und Generale, sind nobel und zahlen dementsprechend. Manche geben nur fünf Francs: immerhin das Abendessen. Manche werden zu ihrem Wagen gerufen, den draußen ein Kunde bestiegen hat: das Porträt bleibt unvollendet, die Müh ist vertan.

Pawel zeichnet auch »Dessins«; im Café du Dôme pflegt der berühmte Kommunist Rappaport Zeitung zu lesen, der Spanier Unamuno; Pawel skizziert sie und verkauft endlich: den Kommunisten mit einer witzigen Unterschrift an den »Rire« – den Spanier (König Alfonso ist eben in Paris) als Tagesgröße für 20 Francs dem »Matin«.

Einmal fängt Pawel durch eine Karikatur, die er im Café entwirft, einen Amerikaner und seine Tochter ein: Mr. and Miss Totslager aus New Jersey. Sie versprechen, ins Atelier zu kommen. Porträtieren? Nein. Aber Mr. Totslager will kaufen. Rasch alles Fertige ausgebreitet. Mr. Totslager hat Notizbuch gezückt und fragt:

»Uiviel kosten Leinwand, Farben, Öl, Lack zu eine Gemälde? Uiviel Zeit nimmt zu Herstellung?« Multipliziert angegebene Stundenzahl mit Tariflohn amerikanischen Spezialarbeiters, schlägt Materialaufwand hinzu, 25 Prozent allgemeine Spesen, 17 1/2 Prozent Verdienst und schreibt Scheck:

»Dollar vier 80/100 – ›Landschaft im Mai‹; Dollar fünf 26/100 – ›Tänzerin‹.«

Selbst der Bettler hat einen Stecken, der ihm dient – selbst der Hund des Zigeuners hat anhängliche Flöhe, die an ihn glauben, weil sie von ihm leben. Und so hat Pawel Medwedjeff einen Famulus: Fabricci. Fabricci teilt Pawels Atelier und Sorgen.

Das Atelier ist ein großer, dreckiger Raum. Paradestücke: zwei Plüschsessel, die aber unbenutzbar sind (durch warnende Aufschrift gekennzeichnet), weil eine unbekannte, äußerst unangenehme Insektenart darinnen nistet. – Im Atelier, dem großen Fenster gegenüber, eine Art Holzbrücke oder Altan, »Balkon« genannt, über eine Treppe ersteigbar: da steht Pawels Bett; daneben ein stets trockener, verkrusteter Waschtisch. Pawel schläft auf dem Altan, im breiten französischen Bett; Fabricci zu ebener Erde; man begreift nicht, wo.

Fabricci macht sich sehr nützlich. Wenn dem Meister nämlich die Leinwand ausgeht, zieht Fabricci mit fünf, sechs alten Gemälden in die Stadt zu den Kunsthändlern. Oh, nicht um zu verkaufen; das hat sich längst als aussichtslos erwiesen; doch Fabricci weiß die Gemälde beim Händler stets so geschickt hinzustellen, zur Ansicht, daß er, vom Händler abgewiesen, immer ein Bild, das hinter dem angebotenen Gemälde stand, kann mitgehen lassen. Das wird dann, willkommene Diebesbeute, von Pawel zu Hause übermalt.

Immer träumt Pawel von einem Leben in wohlgeheizter, satter Bürgerlichkeit. Von Mr. and Miss Totslager, die eines Tages reuig zurückkehren könnten, um ihren Segen auszuschütten. Doch es scheint reiche Amerikaner nicht zu geben. Oder sie wollen keine Bilder. Oder sie haben kein Geld; oder sie geben ihr Geld nicht her.

Was tut aber ein Maler, der was verdienen möchte, ohne malen zu können? Er gründet eine Malschule. – Pawel möchte eine Schule gründen.

Einmal hört er im Café Rotonde von einem jungen, strebsamen Menschen in Fontainebleau, der hat eine Schule für Freskomalerei aufgemacht und soll bannigen Zulauf haben.

Von diesem Gedanken infiziert, eitert Fabriccis Hirn weiter. Eine Freskoschule – das hat Nährwert, Kalorien. Man braucht Farben, Leim – gut. Man braucht aber – oder kann wenigstens zum Freskomalen brauchen: Milch, sogar Eier. Welch herrliche Aussicht, Schüler zu kapern, die einem Milch, Eier müssen ins Haus bringen, à conto des Schulgeldes!

Es läßt Fabricci gar nicht mehr los, und er liegt dem Meister damit in den Ohren: Freskoschule.

Eines Tages schlägt er eigenmächtig im Café auf dem Montparnasse buntgekleckste Plakate an:

Cours de fresque – Professor Paul Medvédyeff, Membre de l'Académie Russe – 23. rue de la Gaieté – 11–1 h.

In Frankreich müssen Ankündigungen einen staatlichen Abgabenstempel tragen; der strebsame Fabricci hat den Stempel gleich mit aufgemalt.

Dann fegt er das Atelier, wäscht die Fenster, rückt die Insektensessel zurecht (nachdem er die Warnungstafeln entfernt hat). In der Nacht holt er vom nächsten Neubau eine Bütte, einen Sack Gips, eine Kelle, eine Zimmermannsklammer. Die Mulde Mörtel ist ihm zu schwer – da muß der Herr Professor mithelfen.

Mit der Klammer schlägt der Famulus im Atelier ein Stück Mauer bloß – hier wird der Unterricht stattfinden. Den Jammer der Concierge begütigt Pawel durch Porträtierung der Conciergetochter. Rosette ist sehr hübsch und ist sich über ihren Beruf im klaren, kann ihn aber einstweilen nur heimlich ausüben, denn sie ist noch um ein Jahr zu jung.

Den Abend verbringt Pawel im Café du Dôme – in der Absicht, da bei einem gewissen Litwinoff (dem Mann aus Fontainebleau) Erkundigungen über die Freskotechnik einzuziehen. Leider ist Litwinoff ausnahmsweis nicht da. Pawel beschließt, in den ersten Unterrichtsstunden noch nicht auf den Gegenstand selbst einzugehen, sondern sich mit Vorübungen zu befassen (Herstellung von Mörtel).

Um elf sitzen Pawel und sein Famulus und warten auf Schüler. Fabricci hat eine Art Livree an (vom Concierge). Niemand kommt.

Am zweiten Tag erscheinen – fast gleichzeitig – zwei Damen. (Dabei ist es dann geblieben – weil ein Agent die Stempelfälschung entdeckt, die Plakate als corpora deliciti eingezogen hat.)

Die zwei Damen: eine riesenhafte Norwegerin Sigrid – mit männlicher Stimme und Seehundspranken – und ein schüchternes altes Jüngferchen, Fräulein Hanstein aus Hannover.

Sigrid scheint sich nicht sehr zu interessieren – hingegen ist das Altjüngferchen ganz bei der Sache. Pawel nimmt sich vor, Litwinoff um jeden Preis festzukriegen, um wenigstens eine Ahnung von Freskomalerei zu erlangen; sonst ist er, bei Fräulein Hansteins steiflächelnder Gründlichkeit, verloren. – Auf Fabriccis wiederholte Mahnung gibt Pawel den Schülerinnen auf, morgen bestimmt je eine Flasche Milch und zwei Eier mitzubringen, als Lehr- und Malmittel; ferner Wasserfarben.

Auch diesen Abend erscheint Litwinoff nicht im Café. Der Riesin gegenüber hat es Pawel nicht schwer – sie bleibt gleichmäßig freundlich – ja, sie entledigt sich des Obergewandes, um Mörtel zu mischen. – Fräulein Hanstein bei ihrem Lerneifer

SIGRID

zeigt etwas Mißtrauen in die Fähigkeiten des Lehrers; sie läßt sich aber beruhigen, als Pawel ihr aufgibt, zunächst mit Bleistift Ornamente auf dem frischen Mörtel zu entwerfen; das kann sie verblüffend gewandt. Es zeigt sich – o Schrecken –, daß das Altjüngferchen durchaus kein Neuling ist; sie kopiert seit Jahren im Louvre, mit bestem Erfolg. – Dafür kann Sigrid nichts, gar nichts. Lädt aber die beiden Maler zum Abendessen. Nach dem Abendessen kommt sie auf das Atelier mit und besteigt mit Pawel den Balkon. – Fabricci muß – auf Pawels Wink – auf dem Flur nächtigen. Er scheint sich aber im Lauf der Ereignisse eingeschlichen zu haben; man findet ihn morgens in tiefem Schlaf auf dem Estrich des Ateliers.

Sigrid hat den Balkon besetzt und etabliert da ein Schreckensregiment. Leider ist oben – Pawel hat es vergessen – fließendes Wasser im Waschtisch. Um elf Uhr kommt die kleine Rosette (die vom Concierge), um Unterricht in Freskomalerei zu nehmen; Sigrid vertreibt sie durch Lärm und Güsse aus dem Waschbecken.

Am siebenten Tag – Sigrid ist noch immer nicht vom Balkon gewichen – will sie sogar Fräulein Hanstein mit Schimpfreden und Wasser vertreiben; das dulden Pawel und Fabricci denn doch nicht.

Sigrid haust auf dem Balkon wie ein Lämmergeier, stets zum Stoß bereit.

Fabricci findet die Sache anfangs amüsant – dann beginnt er zu leiden. Noch klagt er nur mit den Augen eines sterbenden Huhnes, wenn er Pawels Blick kreuzt.

Pawel selbst rückt mit der Absicht heraus, das Riesenweib loszuwerden, denn sie frißt ihn kahl. Aber wie loswerden?

Fabricci soll sich doch vom Herrn Professor auf einer Untreue ertappen lassen – er und Sigrid.

Gut, Fabricci ist bereit.

Vom Balkon führt eine Klingel nach der Wohnung des Concierge. Fabricci legt die Leitung um – mit dem Taster ans Balkonbrett selbst. Pawel soll unten beim Concierge warten; Fabricci wird im rechten Augenblick signalläuten.

Die Tatsache der Untreue herbeizuführen ist nicht schwer – das gelingt rasch. Doch das Nachrichtenrelais versagt. Vielmehr: auch das Relais hätte funktioniert; nur hielt Sigrid den Famulus mit Eisenarmen fest – er konnte nicht zeitgerecht an den Taster.

Der arme Pawel versucht, mit einfachen Vorwürfen, aus - der Luft gegriffenen Verdächtigungen ans Ziel zu kommen; die Furie antwortet mit Lügen, Lärm, Wasser, Pech und Schwefel.

Pawel klagt sein Leid mit dem Fräulein Hanstein. Sie lächelt fadendünn und sagt: »Seien Sie man sstill, Liebster – das will ich schon veransstalten.«

Nächsten Tags ziehen Pawel und Fabricci ab, angeblich um Entwürfe für Schachteldeckel an einen Bonbonfabrikanten zu liefern. – Fräulein Hanstein redet auf die Riesin ein.

Mit erfreulichem Ergebnis; die Riesin erklärt: auch sie habe Pawel satt, den Balkon satt und ebenso Paris; wenn sie etwas Geld hätte, ginge sie nach Norwegen.

Am übernächsten Tag bringt dann Fräulein Hanstein jenen vorzüglichen Isaak Ostade herbei, ein Meisterwerk ihrer Kopiertätigkeit im Louvre – mit dem Signum des Malers und der Jahreszahl 1648 –, jenen Ostade, der später Gegenstand geworden ist eines Strafverfahrens wegen Betrugs gegen die Kunsthändler A. & F. Laurent. Fräulein Hanstein selbst hat der Riesin die Adresse von Laurents gegeben.

Mit diesem Ostade schwindet die Riesin nach der Stadt ab. Zeigt sich noch einmal im Atelier, um ihre Sachen zu packen, und dann nimmer.

Als die Riesin verschwunden ist, atmen Pawel und Fabricci befreit auf. Gehen in den »Jokey« und tanzen – Fabricci mit Rosette (der Kleinen vom Concierge). Vom »Jokey« trennen sich ihre Wege: Fabricci und Rosette bummeln mit versiegelten Ordres ins Weite; Pawel und eine Negerin trinken im Ravachol; trinken im Bullier; trinken beim Grand Fou.

Als Pawel aber mit der Negerin auf dem Balkon erscheint, hellen Morgens, traut er seinen Augen nicht: da liegt Fräulein Hanstein.

Sie ist auch nicht von da wegzukriegen.

Der Traum

Paulchen ist erwacht, Paulchen ist angekleidet worden und erscheint im Kreis der Tanten und Basen im Salon.

»Ach, das süße Paulchen! Wie hast du denn geschlafen?«

Paulchen hat herrlich geschlafen – und noch mehr: Paulchen hat geträumt.

»Zum erstenmal in seinem Leben«, jubelt Mama. »Erzähl doch, erzähl doch, wie es war!«

»Also, mich bin geträumt, es war Nacht, da is die Tür gangen, un ein Engel is kommen in ein langes Hemd.«

Chor der Tanten:

»Ach, Paulchen, wie reizend!«

»Ja, in ein langes Hemd. 's war aber gar kein Engel, 's war Papa.«

»Nein, wie niedlich!«

»Ja, un Papa is gar nicht zu Paulchen, er is gangen an Fräuleins Bett un hat gesagt: ›Fräulein, du bist gar kein Fräulein, du bist ein Engel.‹«

Mutti ist ein wenig verwirrt:

»Hör, Paulchen, Träume sind Schäume – Lügen. Die muß man auch nicht erzählen.«

»Oh, Mama«, sagt Paulchen, »frag nur 's Fräulein und Papa – denen hat das alles genau ebenso geträumt.«

Das Muster

Ich hatte einen Onkel in Wien, den Onkel Aloys.

Er war eine Zierde der Familie, war Großkaufmann.

Und dieses vorbildliche Leben: vier Tage wöchentlich verbrachte er zu Hause. Samstag, Sonntag, Montag aber – im Sommer, im Winter, ob schön, ob Regen: Samstag, Sonntag, Montag stieg er auf die Rax. Atmete die frische Bergluft ein, schrieb uns regelmäßig eine Ansichtskarte von den Gipfeln – und kam Dienstag früh zurück, gradeaus in die Kontore.

Immer frisch und guter Dinge. Wenn die Tante ihn lobte, wie prächtig er aussehe, da setzte sie auch hinzu:

»Na ja, bei deiner Lebensweise?«

Unlängst legte sich Onkel Aloys hin und war krank zum Sterben.

Ehe er aber starb, faßte er mich an der Hand und sprach:

»Lieber Neffe! Ich weiß, du hast ein Frauenzimmer. Aber, glaub mir, es is nichts mit den Frauenzimmern. Sie machen uns alt. – Höre, mein Junge, was ich dir rate: geh drei Tage jede Woche in die Alpen. Schau dir meinen Buchhalter an, wie gut es ihm getan hat! Er ist stark und jung. Seit Jahren hab ich ihn auf die Rax geschickt, meine Ansichtskarten aufgeben. Und schau mich an: wie elend sie mich gemacht haben – die Stadtluft und die Frauenzimmer ...«

Onkel Aloys tat einen schweren Seufzer und verschied.

In Magdeburg war einmal ein Regierungspräsident, der ließ eines Tages den Assessor Freiherrn von Dröhte rufen und sagte zu ihm:

»Lieber Baron, Sie treiben sich immer noch mit Mädchen herum – es ist schon wieder eine Klage gegen Sie eingelaufen. Glauben Sie mir, ich habe alles Verständnis ... Sie sind aber dreißig Jahre alt, und ein Regierungsbeamter muß auf seinen Ruf achten. Nehmen Sie sich doch endlich eine Frau!«

v. Dröhte erwiderte:

»Eine Frau nehmen – das hab ich schon mal versucht, Herr Jraf. Da hat mir aber der Mann so 'nen Skandal jemacht, daß ich es nie wieder versuchen möchte.«

*

Als sie aus dem Theater ging, sprach plötzlich ein wildfremder junger Mann sie an:

»Gnädiges Fräulein, finden Sie nicht, daß Pallenberg sehr gut gespielt hat?«

Das Fräulein – überrascht, betreten, hilflos: »Ja.«

»Na also, Gnädigste! Dann sind wir ja einig. Wo wohnen Sie?«

*

Ich hörte ein Gespräch mit an zwischen dem Mittelstürmer der Brandenburger und Gerda Weiß, der reizenden Blondine.

Er: »Glauben Sie, daß wir heute siegen werden?«

»Nein.«

»Wollen Sie wetten?«

»Mit Vergnügen.«
»Um was?«
Sie – mit bezauberndem Augenaufschlag:
»Um das Übliche.«

*

Unlängst auf der Strecke nach Magdeburg entflammte unter meinen Reisegenossen ein Gespräch über Okkultismus.

Nach etlichen Reden und Wechselreden mischte sich der Herr aus der Ecke ein – zuerst stellte er sich artig vor:

»Jestatten – Major von Nieber. Die Herren reden von Okkultismus ... Jewiß, wer hat das nich mal betrieben ... Aber bei uns in den preußischen Kadettenanstalten war strenges Jebot: beim Schlafen sind die Hände über der Decke zu halten.«

Don Juans Beichte

Hochwürdigster Herr Guardian, geliebte Brüder,
zu euch spricht ein müder,
ein alter Mann; er hat euch berufen –
ihr sollt ihn stützen über Himmelreichs Stufen.

Gestern – als draußen der Abend schon, ein trüber, hing –
wars, daß ein Mädchen an meinen Fenstern vorüberging.
Und wie sie schritt in der Jugend Prangen
und zierlich ihre Lende dreht:
in mir regte sich kein Verlangen.
Da sah ich, daß es mit mir zu Ende geht;
schleppte mich zu euch und bat um eine Zelle.

Hier möchte ich sterben, verbrauchter Geselle.
Doch ehe mich Gottes Strafen erreichten,
muß ich beichten.

Zum letztenmal als junger Student
empfing ich das Heilige Sakrament.
Seither in meines Gewissens Gründen
zu forschen, hab ich leider versäumt.
Weh mir! Nun rasch mit meinen Sünden
aufgeräumt!

Gemordet – Gott sei meiner Seele gnädig! –
hab ich nur einmal. Es war in Venedig.
Er rief: »Du willst meine Frau, du Schuft?«
Ich hab ihn in den Canal gepufft.
Da er nicht lange zu leiden hatte,
wird Gott mir vergeben. – Auch wars nicht der Gatte.

Meineid hab ich nur einen geleistet.
Da hat sich ein Kerl in Nimburg erdreistet,
nach dem Vorleben seiner Frau Liebsten zu fragen.
Urteilt selbst, ihr Brüder: Durfte ich sagen …?

Sonstiger Todsünden – und meine Augen brennen –
muß ich mich leider fast aller schuldig bekennen:
Hochmut, Wollust, Zorn und Völlerei;
nur von Geiz, Neid, Trägheit des Herzens weiß ich mich
frei.

Um auch meine Tugenden hervorzuheben:
ich habe niemand beneidet, mit vollen Händen gegeben.
Ingleichen hielt ich, wo andre praßten,
stets die von der Heiligen Kirche gebotenen Fasten.

Don Juans Beichte

Freitags aß ich nur Krebse und Fisch;
mariniert und frisch.
Was ich an christlichen Frauen nahm, ohne viel zu wählen,
wird mir der Himmel hoffentlich nicht zu Ungunsten zählen.
An Türkinnen hatte ich nur eine, entgeltlich.
Sie war auch schon ältlich.

Jüdinnen hatte ich allerdings etliche Dutzend.
Der liebe Gott wird es mir verzeihen.
Ich suchte sie immer Christo zu weihen,
dem sie widerstreben, im Irrglauben trutzend.
Eine, in Lodz, hab ich denn auch gewonnen:
schwanger, ging sie ins Spittel der Nonnen.
Ich habe sie später im Spittel besucht.
Begehrte zur Stunde, verflucht und verrucht,
eine Nonne dort und bereue es heute.
Christus! Herr! Warum hast du so schöne Bräute?

Wenn etwa auch christlicher Umgang unter die Sünden fällt –
ich hab es heut nacht en tout cas zusammengestellt:
100 Deutsche; 307 Welsche; von kleinern Völkerschaften
rund 40: ohne die Huren und Klaften.

Zweifelhaft sind mir die Zigeunerinnen; bekennen ins Gesicht –
doch der rechte Glaube ist es nicht.
Dies in Europa. – Amerika, ein andrer Himmelsstrich,
ist, nehme ich an, ein Ressort für sich.
Übrigens habe ich dort mit Frauen eigentlich nur gespielt –
Darunter mit Lincolns Nichte, während er die berühmte
Gettysburger Rede hielt.

In Zerknirschung, Herr, kniet – oder liegt vielmehr Dein Sklave,
gewärtig Deines Grimmes, Deiner Strafe,
schlägt sich die Brust wund und windet sich im Schmerze.
Doch Du blickst ins Herze.
Du weißt, Herr, HERR: was ich auch im Leben
verschuldet – alles aus Leidenschaften, die Du mir eingegeben.
Glaub mir, HERR, der ich bald vor Dir stehen werde:
mich reuen nur die ungenossenen Freuden, die Verluste,
die ich aus Läßlichkeit versäumen mußte
auf Deiner wunderschönen Erde.

Und sollt ich, HERR, wider alles Erwarten
noch einmal gesunden: laß mich ein neues Leben starten!
Mit meiner Erfahrung in irdischen Dingen
will ich dies zweite Leben kühner, reicher, würdiger
vollbringen.

Roda Roda
oder die Kunst des richtigen Namens

Von meinem ersten selbstverdienten Geld kaufte ich mir drei Bücher: *Hunger* von Knut Hamsun, *Rette sich, wer kann* von James Thurber und *Das große Roda Roda Buch*. Wie es zu dieser Auswahl kam, weiß ich nicht mehr. Im nachhinein könnte man den Hamsun mit den Hungerwintern der Nachkriegszeit erklären. James Thurber stand sicher am Beginn einer langen Verehrung für die *New Yorker*-Zeichner und -Schreiber.

Aber wie kam ich auf Roda Roda, von dem ich nie zuvor gehört hatte? Vielleicht weil er mich schon nach drei, vier Sätzen zum Lachen brachte? Bücher waren damals selten, der Lesehunger war groß, und die Buchhändler sahen es nicht gern, wenn man sich für längere Zeit zum Lesen in einen Winkel zurückzog.

Seither habe ich wohl 3000 Bücher gekauft, verschenkt oder geschenkt bekommen, aber der Roda steht nach vielen Umzügen immer noch im Regal (die beiden anderen übrigens auch). Der Schutzumschlag mit dem berühmten Roda-Porträt von Weissgerber ist brüchig, die Seiten sind vergilbt und rissig, aber der rote Rücken hält sich auch nach fünfzig Jahren noch gerade, und über die Texte kann ich heute noch lachen.

Und mehr als das. Sobald ich die Seiten aufschlage, fühle ich mich in dem Buch zu Hause. Die Figuren sind mir vertraut wie alte Bekannte. Timofey Bulgakoff und die Filmdiva Ady Susa, der Viehhirt Klapetz und sein Verteidiger Palatzky, den ich ohne Bedenken wählen würde, wenn ich einen Advokaten brauchte. Der gemütskranke Baron Hortobágyi von den Forgatschhusaren, der stundenlang am Dnjestr sitzen und Papierschiffchen nachschauen konnte, die er aus Mahnbriefen gefaltet hatte. Und der betrügerische Wirt Zibebenstrudl von der galizischen Bahnstation Podwolotschyska.

Sie alle und hundert mehr versammeln sich im *Großen Roda Roda Buch*, und aus eben dem Exemplar von 1948 habe ich die vorliegende Auswahl getroffen.

Ich bin Karikaturist. Als solcher denke ich mir Bilder und dazugehörige Texte aus, mit denen ich komische Wirkungen zu erzielen hoffe. Nicht unbedingt das brüllende Gelächter – obwohl mir mehrere Käufer meiner Bücher am Telefon versicherten, sie hätten sich am Boden gewälzt vor Lachen. Ich hoffe, sie haben nicht übertrieben, um mir eine Freude zu machen. Ich bin schon mit jeder beliebigen Art von Amüsiertheit zufrieden, ja selbst ein ganz unbestimmtes, leichtes Wohlgefühl, ausgelöst von einer meiner Zeichnungen, würde mich völlig zufriedenstellen. All diese positiven Reaktionen löst auch die Lektüre von Rodas Texten bei mir aus. Und unterschiedlich genug sind sie ja. Angefangen beim röhrenden Kasinowitz (*Familientag bei Granows*) über die hauchzarteste Liebesgeschichte (*Vetter Tedeltudel*) bis hin zur hochartistischen fulminant-futuristischen Humoreske von den Juden in Tultschin, Bezirk Brazlaw, Gouvernement Podolien, Südrußland, die ihren Gott erst in Verlegenheit, dann zur Verzweiflung und schließlich dazu brachten, seine eigenen Gesetze zu durchbrechen.

Roda macht nicht viele Worte. Er hält sich nicht mit langen Einleitungen auf, und er hält auch mich nicht lange auf. Das nimmt mich sofort für ihn ein.

Vielleicht hat er bei seinen vielen öffentlichen Auftritten gelernt, wie wichtig es ist, auf den Punkt zu kommen, bevor die ersten faulen Tomaten fliegen. Um diese Grundschnelligkeit zu erreichen, hat er einen Kunstgriff zur höchsten Blüte entwickelt: die Kunst des richtigen Namens, des Titels, des Ortes, des Berufs, und das alles oft genug in sich aneinander steigernder Reihung: »Karafran, Fürst der hotischen Albaner, ist nach Berlin gekommen, um die Eichenwälder seiner Heimat zu versilbern.«

So schafft er oft in einem Satz die Exposition des ganzen Dramas. Er versetzt mich in eine Berliner Bar, in die knochentrockene Pußta im August, in einen staubigen Brünner Gerichtssaal oder auf ein galizisches Garnisonkommando – und ich höre ihm zu.

Genau das ist eine Technik, die auch der Karikaturist beherrschen sollte: Mit ein paar schnellen Strichen den Beschauer in ein ganz bestimmtes Milieu, unter bestimmte Leute, in eine bestimmte, möglichst eigenartige Umgebung zu befördern. Wenn das gelingt, hat man die halbe Miete verdient und kann nun in aller Ruhe seine Pointe vorbereiten. Am Ende hat man die Lacher auf seiner Seite.

Bei alldem geht Roda mit großem Sachverstand vor. Vor allem übertreibt er nie. In der Regel meidet er komisch sein wollende Namen und erweist sich damit als versierter Humorhandwerker: Fräulein Rosa Klausner, die hagere graue Dame, die Blumen malt; Dominul Ghizu, Generaldirektor der Olympia-Provinz-Schadensversicherung. Dr. Brzezlarzik, der gefällige Gutachter und Universitätsprofessor. Gabi Funtitschek, ihre Freundin Netterl und Graf Ernstl Amperg, genannt Tedeltudel. Baron Mirkowitsch auf Nowo Selo. Ady Susa, die Filmdiva. Paprika Jantschi, Lehrer von Báranjaßentmiklosch. Die schöne Hodjinitza, der Räuber Nikolitsch und der Sanitätsrat Dr. Schabuschnigg. Alles ganz glaubwürdige und darum identitätsstiftende Namen.

Ganz selten trägt es Roda aus der Kurve, dann führt er zum Beispiel einen Hauptmann Patrontaschewitsch ein. Oder den galizischen Bahnhofswirt Zibebenstrudel. Aber der letztere ist ein Grenzfall. Den braucht er für die Schlußpointe. In der Regel haben wir es mit General Wotzelak zu tun, mit Korporal Huhn oder mit Fahrkanonier Lendecke.

Karl Kraus war da weniger zurückhaltend. In *Die letzten Tage der Menschheit* heißen die k. u. k. Offiziere Beinsteller, Eisner von Eisenhof, Bambula von Feldsturm und Schlepitschka von Schlachtentreu. Ich hätte es nicht für möglich gehalten, daß es solche Namen und Adelsprädikate wirklich gab, bis ich Franz Hubmanns *K. u. K. Familienalbum – Die Welt von gestern in alten Photographien* in die Hand bekam. Im Begleittext dieses schönen Bandes erfuhr ich, daß kroatische Offiziere in der Biedermeierzeit, treue Gefolgsleute Habsburgs, die für ihre Tapferkeit geadelt wurden, sich solche Adelsnamen zulegten: Hauptmann Franz Markesich von Kaisershuld, Leutnant Secsujacz von Kronentreu. Auch gab es einen Fregattenkommandeur Johann Buratovich von Flaggentreu und sogar einen Leutnant Franz Rubessa von Mastenwald.

Roda Roda widerstand der Versuchung, aus solch lächerlichen Namen Gewinn zu ziehen.

Er zieht jederzeit den richtig klingenden Namen dem vordergründig komischen vor. Wo Karl Kraus noch einen Poldi Fesch, eine Frau Bachstelz und einen Hofrat Tibetanzl braucht, um Stimmung zu machen, geht Roda Roda ungleich zurückhaltender vor.

Er eröffnet mit zwei, drei trockenen Sätzen: »Ich saß mit Ruhmann im Volkskeller. Die Damenkapelle spielte. Wir brüteten …« Wie er dann mit einigen kurzen Pässen das Mittelfeld überbrückt und ins Schwarze trifft, das ist humoristische Champions League.

In einem aberwitzigen Reisebericht, *Meine Nordpolexpedition*, einer Parodie auf Julius Payers unselige Polarreise, beschreibt Roda sein Forschungsschiff, mit dem er, begleitet vom Hauptmann-Rechnungsführer a. D. Alois Prantl, in See sticht:

»Unser Fahrzeug war ein kleines altes Holzschiff, *Inseparabiliter ac indivisibiliter*, anderthalb Tonnen, das vorher jahrelang der Grammat-Neusiedler Papierfabrik zum Einweichen von Wollumpen gedient hatte.«

Um solche Effekte, mit so wenig Aufwand erzielt, kann ich als Zeichner den Schreiber Roda nur zutiefst beneiden.

Ein berühmter Kollege Rodas, der in Deutschland auch als humoristischer Autor bekannt ist, hatte mit Namen wenig Glück. Ich spreche von Heinrich Böll. Bernd Eilert hat sich 1985 im Dezemberheft der *Titanic* die Mühe gemacht, die haarsträubenden Eigennamen, die sich der Nobelpreisträger für seine Romanfiguren ausgedacht hat, aufzulisten. Hier eine Auswahl der »entsetzlich humoristischen Namen« (Eckhard Henscheid), die Bölls oft melancholische Romane bevölkern:

Die Einsilbigen: Chundt, Grobsch, Klunsch, Plietsch, Schwetz.

Die Zweisilbigen: Wubler, Dimpler, Bleiler, Blohmscher, Müllmer, Bolker, Hussper, Plöttger, Plotzek, Heulbuck.

Die Mehrsilbigen: Skogerage, Plodenhövel, Gröbentöckler. Und so immer fort in erbarmungsloser Lustigkeit. So evoziert man leider keine lebendigen Figuren, sondern höchstens »Pappkameraden« (Eilert). Aber es soll ja auch Zeichner geben, die sich auf die komische Wirkung von langen Nasen, Raffzähnen und Glubschaugen verlassen. Lacht da jemand?

Wie subtil, wirkungsvoll und handwerklich sauber Roda bei seiner Arbeit vorging, er, der von den Edelfedern seiner Zeit gern in einer der unteren Schubladen abgelegt worden wäre, kann man in diesem Band aufs neue entdecken. Und: Wenn man, am Ende des Jahrtausends, wissen will, wie es im multikulturellen Kakanien zuging, findet man hier die sprachlich authentische Antwort. Eine sehr komische Antwort.

Hans Traxler

Alexander Roda Roda

Geboren am 13. April 1872 als Sándor Friedrich Rosenfeld in Drnowitz im Mährischen.

Der Vater Leopold, Wachtmeister der Gendarmerie, nimmt als Berufssoldat am Krimkrieg und an der mörderischen Schlacht von Solferino teil. Später wird er Agronom, immer am Rande des Bankrotts.

Kurz nach Rodas Geburt übersiedelt die Familie nach Zdenci in der ungarischen Pußta, wo sein Vater eine Stelle als Gutsverwalter antritt.

Hier, auf dem Gut des Grafen Pejačevič, später in der Volksschule von Osiek und auf dem Gymnasium in Kremsier, kultiviert Roda seine Abneigung gegen das Landleben und die lebenslange Liebe zur Reiterei. Noch an seinem sechzigsten Geburtstag paradiert er mit Zylinder und Monokel auf dem sich bäumenden Roß.

Hier in der Pußta ist seine eigentliche Heimat, mitten im k. u. k. Vielvölkerstaat, wo damals, vor dem Ersten Weltkrieg, Serben und Schwaben, Kroaten und Muslime, Juden und Böhmen, Ungarn und Österreicher »unter der Sonne Habsburg« (Joseph Roth) leidlich friedlich nebeneinander lebten. Später, in dem Roman *Die Streiche des Junkers Marius*, wird er dieser glorreichen Flegeljahre gedenken.

Die vielen Sprachen, die er im täglichen Leben hört, mögen den Grund gelegt haben zu Roda Rodas virtuosem Talent, Dialekte, Klangfarben und Tonfälle von einem Dutzend kakanischer Völker in seine Texte zu mischen. Das klingt besonders dann authentisch, wenn alle diese Nationalitäten gezwungen werden, sich in der Verkehrssprache Deutsch zu verständigen.

Die komischen Wirkungen, die sich aus der Suada der böhmischen Köchin, des galizischen Rabbi, des bosnischen Rekruten und des Honvedoffiziers ergaben, benutzt Roda immer ganz bedenkenlos und stets wirkungsvoll. Er selber spricht Tschechisch, Bulgarisch, Serbisch und Türkisch und ist am Ende seiner Tage auch noch gezwungen, sich auf amerikanisch zu verständigen.

1890 legt Roda die Reifeprüfung ab und beginnt das juristische Studium in Wien. Drei Jahre später tritt er in die Armee ein und konvertiert vom jüdischen zum katholischen Glauben. 1899 nimmt er den Namen Roda Roda an, schlüpft in die rote Weste, klemmt sich ein Monokel ins Auge und beginnt bienenfleißig seine Schriftstellerkarriere.

1900 veröffentlicht der *Simplicissimus* Rodas erste Humoresken. Am Ende seiner Karriere kann er auf fünfzig Bücher zurückblicken und auf Hunderte von Geschichten zwischen einer und tausend Zeilen, ungeachtet aller Nebendinge, die er sonst noch treibt. Er war Varieté- und Vortragskünstler, Reitlehrer, Kriegsberichterstatter und Filmstar.

Roda unternimmt Lesereisen durch ganz Europa und Nordamerika, befehdet sich in aller Öffentlichkeit mir Karl Kraus einerseits und dem k.u.k. Ehrengericht andererseits und lebt über viele Jahrzehnte in glücklicher Ehe mit einer baltischen Adeligen, Elisabeth Freifrau von Zeppelin.

1909 erlebt Roda seinen größten Publikumserfolg. *Der Feldherrnhügel*, eine Militärkomödie, die er mit Carl Rößler schrieb, wird zwar in Österreich wegen Verächtlichmachung des k.u.k. Offizierskorps sofort verboten, erreicht aber in Deutschland mehrere tausend Aufführungen und kommt auch in die Kinos.

1914 zieht Roda in den Krieg. 1901 hatte er sich, nicht ganz freiwillig, zur Reserve versetzen lassen, 1907 war er, unter Aberkennung seiner Charge, aus der Armee entlassen worden. Kavallerieoffizier und Humorist, der in Varietés auftrat und in freier Ehe lebte, das konnte nicht einmal in der Endzeit Kakaniens toleriert werden.

Nun aber ist er reaktivierter Kriegsberichterstatter im Kriegspressequartier, wo er Ludwig Thoma, Max Halbe und Franz Molnar trifft.

Zu diesem Zeitpunkt zieht er sich endgültig den Haß von Karl Kraus zu, der Roda in *Die letzten Tage der Menschheit* so verspottet: »Der Rosenbaum, der Rosenbaum / Vertritt die schönsten Blätter. / Er gedeihet kaum / Im Etappenraum, / An der Front schreibt's sich viel netter. / Heut bin ich in der Weichselschlacht / Und morgen am Isonzo. / Ich hab es drin / Sehr weit gebracht / Und bin es schon gewohnt so.«

Und so immer weiter, über zehn Strophen. Nur Alice »Bumsti« Schalek, Rodas Kollegin, wurde von Karl Kraus noch mehr verachtet. Sie tritt in nicht weniger als zwölf Szenen als kriegslüsternes Flintenweib auf.

Bis 1917 hat Roda vierhundert Mal für die *Neue Freie Presse* von der Front berichtet, dann hat er genug vom Krieg und ist für den Rest seines Lebens überzeugter Pazifist. Eine Haltung, die seinem gutmütigen Naturell auch viel mehr entspricht.

Seine verklärte, rückwärts gewandte Sehnsucht nach der k. u. k. Monarchie, die er unter anderen mit Joseph Roth teilt, hat ihn bis ins New Yorker Exil begleitet, wo er am 20. August 1945 gestorben ist.

Seine Asche ruht auf dem Wiener Zentralfriedhof.

H. T.

Inhalt